» LA GAJA SCIENZA «

VOLUME 1439

COME VENTO CUCITO ALLA TERRA

Romanzo di
ILARIA TUTI

LONGANESI

PROPRIETÀ LETTERARIA RISERVATA
Longanesi & C. © 2022 – Milano
Gruppo editoriale Mauri Spagnol

www.longanesi.it

ISBN 978-88-304-5917-5

I edizione maggio 2022
II edizione giugno 2022
III edizione luglio 2022
IV edizione settembre 2022
V edizione gennaio 2023

In copertina: © Abigail Miles / Arcangel; © Shutterstock
Art director: Stefano Rossetti
Graphic designer: Riccardo Gola / PEPEnymi
Foto dell'autrice: © P. Gurisatti

Per essere informato sulle novità
del Gruppo editoriale Mauri Spagnol visita:
www.illibraio.it

Pubblicato in accordo con MalaTesta Lit. Ag. Milano.

COME VENTO CUCITO ALLA TERRA

*A Paolo,
che ha cucito la prima copertina per Jasmine.*

L'amore è sutura.
Sutura e non benda, sutura – non scudo
(Oh, non chieder difesa!),
sutura, con cui il vento è cucito alla terra,
con cui io a te sono cucita.

Marina Cvetaeva

1

Londra, quartiere di Whitechapel, 22 agosto 1914

La vampata sulfurea del fiammifero sembrò presagire l'apparizione del demonio. Se fosse comparso, non sarebbe stato la prima creatura degli inferi a passare di lì, quella notte. Nella mansarda l'aria era ferma e puzzava della violenza consumata, di un'umanità bestiale. Dalla finestra spalancata non entrava un alito di vento a spazzarne le tracce. Sembrava che i passi del male avessero lasciato altre impronte, là fuori. Un pianto sommesso, giù in strada, una nenia funebre, poco lontano.

Cate accese il fornelletto ad alcol, attese che l'acqua bollisse nel contenitore e sterilizzò l'ago.

Di diavoli ne aveva incontrati diversi, fino a comprendere che alcuni esseri erano tormentati da una fame che non aveva nulla a che vedere con il nutrimento. Li osservava esercitarsi con più determinazione di altri nell'arte di sopravvivere, apprendere l'imponderabile, mandare a memoria ogni errore. Con i frammenti d'ossa dei propri simili costruivano corazze, e con la potenza delle mandibole risalivano la china.

La vedova Harris apparteneva a quel tipo di esseri.

Cate sentiva i piccoli occhi della padrona di casa zampettarle addosso. Le correvano su e giù dal viso, lungo le braccia, saltavano sulla schiena. Occhiate furtive come una coda che sparisce svelta in un recesso. La docilità di cui l'anziana ammantava lo sguardo non riusciva a celare la vera natura che lo faceva ardere: l'indole di chi si cibava delle anime cenciose di Whitechapel.

Cate passò il filo attraverso la cruna dell'ago, il più sottile che era riuscita a trovare nella borsa di cuoio. Fece cenno alla vedova di accostare la lampada.

Non sottovalutava il brivido che l'attraversava quando la donna le era vicina. Abigail Harris era costantemente a caccia e sapeva meglio di altri che la sopravvivenza di ogni forma di vita non poggia sulla forza muscolare, ma sulla capacità di adattamento. La sua metamorfosi in nera crisalide era cominciata dopo la morte del marito, ai colpi battuti alla porta dai creditori. La disperata Abigail si era liberata della pelle con cui era nata e con le poche sterline rimaste aveva trasformato la soffitta di casa in un bordello.

La prostituta giaceva in un angolo della camera a ore, sprofondata nella poltrona. Su quel velluto i clienti erano soliti sedere per sciogliere e riannodare lacci di scarpe e di menzogne, accanto al letto sfatto. Dormiva, stordita dal brandy da pochi scellini che Abigail le aveva versato in gola. Cate le aveva pulito il viso da croste e lacrime, aveva coperto la nudità con un lenzuolo pulito.

Era solo una ragazzina, con la sventura di avere in dote una bellezza che stava già sfiorendo e la povertà che l'avrebbe resa schiava di un uomo fino all'ultimo respiro.

In quel corpo magro e abusato, a Cate parve di scorgere quello del Cristo avvolto nel sudario.

Le voltò con delicatezza il viso a favore della luce. Il taglio squarciava la guancia dall'orecchio alla bocca.

La guerra aveva svuotato Londra degli uomini e Abigail aveva iniziato a cercare i clienti tra la feccia dei bassifondi. Si era adeguata alle nuove circostanze, a spese delle ragazze che si alternavano nel bordello per qualche spicciolo, una scodella di porridge e una tazza di acquavite, per ricacciare indietro la nausea.

Cate affondò l'ago nella pelle e iniziò a ricucire la vita strappata. Imbastiva punti minuscoli, faceva combaciare i lembi di barbarie e compassione.

La signora Harris si sporse per osservare. Non v'era vista che potesse turbarla.

«Tornerà come prima?»

«Se la ferita non si infetterà. Dovrete pulirgliela con una soluzione di acqua e sale e proteggerla con bende sterili. Più vicina, la lampada. Grazie.»

Cate tirò di nuovo il filo. Aveva scelto di praticare una sutura continua, serrata, per ridare a quella bambina il volto della speranza. Dicevano che le venisse bene rimettere insieme esistenze in frantumi.

Abigail non protestò per il lavoro che le sarebbe toccato. Rappresentava un disagio trascurabile, in confronto a quanto sarebbe potuto accadere. Aveva cacciato il cliente violento e spedito un garzone a chiamare Cate, «la dottoressa italiana». La conoscevano così all'ospedale di Harrow Road.

La campanella dell'ingresso tintinnò nella notte, due strattoni energici.

La padrona di casa strinse lo scialle sul petto.

«E adesso quale altro diavolo è venuto in visita?»

Cate pensò che la loro fosse stata una particolare convergenza di pensiero, eppure speculare.

Abigail posò la lampada accanto al catino e si sistemò le ciocche canute sotto la cuffietta di mussola. Palpò la tasca pesante del grembiule. Il rigonfiamento della stoffa non lasciava dubbi sul contenuto.

«Se è tornato, lo rispedisco all'inferno. Voi continuate, su, non fermatevi.»

L'ago tra le dita, Cate la guardò uscire dalla stanza e tirarsi dietro la porta. Il demonio era già in quella casa, pensò, e ora stava scendendo le scale tenendo le sottane tra dita paffute. Era difficile riconoscerlo, quando non aveva l'aspetto del lupo delle fiabe.

«Sei tu, il diavolo, vecchia senza cuore» mormorò tra i denti.

Attese qualche istante, ma nessuno urlò, e la signora Harris non sparò.

Cate si passò un braccio sugli occhi che bruciavano, stirò la schiena indolenzita e si rimise al lavoro.

Ancora un punto, un altro filo spezzato da riannodare alla trama di un'esistenza.

La giovane gemette. Aveva le palpebre tumide, le labbra tremavano.

Cate le accarezzò la guancia sana con le nocche.

«Manca poco, coraggio.»

La vide allungare a fatica una mano verso il pavimento, dove c'era un cuscino. Riuscì a sfiorarne il bordo con l'indice. Una lacrima rotolò fino al mento e cadde sul lenzuolo.

Cate aveva già visto quel gesto, in una città della terra natale rimasta straniera, nell'affresco di una cappella che non aveva nulla di modesto, che gridava al cielo la potenza rabbiosa e disperata degli esseri caduchi: il dito proteso dell'essere umano che cerca il contatto con Dio.

E Dio *era* su quel guanciale, nella forma di un bimbo addormentato, i pugnetti chiusi contro le guance arrossate.

Cate sentì il petto gonfiarsi di angoscia.

Che ne sarebbe stato di loro? Se non quella notte, la notte successiva, o nelle notti d'inverno, o da lì a qualche anno?

Si lavò le mani e prese il bambino tra le braccia. Il tepore di quella vita così fragile era quello di un cuore furioso già abituato a lottare. Se non altro, la sventurata aveva partorito un maschio. Gli sarebbero state risparmiate alcune disgrazie. Cullò il piccolo, lo baciò, ma rammentò a se stessa di non affezionarsi.

Cate riparava quel che poteva, interveniva e se ne andava, ma era così difficile lasciare le vittime, riconsegnarle all'atto successivo della tragedia.

Il bimbo si agitò, il visetto corrugato in un pianto che stava per scoppiare.

Cate se ne separò con riluttanza. Nessuno nasceva per salvare il mondo, né per essere salvato. Sull'anima di ciascuno non poteva gravare la condanna di un auspicio. Se il destino esisteva, allora non poteva essere che quello di cercare la propria strada.

Lo posò sul petto della madre. La aiutò a cingerlo, li avvolse entrambi nel panno affinché non si perdessero. Ne annodò le estremità così che la notte non li avrebbe presi, come la sua nonna italiana aveva fatto con lei e con sua madre, quando Cate era nata. Ma quella era una notte placida, la luna una moneta d'argento. Il mondo era sazio di sangue, eppure a ovest stava già montando una nuova tempesta. Oscura più dell'oscurità, si illuminava a tratti dei bagliori dei fulmini.

La signora Harris riapparve sulla porta, tamponandosi la fronte con un fazzoletto ricamato.

«Ci sono due signore all'ingresso. Due signore *vere*, a quest'ora, in casa mia.» Non dissimulava lo stupore. «Cercano voi, ma hanno detto di concludere in modo accurato il lavoro. Incredibile: attenderanno.»

2

Cate scese le scale tirandosi dietro la gamba sofferente. L'anca era rigida, i muscoli contratti. Il peso spostato sui gradini di quercia sollevava scricchiolii. Avanzava con il passo di un'anziana che anziana non era.

Le due signore avevano atteso che terminasse il lavoro per oltre un'ora, come se fosse naturale trovarsi in un bordello della fetida Whitechapel, nel cuore della notte, nel cuore nero di Londra.

Si era chiesta a lungo quale motivazione le avesse spinte a tanto, come se sapessero che cosa le sue mani erano state chiamate a fare.

Lo sapevano, infatti. A Cate bastò un'occhiata attraverso la porta socchiusa per riconoscerle. Aveva parlato con loro un'unica volta. Un'occasione che avrebbe potuto essere quella della vita.

Flora Murray e Louisa Garrett Anderson sedevano sul sofà a fiori della signora Harris, in un salottino liso, ma che almeno non puzzava di acqua di colonia maschile rancida, come il resto della casa. Corpi piatti e affusolati, schiene dritte, i capelli raccolti nello stesso modo sulla nuca, con la scriminatura al centro, stavano l'una accanto all'altra, come si diceva vivessero da alcuni anni.

Cate cercò sulle loro mani una conferma ai propri pensieri: lattee, androgine e talmente forti da affondare in un corpo e trattenervi la vita. Flora e Louisa portavano lo stesso anello e sul petto la coccarda con la scritta «Voto alle donne».

Come Cate, appartenevano al medesimo mondo di mezzo. Erano creature ibride, che i giornali avevano iniziato a osservare con curiosità mista a preoccupazione e a chiamare, non senza ironia, *Lady doctors.*

Spalancò la porta, lo sguardo delle due donne si sollevò su di lei e con pochi battiti di ciglia rivelò il carattere che le animava. Più docile, Louisa. Una scozzese indomita e schiva, Flora.

Cate aveva cercato di rendersi presentabile, tolto il grembiule da lavoro, srotolato le maniche della camicetta, allacciato fin l'ultimo bottone di madreperla del colletto. Si augurava bastasse, ma iniziava a sentirsi nuda.

Louisa accennò un sorriso.

«Caterina Hill, finalmente riusciamo a parlare con voi.»

«Cate, per favore.»

La donna le indicò la poltrona della signora Harris come fosse la propria.

«Abbiamo faticato non poco a trovarvi. Avete abbandonato l'incarico a Harrow Road senza fornire indizi sulle vostre intenzioni.»

Cate accettò il posto che le era stato assegnato. La ferita rese il movimento doloroso. L'imbottitura era talmente consunta da far sentire la durezza del telaio.

«Ho dato le dimissioni.»

Le sopracciglia aggrottate di Louisa ombreggiavano il viso minuto.

«Uno spreco di capacità, a ben vedere. Lo spiacevole incidente accadutovi non ha nulla a che vedere con questa vostra decisione, suppongo.»

Entrambe le donne guardarono la gamba che Cate era costretta a tenere dritta sotto la gonna. Era ben disposta nei loro confronti, tuttavia non poteva accettare che minimizzassero la violenza subita.

«Non è stato un incidente. Sono stata aggredita. Ma questo lo sapete, gestite voi l'ospedale.»

Se aveva creduto di tracciare un confine tra quanto permesso e quanto proibito azzardare a parole, sbagliava. Louisa non ne fu minimamente turbata.

«Non siete né la prima né l'ultima donna ad aver subito un'aggressione, dottoressa Hill. Non lasciate che un singolo episodio provocato da un fanatico rovini il vostro percorso.»

«Quel fanatico mi ha assalita perché sono per metà italiana, dottoressa Anderson. Così mi chiamano a Harrow Road: la dottoressa italiana. La guerra ha inasprito i nazionalismi e la situazione non potrà che peggiorare.»

Il marito di una paziente l'aveva afferrata per i capelli e trascinata giù dalle scale, fino in strada. Uno scoppio di violenza brutale. Al ricordo, il muscolo della coscia ebbe un fremito.

Louisa Garrett Anderson annuì.

«Ma, se non sbaglio, per quanto ci è stato riferito, ce l'aveva con voi anche perché donna. Un medico donna.»

Cate si massaggiò l'anca.

«Cambia i fatti?»

«Li aggrava.»

Una stilettata troncò a Cate il respiro. Cercò una posizione che le desse sollievo.

«Perché siete qui?»

«Siamo qui per coinvolgervi in un progetto ambizioso.»

«Quale progetto?»

Louisa si fece più vicina, in bilico sul bordo della seduta.

«L'apertura di un'unità chirurgica gestita esclusivamente da donne. Per uomini. In zona di guerra.»

Per un momento Cate sospettò di aver udito male, o che la dottoressa si fosse pronunciata frettolosamente, ma sapeva di sentirci benissimo e l'espressione della donna la induceva a credere che non ci fosse alcun fraintendimento. Louisa Garrett Anderson aveva poco più di quarant'anni, una decina più di Cate, ed era specializzata in chirurgia. Flora Murray, cinque anni più grande della collega, era anestesista e fisiatra. Cate iniziava a capire.

«Un'unità chirurgica *gestita* da donne» ripeté, per tentare di dare un senso alla rivelazione. «Gestita da *voi*. Non volete soltanto partecipare all'organizzazione.»

«Certo che no. Vogliamo fare ciò per cui siamo qualificate: operare. Vogliamo acquisire esperienza sul campo. È un'opportunità unica, non solo per noi, ma per tutte le donne medico di questo paese. Si aprono spazi di azione prima impensati. Non lo resteranno a lungo. Se tergiversiamo e ci ritiriamo nelle nostre case, le battaglie portate avanti per tutti questi anni saranno state inutili.»

Cate riuscì a dire solo una parola.

«Chi?»

«Per il momento, la squadra è composta da otto infermiere, quattro ausiliarie e tre dottoresse – quattro, se deciderete di unirvi alla spedizione. Conoscete le colleghe, hanno più o meno la vostra età: Hazel Cuthbert, Grace Judge e Gertrude Gazdar.»

Le conosceva. Erano ottime professioniste. Chirurghe, radiologhe, patologhe.

Cate si alzò, incapace di restare seduta sotto il loro sguardo pungolante. Voltò le spalle, una mano sul petto, come per calmarlo. Sentiva il cuore tuonare.

«Ci siamo specializzate tutte in ginecologia e pediatria, e voi pensate di farci curare soldati.»

«Finora questi sono stati i nostri campi di intervento, ma solo perché non ci è concesso fare esperienza altrove.»

Cate non riusciva nemmeno a immaginare ciò che le stavano proponendo. Era già dura così, tante erano le vessazioni cui far fronte per arrivare a esercitare.

«Voi siete la seconda generazione di donne medico» disse. «Vostra madre, dottoressa Anderson, è stata la prima donna medico in Gran Bretagna, ha fondato la London School of Medicine for Women.»

«Ha fondato la scuola che voi stessa avete frequentato, Cate, per permettere a tante altre di accedere alla professione in modo sistematico, e non solo come concessione da parte di una ricca famiglia alle spalle. Cambridge e Oxford ancora rifiutano di aprire i propri corsi di medicina alle studentesse, e non sono le sole. Le altre università non hanno posizioni molto diverse, nella sostanza. Sapete bene che ci è consentito frequentare le lezioni, ma non accedere all'esame di abilitazione finale. E quando ce la facciamo, fare carriera è fuori discussione.»

Potevano curare solo donne e bambini, e in piccoli ospedali di carità come quello di Harrow Road. Un'attività tollerata, ma nulla di più. Il *Lancet* l'aveva definita un'«invasione di amazzoni». La professione medica rendeva il cuore duro, e quello di una donna non poteva permettersi di esserlo. Che ne sarebbe stato degli uomini, se ciò fosse accaduto? Alle prese con donne volitive e meno inclini all'ubbidienza, per loro e per la società che avevano plasmato sarebbe stata una disfatta.

Louisa aveva parlato in modo appassionato, aveva gli occhi lucidi, ma sorrideva. Tutto il suo corpo era teso nella forza di una freccia scoccata per abbattere la volontà di Cate. Ma Cate a quell'assalto doveva opporsi.

«Siete il principio di una stirpe, dottoressa Anderson, mentre io sono sola.»
Il tono di Louisa si ammorbidì.
«Lo siamo tutte, Cate. Specialmente davanti alle scelte che potrebbero cambiare per sempre le nostre vite.»
Fino a quel momento Flora Murray era rimasta in silenzio, ma Cate era fin troppo consapevole del suo giudizio. Lo sentiva addosso, come una mano che tasta la tenuta di un materiale prima di sottoporlo all'estrema sollecitazione. Quando parlò, Cate rimase colpita dalla durezza metallica della voce.
«Caterina Hill, siete davvero iscritta al Medical Register? Possiamo chiamarvi dottoressa?»
Cate trasalì all'offesa celata nel dubbio.
«Ma certo!»
«A noi questo basta. Vedete, non vi chiederò come mai chi vi conosce asserisce che viviate assieme a una coppia di anziani, un falegname e una sarta che lavora per il teatro. Le persone a cui abbiamo chiesto di voi sono convinte che siano i vostri genitori – così voi lasciate intendere –, ma tutte qui sappiamo bene che se quella fosse la vostra famiglia, non avreste mai potuto accedere agli studi necessari per la professione.»
Attese, gli occhi chiarissimi piantati nei suoi. Cate non aveva mai visitato la Scozia, ma immaginò così la trasparenza del ghiaccio delle Highlands.
«Non lo sono» mormorò. «Non sono i miei genitori.»
«Lo credo bene. La signora dovrebbe essere italiana, ma mi risulta gallese.»
«Non vivo con la mia famiglia, dottoressa Murray. Mi pare appurato.»
«E non vi chiederò della fede che portate al dito, né del

marito che nessuno ha mai visto. La dottoressa Anderson e io siamo convinte che il matrimonio non si possa accompagnare alla carriera medica: se quell'uomo è scomparso, non ve ne faremo in alcun modo un'attribuzione di colpa.»

Cate non sapeva se ridere o urlare per tanta indelicatezza. Quella donna aveva frugato nella sua vita, in ferite ancora aperte. E non aveva ancora finito.

«Per quanto riguarda il vostro sangue italiano, dottoressa Hill, non è e non sarà mai un problema, a prescindere dalla decisione che la vostra patria natia prenderà riguardo al partecipare al conflitto o meno, e al fianco di chi. Noi donne non siamo mai chiamate a decidere della guerra, solo a riparare i danni che fa.» Indicò la gamba di Cate. «Ciò che vi è successo non si ripeterà. Sarete al sicuro.»

Cate si sentì fremere.

«Dire che parlate chiaro è un eufemismo, dottoressa Murray.»

L'altra non rispose al suo sorriso ironico.

«Siamo qui perché le vostre competenze sono preziose. Le vostre mani sono preziose. Abbiamo bisogno di una come voi.»

«Sono sicura che non vi offenderete se anch'io parlo chiaro: siete certe di avere i permessi necessari? Avete dipinto un quadro perfetto della condizione femminile in questo paese, come fate a dire che all'improvviso ogni ostracismo, ogni dubbio infamante, è alle spalle?»

«Mi duole dirvi che nulla è alle spalle: siamo chiamate a dimostrare ogni singola parola pronunciata a nostra difesa, e state certa che nessuno ai posti di comando scalpita per renderci l'impresa facile.»

«Chi ha autorizzato la spedizione?»

Le due donne si guardarono per un istante.

«Con i nostri trascorsi nelle lotte per il suffragio, non abbiamo ritenuto opportuno bussare alla porta principale del governo. Nessuno si sarebbe scomodato ad aprire.»
«All'Ufficio della Guerra, allora?»
«Ci ha già provato la dottoressa Elsie Inglis. Le è stato detto: 'Mia cara signora, vada a casa e resti seduta'.»
«Chi, allora? Chi ha accettato?»
Un tuono scandì l'istante della risposta, come la battuta di una tragedia messa in scena nel tempo di una notte. Che puntualità, pensò Cate. Nubi nere sopra la sua testa. E dentro, anche. Lampi accecanti, il dubbio.
Fu Louisa a rispondere.
«Ci ha risposto, con entusiasmo, l'ambasciatore di Francia a Londra. Il nostro sarà il primo ospedale inglese in terra francese. L'Ufficio della Croce Rossa di Parigi ci ha dato due settimane per i preparativi: letti, coperte, cloroformio, provviste e strumenti chirurgici. Le compagne suffragette sono riuscite a raccogliere una somma più che sufficiente per acquistare il necessario, duemila sterline. Non faremo formalmente parte dell'esercito, ma vi assicuro che la disciplina sarà la medesima e lo stipendio buono. Allora, volete far parte del WHC?»
«WHC?»
«Women's Hospital Corps. Non mancate che voi.»
Cate si aggrappò allo schienale della poltrona. La Francia. Volevano che attraversasse il mare per approdare in un campo di battaglia. Possibile che non avessero alcun timore? Che non tremassero alla sola idea, come lei stava facendo?
«Allora, qual è la vostra risposta, dottoressa Hill?»
Cate prese un respiro profondo.
«Siete state ben attente a non nominarla, colleghe, ma sono certa sappiate che ho una figlia di pochi anni.»

«Guadagnerete per lei un futuro. Sicuramente più dignitoso di quello che potreste mai darle rabberciando prostitute nei sobborghi di Londra.»

Louisa lo disse senza acredine, senza la minima traccia di giudizio, né disgusto. Era la verità dei fatti e Cate ne era ben consapevole, ma non cambiava la sostanza della situazione.

«Non posso lasciarla. La risposta non può che essere no.»

Quando pronunciò l'ultima sillaba, provò un senso di disagio difficile da definire. Un affondo di lama alla propria morale, o forse a una visione di se stessa e di sua figlia che non si era mai permessa di sognare.

Le due donne si alzarono, perfettamente accordate.

Flora la salutò con un cenno del capo e uscì dalla stanza. Cate la sentì scambiare qualche parola di circostanza con la signora Harris.

Louisa le porse la mano.

«Ci troverete al numero 60 di Bedford Gardens nei prossimi giorni. Se non avremo vostre notizie, spero almeno di vedervi a Victoria Station il giorno della partenza. Ci sarà una divisa pronta anche per voi.»

Cate gliela strinse.

«Vi ringrazio, ma non posso.»

La donna la osservò.

«State un po' soffrendo, lo vedo. Questo mi rincuora. Non mi ero sbagliata: voi amate il vostro lavoro. Riflettete sulla possibilità di tornare a esercitare a Harrow Road. C'è molto bisogno, ora più che mai.»

Cate le accompagnò all'ingresso, si appoggiò allo stipite e le guardò sparire nell'automobile in attesa. L'autista avviò il motore e guidò lentamente lungo il vicolo, ma le ruote non fecero che pochi giri attorno all'asse. La portiera si spalancò e Flora Murray scese, affondando gli stivaletti nel canale di scolo. Non batté ciglio, raggiunse Cate a passo di marcia. Aveva iniziato a cadere una pioggia tiepida che la dottoressa non si curò di detergersi dal viso. Guardò Cate tra le gocce che scivolavano dalle ciglia dorate, l'orlo dell'abito gonfio d'acqua.

«Se ci fa paura? È questo che volevate chiederci poco fa, vero? *Ovviamente.* Se richiede sacrificio?» Allargò le braccia. «Quando mai a noi donne non viene richiesto?» Si avvicinò di un passo. «Louisa è stata arrestata in seguito alle proteste di piazza, due anni fa. Ha scontato quasi due mesi di lavori forzati a Holloway Prison. Ci siete mai stata?»

«No.»

«Io ero lì, a portare cure e conforto alle donne detenute, e di vite straziate ne ho viste. Una di loro è stata alimentata forzatamente duecentotrentadue volte. Sapete bene che cosa significhi per i polmoni. Ho visto le lesioni. Ho visto i graffi lasciati dalle unghie. L'hanno liberata, infine, ma non prima di averla molestata, drogata con bromuro, violentata ripetutamente, solo perché vuol essere considerata un essere umano con pari dignità e diritti di un maschio. E che cosa fa ora il primo ministro? Ci offre l'amnistia per quelle donne, se siamo disposte a fare propaganda favorevole ai piani decisi dal governo. Chiedetevi se è questo il futuro che desiderate per vostra figlia.»

Si incamminò per andarsene, ma Cate sentì l'impulso di trattenerla, come se in realtà l'improvvisa libertà dalla risposta che l'altra pretendeva lasciasse proprio lei in difetto.

Si aggrappò con entrambe le mani allo stipite, nell'atto di opporsi a una nuova bordata, o di lanciarne una a sua volta.

«State dipingendo una guerra, dottoressa Murray!»

Flora si voltò, un accenno di sorriso che a Cate non piacque.

«Ma certo, cara. Non li sentite, i cannoni? Tuonano da

anni. Nelle piazze, dalle pagine dei giornali che ci chiamano 'isteriche', dagli ospedali psichiatrici in cui continuano a rinchiudere le più indomite delle nostre sorelle. Non le sentite urlare? Sono grida di guerra. Una guerra di diritti. Qualcuna di noi dovrà pur combatterla. Se non noi – oggi, adesso –, dovranno farlo le nostre figlie domani. Anche la vostra Anna.»

3

Campo di battaglia di Mons, Belgio, 22 agosto 1914

Il vento del Nord faceva sbattere le falde della tenda ufficiali, tamburreggiava sull'accampamento tormentando i soldati con ricordi e speranze. Portava con sé l'odore salino della costa. Faceva pensare a un viaggio per mare, compiuto questa volta a ritroso, per tornare; faceva pensare a Dover e alle sue scogliere, non più salutate per un addio ma per un rientro insperato.

Era così furioso da affastellare anche i pensieri di chi cercava raccoglimento.

Alexander appallottolò il foglio su cui stava scrivendo e lo gettò nel braciere. I bordi annerirono, la vampata fu improvvisa e fugacemente si consumò. Era il quinto tentativo che bruciava.

Dall'entrata si affacciò un soldato. Era Samuel Conway, il viso magro dipinto di scuro, come il collo e le mani. Gli occhi chiari guizzavano nervosi. Anche lui era un fuciliere esperto e conosceva Alexander da ben prima dell'inizio del conflitto.

«Capitano, il cavallo è sellato. Siamo pronti.»
Alexander si alzò.
«Vi raggiungo.»

Fissò ancora per un momento la missiva alla quale stava tentando inutilmente di rispondere da ore, indugiò sulla combinazione di lettere e significati che lo stava tormentando da quando vi aveva posato lo sguardo. In quelle righe la sua fidanzata lo aveva chiamato «eroe». Un'investitura che esigeva il sacrificio estremo per trovare pieno compimento. Erano morti tutti, lì, gli eroi. Alexander presidiava un campo di battaglia non ancora del tutto spento e che presto sarebbe stato dato nuovamente alle fiamme. Le visioni romantiche di Caroline, in quel luogo, apparivano fatue.

Le parole evocavano immagini e lui non era certo che i panorami che lo circondavano, e adesso anche abitavano, sarebbero stati compresi da chi lo amava.

Ripiegò il foglio, lo infilò nella tasca della giubba e soffocò la fiamma della lampada. Soffocò anche ogni altro pensiero, mentre si sistemava il fucile sulla spalla e usciva nell'oscurità.

Il fronte occidentale era un cratere che apriva la terra dal mare del Nord fino alle Alpi. Nelle ore notturne ribolliva. Alexander si fece largo tra soldati che scavavano tombe e latrine, stipavano vettovagliamenti e munizioni, spingendo carriole cariche di sacchi di sabbia e rotoli di filo spinato. Al suo passaggio scattavano sull'attenti, mani e abiti imbrattati e sul volto lo sfinimento.

C'era una premessa terribile in quel lavorio alacre. Ci si preparava a restare.

Alexander si chinò a raccogliere una fotografia. L'aveva quasi calpestata, coperta com'era di fango. Ritraeva una donna con in braccio un lattante e una bambina poco più grande attaccata alle sottane della madre. Nessuno di loro sorrideva. Sembravano guardare proprio lui, ed erano tristi.

La porse a Samuel, in fretta.

«Trova a chi appartiene. La starà cercando.»

«Senz'altro.»

«Il cambio della guardia?»

«Concluso. Vuoi procedere? Possiamo rimandare la consegna dei servizi notturni a dopo il giro di ricognizione.»

Rimandare non aveva senso. Forse la morte lo attendeva a qualche passo da lì, ed era terribile la normalità di quel pensiero.

«Procediamo.»

Ispezionare le truppe significava affondare fino alle caviglie nel fango alimentato dalle piogge di tarda estate e controllare che le giacche fossero abbottonate fin sotto il collo, le mostrine lucide e le calzature spazzolate, i giacigli in perfetto ordine e gli zaini fatti, mentre il mondo tutto attorno stava crollando. Quando si infilava nei camminamenti umidi, dove l'aria sapeva di umanità smarrita, Alexander provava pena e frustrazione.

Gli ufficiali come lui avevano ricevuto un dispaccio da Londra. L'Alto Comando britannico raccomandava che gli acquartieramenti dei soldati non fossero troppo comodi. L'Ufficio della Guerra voleva martiri rabbiosi e famelici.

Le luci barbare che la notte ardevano nelle latebre delle prime linee non erano solamente quelle delle torce da campo. Era l'anima a bruciare di puro istinto, a sopravvivere perché dimentica di tutto ciò che era stata nella vita precedente; un altro sé, fino ad allora rimasto sopito, si era risvegliato e faceva digrignare i denti, conficcare le unghie, riconoscere il ringhio di un'altra bestia umana acquattata nelle fosse buie, e il sibilo di una bombarda in arrivo. Indicava dove la lama della baionetta affondava meglio, e quel dove era il ventre di un giovane come lui. Alexander e altre migliaia di soldati erano salvi grazie a una memoria primordiale.

Adocchiò una guardia di vedetta, ritta sul gradino di tiro, lo stomaco smilzo contro il parapetto. Conosceva tutti gli uomini sotto il suo comando, ma quel profilo non lo aveva mai incrociato. Si fermò di fianco al giovane. Così da vicino, il viso che spuntava da sotto la visiera del berretto sembrava appartenere a un adolescente.

«Quando sei arrivato, soldato?»

Il ragazzo scattò sull'attenti.

«Questo pomeriggio, signore. Da Calais.»

«Il tuo nome?»

«Andrew Grey, signore.»

«Quanti anni hai, Andrew?»

Il ragazzo esitò il tempo di un respiro.

«Diciannove, signore.»

Alexander lo scrutò. Aveva le ciglia lunghe di un bambino e il naso all'insù, forse di sua madre. Lo poteva immaginare solo sul viso di una donna o di un infante, così delicato.

Gli afferrò un braccio, ignorò il suo sussulto. Era come stringere un osso. Tutto gomiti e ginocchia, Andrew, proprio come un adolescente. Gli insegnò la posizione corretta da tenere, quella che permetteva, anche dopo ore, di sentire ancora il corpo.

«Chiedi tè caldo zuccherato ogni ora. Ti spetta.»

«Sissignore.»

Alexander se lo lasciò alle spalle, ma chiamò Samuel accanto a sé.

«Tienilo d'occhio, domani, quando sarà il momento.»

Ultimarono l'ispezione, ma non tornarono verso le tende degli ufficiali.

Due uomini li aspettavano a cavallo nelle retrovie. Erano Oliver Jones e Cecil Wilson, due dei tiratori migliori di Alexander, il primo con una sigaretta tra le labbra e altre due dietro le orecchie, il secondo rosso di capelli e talmente imponente da aver fatto schizzare via più volte i bottoni della casacca. Si diceva che fosse impossibile trovarne una della sua taglia in tutto il Commonwealth.

Alexander montò su un corsiero nero come la pece, prestito della cavalleria, e guidò la ricognizione fino al canale che attraversava Mons. Una sponda era in mano all'esercito di Sua Maestà, l'altra sembrava deserta, ma un'ala dell'aquila tedesca vi si era già posata, ammantandola d'ombra.

A poche miglia da lì, all'alba, la quinta *Armée française* guidata dal generale Lanrezac era stata sconfitta dalle forze dell'impero germanico nella battaglia di Charleroi.

Il comandante di divisione non aveva usato giri di parole con Alexander, quando aveva illustrato il piano per il giorno seguente.

«A Lanrezac non è rimasto che chiedere a noi di raggiungere il canale Mons-Condé e restare in posizione. Dobbiamo resistere per ventiquattro ore, il tempo necessario per permettere al fianco francese di ripiegare verso Saint-Vaast. Dobbiamo soltanto resistere.»

Lo aveva ripetuto, la seconda volta con lo sguardo fisso sui piani di guerra stesi sul tavolo che era stato la cattedra di un insegnante, in una scuola dalle finestre in frantumi. Quello sguardo talmente fisso da essere incapace di mettere a fuoco ciò che sta puntando, che affonda nei pensieri, in un mondo interiore in subbuglio.

Da Saint-Vaast, Dio piacendo, il contingente francese si sarebbe ricomposto per tentare nuovamente di fermare la corsa al mare del nemico. Se l'esercito del Kaiser avesse raggiunto la costa, la Gran Bretagna sarebbe stata un bersaglio fin troppo facile.

«E noi? Che ne sarà di noi dopo aver resistito?» avrebbe voluto chiedere Alexander. Non c'era risposta immediata. Per conoscerla bisognava sopravvivere ventiquattro ore, un tempo interminabile da attraversare in inferiorità numerica. Un'ora prima il comando centrale aveva fatto avere loro gli ultimi aggiornamenti tattici. La densità dei soldati nemici era stimata nell'ordine di diciottomila unità per miglio.

Diciottomila. Alexander aveva dovuto rileggere per capire che non si trattava di un errore. In tutta la Francia e le Fiandre gli inglesi non arrivavano a ottantamila. I francesi erano presenti in numero maggiore, ma pochi di loro erano soldati di professione.

Spronò il cavallo a risalire la collina che dava sul canale, a ridosso del punto in cui l'ansa formava un saliente. La propaggine del teatro di battaglia che si estendeva in territorio controllato dal nemico sarebbe stata difficilissima da difendere. Lo preoccupava, ma ancora di più lo impensierivano i quattro ponti che attraversavano il corso d'acqua, nella zona della sporgenza. E quegli alberi, i pini che nascondevano alla vista parte della riva opposta, lo inquietavano più di tutto. Avrebbero dovuto abbatterli, ma qualcosa gli diceva che non c'era più tempo.

Samuel e Oliver lo raggiunsero. Samuel scrutava l'oscurità con i gomiti puntati sulla sella, le braccia incrociate. Sembrava avere dalla sua tutto il tempo del mondo, e tutta la calma, anche. Oliver aveva spento la sigaretta, la teneva dietro l'orecchio, sopra l'altra, a portata di mano per quando sarebbero tornati in zona sicura e quel minimo bagliore non avrebbe più rappresentato un segnale. Teneva salde le briglie, pronto alla fuga, o all'inseguimento. Suo fratello era morto il giorno precedente, durante una ricognizione in bicicletta. Quando aveva ricevuto la notizia, Oliver aveva acceso due sigarette, una per sé e una per l'anima di Harry. Così aveva detto. Nessuna lacrima versata, nessuna maledizione scagliata con rabbia, ma Alexander gli aveva visto la mano tremare alla fiam-

mata del cerino; la prima e unica volta, da quando lo conosceva, ed erano ormai tre anni.
Samuel consultò a fatica l'orologio. Erano quasi le due del mattino.
«Ci siamo. Sempre che Cecil non si sia perso. Ha un pessimo senso dell'orientamento.»
Dal fianco destro, più sotto, verso l'argine, come richiamato all'ordine, un lampo accecante illuminò la notte e una palla di fuoco si alzò in aria, compiendo un arco perfetto e andando ad atterrare sulla riva opposta. Il razzo segnalatore rischiarò una buona porzione di terra. Nemmeno un'ombra si mosse, colta alla sprovvista. Sembrava davvero che il nemico fosse lontano.
Qualche minuto dopo, un secondo razzo arrivò questa volta dal lato sinistro e di nuovo cadde senza illuminare altra presenza se non quella degli edifici abbandonati e delle pietre dei ponti.
Con un colpetto di tacco, Samuel fece avvicinare il cavallo a quello di Alexander.
«Che ne pensi, capitano?»
La sincerità non faceva parte della dotazione minima e necessaria di un comandante, soprattutto alla vigilia di una battaglia che si preannunciava disperata, ma Samuel e Oliver non erano soltanto i suoi sottoposti.
Alexander accarezzò il collo dell'animale, come stava facendo con i pensieri selvaggi che lo agitavano.
«Si credono furbi. Sono là, da qualche parte.»
Oliver sputò a terra.
«Qualcuno ha detto di averli sentiti cantare, prima di lanciarsi in combattimento. *Deutschland über alles*. Non sanno ripetere altro del loro maledetto inno imperiale.»
Alexander lasciò vagare lo sguardo nella notte, come per

afferrare l'immagine che aveva in mente. La Germania al di sopra di tutto. In quei giorni, in quelle lande, un popolo avanzava calpestando cadaveri, quelli dei suoi figli e quelli di altri disperati.

Alexander aveva sentito i racconti che descrivevano le strofe intonate dai tedeschi prima del tuono dei cannoni, preannunciando i sibili di obici e bombarde. Cori di ragazzini senza esperienza, che erano già morti e non sapevano di esserlo. Erano storie che giungevano da altri terreni di battaglia, ma che aleggiavano come spettri anche sull'umore dei suoi uomini.

Cecil arrivò al galoppo. Sembrava troppo grande persino per il cavallo. La bestia si fermò sbuffando.

«Allora, come sono andato?»

Samuel indicò i due razzi. Si stavano spegnendo in bagliori sempre più incerti.

«Non sono i tuoi tiri migliori.»

Cecil si sporse sul collo dell'animale e strizzò gli occhi. Era stato membro della nazionale gallese di rugby e aveva appena calciato i razzi legati agli ultimi due palloni rimasti alle truppe di stanza a Mons.

«Stai scherzando? Sono i miei tiri migliori.»

Oliver sputò di nuovo e puntò i talloni sul fianco della bestia per continuare il giro di ispezione.

«Nemmeno per idea. Mi devi una sigaretta.»

Anche Samuel spronò il cavallo, ma prima chiarì un punto: «Domani ci vai da solo a riprenderli».

Alexander sentì Cecil ribattere, uno degli animali nitrire basso, ma non mosse il suo, non li seguì. Continuò a misurare la notte con i sensi. Non era la paura ad averli affinati, ma la responsabilità che sentiva di avere per le vite che di lì a breve avrebbe dovuto incitare in battaglia.

C'era qualcuno dall'altra parte. Non qualche miglio a est, non sulla strada che da Charleroi portava a Mons. Lì. A pochi passi da loro. Forse tra gli alberi che avrebbero dovuto abbattere.

C'era qualcuno e li stava cercando nel buio, esattamente come faceva Alexander scandagliando i meandri dell'ansa. O forse era lui stesso a guardarsi dentro, a interrogarsi di fronte alla propria ombra. Quanti uomini aveva già ucciso e quanti ancora ne avrebbe dovuti uccidere per restare vivo. Quante vite avrebbe dovuto mietere per essere chiamato eroe e per sentirsi maledetto.

Una sola domanda aveva trovato istantanea risposta.

Una. Tanto bastava.

Una sola uccisione era sufficiente per guastare l'anima.

Stava attraversando una terra che macchiava, entrava nelle narici, sedimentava sotto le unghie ed era più nera di quella inglese, o forse solo maledetta. Nero era il colore del sangue morto, quello del giorno dopo, freddo e opaco, che l'alba rivelava sul terreno ricoperto di cadaveri.

Alexander tormentò con un dito il foro della giubba, all'altezza del polso sinistro. La mattina del suo primo giorno di guerra, mentre prendeva la mira per colpire, un proiettile tedesco aveva lacerato la stoffa lasciando intatta la pelle.

Se il caso non fosse stato favorevole, in quel momento il proiettile avrebbe potuto essere conficcato dentro il suo cuore, sepolto accanto a centinaia di altri cuori, o esposto all'aria della notte, non ancora recuperato in quella striscia di pianura fumante che non apparteneva più a nessuno.

L'uniforme leggendaria dell'eroe che Caroline sognava non esisteva, era solo un pezzo di stoffa, mostrine e bottoni chiuso in un baule. Attendeva parate e occasioni ufficiali che forse non sarebbero mai arrivate, o che, ormai, non avrebbero più avuto alcuna importanza per lui. Il tempo degli eroi era lontano. Brillava solo dopo secoli, nell'immediato era sempre fosco e sporco, e maleodorante.

«Capitano?»

Samuel lo stava aspettando. Alexander indugiò ancora qualche istante. Voleva marcare il buio con la propria presenza silenziosa, in modo che al suo omologo, in ascolto dall'altra parte, giungesse chiaro il messaggio, l'impronta di una resistenza che non avrebbe in alcun caso ceduto prima del tempo. Poi tirò le redini e tornò dai suoi uomini.

4

Londra

Le finestre della bottega di Joseph e Willelmina Moore erano illuminate, nonostante l'ora tarda. Attraverso le tende, l'ombra del falegname si muoveva in controluce, avanti e indietro, le braccia tese, il corpo incurvato. Nella sagoma non era difficile indovinare la pialla tenuta stretta tra mani ancora forti.

Cate scese dalla bicicletta e bussò, tre colpi rapidi.

Fu Willelmina ad aprire. La lunga gonna aveva più rammendi che impunture, ma la sarta era così abile e parsimoniosa da averli nascosti sotto raffinati ricami. A ogni movimento dei fianchi il tessuto spazzava i trucioli sfuggiti alla scopa e qualcuno vi restava impigliato. L'avrebbero ritrovato il giorno successivo, o quello dopo ancora, in qualche angolo nascosto della casa, dove ogni ombra profumava di legno, della sua polpa più morbida.

«Santo cielo, Cate! Eravamo in pensiero.»

Si fece da parte per far passare lei e la bicicletta.

«Un imprevisto.»

La donna si portò una mano alla gola.

«Sei stata importunata?»

«Nulla del genere.»

«Devi smetterla di accettare quel tipo di richieste. A Whitechapel, poi. Presto o tardi, qualcuno si metterà sulla tua strada, e non sarà un incontro piacevole.»

Qualcuno si era davvero messo sulla strada di Cate, anche se non nel modo in cui Willelmina immaginava.

«Moglie, non assediarla con le tue paure. È stanca.»

Joseph aveva riposto la pialla sul bancone da lavoro e si era avvicinato con i piccoli passi che Cate aveva imparato a riconoscere nelle notti in cui entrambi non riuscivano a dormire. Ticchettavano sul pianerottolo come lancette di un orologio. Lui era tormentato dal tempo, dall'insonnia dell'età tarda, dal bisogno di chi non vuole sprecare nemmeno un battito di ciglia dei giorni che rimangono. Lei era perseguitata dal pensiero di una vita che aveva preso una rincorsa inaspettata verso l'ignoto.

«Con le *mie* paure, Joseph? Si tratta di buonsenso. Io dico che Cate dovrebbe smetterla. Il denaro guadagnato non vale il rischio.»

«Lo sappiamo bene tutti, Mina. Lo sappiamo tutti.»

L'uomo strizzò l'occhio a Cate, prese la bicicletta e, con uno slancio di giorno in giorno più stentato, l'appese a un rampino sulla parete.

Mina le tolse la borsa dalla spalla e precedette entrambi lungo il corridoio che fungeva da disimpegno tra il laboratorio e l'abitazione privata. La posò sulla cassapanca dove teneva le pezze di stoffa, il suo unico patrimonio. In cucina la luce era accesa e tre tazze di porcellana li aspettavano su una tovaglietta di cretonne azzurra. Mina prese la teiera, ne saggiò la forma panciuta con i palmi.

«Il tè è ancora tiepido. Meglio di niente.»

Cate si lavò le mani nel tinello, le strofinò con sapone e paglietta, salendo fino al gomito, insistendo sotto le unghie. Erano pulite, eppure non riusciva a smettere. Lei tornava a casa, le donne che aiutava restavano confinate nel carnaio che lentamente le masticava.

Sarebbe stato così anche con la guerra? Ricucire soldati e rimetterli in piedi significava rispedirli al fronte che li aveva appena rigettati in pezzi sulla terra di nessuno. I giornali parlavano di nuove armi, di strazi mai visti prima d'allora nella storia dell'umanità.

Strofinò con ancora più forza, quando si rese conto di stare pensando come se avesse già deciso, e invece decidere non poteva. Le mani delle donne erano sempre legate, anche quando i lacci non si vedevano. Erano cappi d'amore, di dovere, di decoro, di bisogno.

Joseph la fece voltare.

«Finirai per consumarle, invece sono preziose.»

Gliele prese in un panno pulito e le asciugò. Si erano sempre capiti con uno sguardo, loro due. Anche in quel momento, Joseph sembrava parlarle di altro, offrendo nel silenzio la risposta alla domanda che lei non aveva il coraggio di fare nemmeno a se stessa.

Cate prese la busta dalla tasca dell'abito e gliela porse. Nascosto nel pudore candido della carta c'era il denaro che la signora Harris le aveva pagato per la prestazione. Una somma che non si poteva definire generosa, ma che era abbastanza per permettere a lei, a sua figlia, a Mina e a Joseph di resistere un altro po' senza dover mendicare patate e latte dai vicini. Qualche giorno di tregua.

Willelmina la spinse verso la sedia, le versò il tè nella tazza. Il pallore del liquido svelava la parsimonia dovuta all'indigenza. Non potevano permettersi nemmeno lo zucchero. E la guerra era appena iniziata.

«Mi è stato offerto un lavoro.»

Cate si rese conto di averlo detto solo quando sentì la propria voce spegnersi sull'ultima parola.

Joseph sedette davanti a lei. Non toccò la tazza.

«Non la consideri una buona cosa, da come lo dici.»
«Non è a Londra.»
«Nel Surrey?»
«No.»
«Non dirmi che è nel Kent. Ho alcuni parenti lì.»
«No, Joseph.»
Anche Willelmina si decise a sedersi. Aveva capito che la questione era importante.
«Se è la Scozia...»
«Francia.»
Fu come sparare un colpo di cannone.
La voce di Mina si fece pigolio.
«Ma c'è la guerra, in Francia. Quella vera, non solo sulle pagine dei giornali.»
Cate nascose il turbamento oltre l'orlo della maiolica. L'infuso non aveva sapore, era poco più che acqua bollita. Rispose insistendo con lo sguardo sul manico sbeccato.
«È lì infatti che c'è più bisogno di personale medico, Mina. Si tratterebbe comunque di qualche settimana. Sei, al massimo.»
«Ma tu fai nascere i bambini. Curi le donne.»
Lo disse come si argina il corso di un fiume: piantando parole per contenere, per strizzare ciò che potrebbe esondare e riempire spazi che non gli sono propri. Cate sentì gonfiarsi la corrente, i flutti sbattere e salire fino in gola, fino a straripare.
«Io sono un medico chirurgo.»
Vide la confusione sostituire la paura sui loro volti. Sembrava che lo apprendessero in quel momento. In realtà, era l'abitudine a distorcere il valore dei gesti e delle cose, perfino delle persone.

Cavalcò l'onda che sentiva sollevarla dove fino a un momento prima non aveva pensato di arrivare.
«Non saresti sola. Siamo donne che hanno ottenuto l'abilitazione. Abbiamo giurato di prenderci cura della vita umana, di metterla davanti a ogni altro calcolo. Manca la pratica, in certe specializzazioni, ma arriverà. *Arriverà*. Mai come ora può esserci concessa.»
Willelmina strabuzzò gli occhi.
«Concessa da chi?»
«Dalle avversità. Nel momento del bisogno, le donne possono farsi avanti.»
Willelmina balzò in piedi, agitata.
«Non puoi accontentarti di ciò che hai? Non sono tempi sicuri.»
Si alzò anche Cate.
«Accontentarmi? Potrei, certo, ma per chi? Per me, o per mia figlia? Con che diritto devo dirle che il suo sarà un futuro di limitazioni perché sua madre non ha avuto il coraggio di lottare?»
«Lottare? Tu vuoi andare in guerra!»
Cate ricordò le parole di Flora.
«Sì. È una guerra per i diritti.»
«È una guerra di bombe!»
«Qualcuna di noi dovrà pur combatterla.»
«E Anna? Ha solo cinque anni.»
Bastò quel nome a far ritirare l'onda, e la risacca svuotò Cate di ogni impeto.
Si lasciò cadere sulla sedia.
«Non so perché ve lo sto dicendo. Io... ovviamente non lascerò Anna.» Chiuse per un attimo gli occhi, la mano a reggere la fronte. «Non so perché ve l'ho detto.»

Una tazza tintinnò sul piattino. Joseph sorseggiava il tè, e sorrideva. Lo sguardo era preoccupato, ma lui sorrideva.

«Forse perché senti di doverci andare.»

Willelmina protestò, ma lui le chiese di sedersi. Joseph posò la tazza, intrecciò le dita sul tavolo.

«Che tu resti con tua figlia, Cate, o la affidi ad altri per inseguire il futuro che vuoi per entrambe, ci sarà sempre qualcuno che non capirà, che dirà che sbagli. A volte la decisione di un'intera vita non si riassume in con chi andare, o per chi farlo, ma in chi lasciare. Pensi di non avere una famiglia, ma hai noi. Anna sarà in buone mani.»

Cate guardò Willelmina. La donna aveva gli occhi lucidi.

«Voglio solo proteggerti, Cate cara.»

Avrebbe voluto farlo anche lei. Cate sentiva il cuore battere furiosamente, il respiro dilatare la gola, e poi stringerla fino a rubarle il respiro.

Aveva deciso? Davvero? Le parole le uscirono in un sussurro, ma suonarono definitive.

«Non sempre possiamo proteggerci dalla vita.»

Anna dormiva nel letto che condividevano. Si addormentava sempre più spesso senza Cate, eppure fino a poche settimane prima aveva bisogno del battito del suo cuore per abbandonarsi serena al sonno. Aveva imparato a fare di necessità virtù, era cresciuta.

Cate si stese accanto a lei e ne percorse il profilo con un dito. Anna aveva ereditato i suoi lineamenti e i colori chiari del padre, e avuto in sorte una vita randagia.

Si accoccolò contro di lei. La sentiva respirare sul suo petto agitato; Anna aveva il potere di rendere più mansueto il demone che lo abitava.

Cate non sapeva quanto ancora avrebbe potuto proteggerla dal mondo esterno. Sentiva le avversità crescere attorno a lei come edera velenosa, per confinarla sempre più ai margini di quella città.

Ora qualcuno le aveva detto che per darle possibilità migliori avrebbe dovuto lasciarla, e nulla sarebbe più stato come prima, perché il dubbio seminato aveva attecchito.

La visione della prostituta con il suo piccolo tornò a tormentarla. Riconobbe in lei la ragazza che Anna sarebbe potuta diventare, nel peggiore dei casi ma non nel più improbabile.

Toccava a Cate proteggerla. Nessun altro si sarebbe fatto carico della salvezza di sua figlia.

Le passò un braccio attorno alla vita e si guardò le mani. Sarebbero mai state capaci di strappare alla morte un essere umano con la stessa forza di quelle di un maschio? E lei sarebbe stata capace di tenere al sicuro il proprio cuore, di riportarlo intatto dalla bambina che lo aspettava, senza vederlo inaridirsi giorno dopo giorno per sopravvivere?

Mani di donna, mani di Dio, avrebbe detto la sua nonna italiana. Mani capaci di sfamare col nulla, di accudire il bisognoso, di difendere senza armi. Di sollevare il mondo, se fosse stato necessario.

Mani che tremavano solo al cospetto di sua figlia, mai durante un parto, una sutura, un intervento.

Non sei indistruttibile, rammentò a se stessa.

Sollevò la camicia da notte e scoprì il livido che le tormentava l'anca, giù fino alla coscia. L'ematoma aveva assunto le sfumature del blu e del viola, fino al verde giallastro. L'aggressore l'aveva trascinata chiamandola «italiana infame». La nazione natia di Cate tergiversava sulle parti da prendere nel conflitto e chi lasciava intuire di esserne originario ne pagava le conseguenze.

Non si era mai sentita così sola e fragile come in quegli istanti terribili.

Sollevò d'istinto lo sguardo sullo scrittoio. Nella mezzaluna di luce ritagliata dalla lampada, il ripiano era ingombro di lettere. Lettere appena abbozzate, lettere terminate e mai inviate. Quelle ritornate al mittente senza essere state aperte le conservava in una scatola di latta, legate assieme da un nastro nero, per ricordare a se stessa la parte della sua vita che era morta, insieme ai sogni e alle promesse che l'avevano fatta palpitare. Erano un monito a non perseverare, ma serviva a poco. Cate continuava a riempire fogli di parole sempre più difficili da trovare. Ciascuno di essi conteneva un nome che sembrava non voler essere chiamato, né riportato indietro, o che forse apparteneva ormai a un fantasma. Philip.

Avrebbe voluto avere la forza di maledirlo, quel nome, invece certe notti ancora lo bisbigliava.

Certe notti, ma non quella.

Allungò una mano verso la lampada, la fede brillò all'anulare. Cate la fissò, poi fece scendere il buio sui ricordi e sulla rabbia.

5

Paludi di Gond, Francia, 6 settembre 1914

«Speranza», aveva scritto una mano ignota su un lato del carro. L'ultima preghiera di uno scettico, non di certo un sentimento comune. Il traino a dodici cavalli pareva trascinare una bara che poteva essere destinata a tutti gli uomini che sbuffavano e spingevano per liberarlo dal fango. Invece trasportava un cannone campale per il tiro di controbatteria, diecimila libbre di acciaio e ghisa, arrancando nella melma che risucchiava zoccoli e ruote.

Era un'alba buia, Alexander immaginò così la cupezza del pomeriggio in cui il Cristo era morto. Le nubi disegnavano occhi pesti, quelli di un dio affacciato su un calvario. Alexander li interrogava, ma non vi aveva ancora scorto una risposta alla follia umana.

Il carro gli sfilò davanti, sbavando acqua putrida. Il tanfo di acquitrino era diventato il respiro di molti, non infastidiva più.

Parte delle truppe francesi stava lasciando l'accampamento dirigendosi a ovest, per andare a ricompattare i ranghi attorno a Parigi, formare una seconda linea difensiva e tentare l'impossibile. Nel dispaccio serale, il loro generale aveva ordinato di tenere a ogni costo le posizioni conquistate, e di morire, piuttosto che cedere. Lo aveva scritto mentre si raccoglievano ancora i feriti e i cadaveri della prima battaglia che aveva tinto di rosso le acque della Marna.

Alexander le aveva già sentite quelle parole – morire, piuttosto che cedere –, e le aveva anche ripetute. Attraversavano la linea di comando, di generale in colonnello, da maggiore a capitano, e via via prendevano la forza di un grido quando arrivavano ai sergenti e ai caporali, e infine ai soldati, prima del fischio che li lanciava in battaglia. Ragazzi armati di baionetta contro mitragliatrici che sparavano seicento colpi al minuto.

Samuel gli passò una mezza sigaretta, la divisero in silenzio, fino a quando il tenente tirò l'ultima boccata e gettò il mozzicone in una pozza.

« Che ne pensi, capitano? Ne stanno spostando parecchi di uomini e cannoni. »

L'amico non gli stava chiedendo se sarebbero sopravvissuti, o quanto a lungo, ma se i morti francesi e inglesi sarebbero stati sufficienti per ritardare l'avanzata tedesca. Glielo chiedeva da amico, perché da ufficiale non avrebbe potuto. E lui, da amico, avrebbe voluto dirgli di mantenersi il più possibile arretrato nell'attacco previsto a breve, di non rischiare, di scegliere le sponde dell'avanzata e mai il centro, perché lì i Fritz facevano cadere le bombarde. Ma non poteva.

« Resisteremo, come a Mons » rispose.

Samuel rise.

« *Come a Mons?* Siamo vivi per miracolo, dopo Mons. »

Qualcuno aveva davvero iniziato a parlare di intervento divino. Erano riusciti a mantenere la posizione non solo per le ventiquattro ore richieste, ma dodici in più. Lo sforzo era costato una follia di sangue fraterno, si marciava sui cadaveri. Alla fine il dispaccio con i conti della battaglia era arrivato: poco più di quattromila inglesi avevano respinto ventunomila tedeschi. I morti non facevano parte del computo, perché nessun alto ufficiale si era ancora fermato ad annotare le parole «disperso» o «caduto» accanto ai nomi di chi non aveva risposto all'appello. Alexander sì. E ogni istante di silenzio che seguiva il nome chiamato a voce alta era una stilettata al petto.

«Tu li hai visti?» gli chiese Samuel. «I bagliori.»

Si riferiva ai lampi azzurri che si diceva li avessero protetti durante il ripiegamento, annichilendo le truppe nemiche fino al punto di rendere loro impossibile lanciarsi in una pronta caccia.

Alexander osservò ancora il cielo. Da lassù sarebbe scesa solo pioggia, nessun aiuto.

«Gli unici bagliori che ho visto sono quelli dei razzi di illuminazione e li ho maledetti ogni volta.»

Rischiaravano un campo di corpi frantumati, animali impazziti e uomini disperati. Cadevano dal cielo, loro sì, come angeli in fiamme, lenti.

«E tu, li hai visti?»

«Io pensavo solo ad andarmene. A sparare, raccogliere chi potevo, e andarmene.»

Le mani ancora sporche del sangue dei compagni, si accesero un'altra sigaretta, prima di regalare le rimanenti ai francesi in partenza. Gli uomini in cammino scambiavano con loro cenni di saluto, di tanto in tanto una battuta che non riuscivano a capire, ma alla quale Samuel rispondeva a tono, certo si trattasse di un buon augurio.

Li guardavano marciare nella direzione opposta a quella della linea del fronte appena tracciata.

Il corpo dei Fucilieri Reali britannico era arrivato pochi giorni prima dal villaggio di Frameries e si era acquartierato sulla Marna, ricongiungendosi ad altri corpi dell'*Armée*. Fino a quel momento, la ritirata da Mons era stata lunga duecento miglia, durava da due settimane, e sarebbe continuata dopo la battaglia che incombeva.

Un attendente lo venne a chiamare. Era ora di prepararsi. Tocca a noi andare a tirare a dadi contro la Morte, gli venne da pensare. Si incamminarono nelle retrovie e raggiunsero le trincee della prima linea. Erano tratti spezzati, mai continui, per fermare un eventuale assalto da breccia, con aperture di tiro e traverse; cunicoli umidi in cui ci si camminava quasi addosso, stretti tra sacchi di sabbia e uomini accucciati tra fucili e zaini, con lettere ancora da scrivere sulle ginocchia. Gli ufficiali come Alexander avevano il compito di censurarne il contenuto, nel caso includessero informazioni ritenute riservate – prossime destinazioni, ordini di attacco previsti, nomi di superiori temuti –, ma lasciava volentieri quel compito al maggiore. Era la paura a far sciogliere la lingua ai ragazzi, non altro. L'umano bisogno di condividerla. Il più delle volte, ciò che veniva censurato e punito era il disfattismo, represso dai gradi più alti alla stregua di tradimento. Non ci si poteva concedere alcun dubbio, alcun tentennamento. Al fischio del tenente di compagnia, non si doveva esitare. Presto Alexander avrebbe ordinato di lanciare il segnale, e Samuel avrebbe portato il fischietto alle labbra.

Molti di quei soldati che ora impugnavano pennini e matite non sarebbero tornati per concludere la frase, per mettere la firma in calce. Nel caso migliore, altri commilitoni le avrebbero terminate per loro, inviando alla famiglia o alla fidanzata la terribile notizia.

Alexander non aveva scritto la sua. Se ne rese conto, ma il senso di colpa durò un istante davanti alla possibilità di essere ucciso prima della prossima alba.

Raggiunsero la postazione assegnata alla loro compagnia. Mancavano pochi minuti all'ora stabilita per l'attacco. Samuel fece preparare gli uomini scelti per la prima ondata. Erano i più esperti, quelli che non sarebbero arretrati davanti ai primi colpi di cannone, trascinando nel coraggio anche gli altri. Lui invece avrebbe preso parte al secondo attacco in campo aperto, incitando i ragazzi più giovani a sfidare la pioggia di proiettili e bombarde.

«A coppie!»

Un soldato attendeva aggrappato alla barricata, un ginocchio premuto contro la fortificazione e il fucile stretto in mano. Con un salto sarebbe già stato oltre, nella terra di nessuno. Il compagno era acquattato sotto di lui, pronto a seguirlo a distanza di un minuto.

Alexander si arrampicò su una scaletta e scrutò il campo di battaglia attraverso l'iposcopio a forbice, attento a non far sporgere nemmeno un dito di cappello.

Era l'inferno, pensò. Privo di colori, spento dalla nebbia, attraversato da odori rivoltanti e corvi, ed eserciti di topi che seguivano gli uomini di tappa in tappa. Una distesa di cadaveri a perdita d'occhio.

Soffiò il vento e portò petali rossi davanti ai suoi occhi. Nel liquame, fiorivano papaveri, tremuli come la speranza. A volte riempivano intere colline, come le fosse comuni; le radici si nutrivano di sangue. Alcuni fiorivano ancora, nelle spianate scaldate dal sole. Alexander aveva raccolto qualche petalo, li teneva tra le pagine del suo diario, per ricordare il sacrificio di tanti.

Davanti alla devastazione di ogni principio, di ogni fede, sentiva tremare le ossa, ma non era soltanto una sensazione. Una vibrazione lontana e costante da qualche ora aveva tolto sonno e parola a inglesi e francesi. Oltre la prima linea tedesca montava, ancora invisibile, una minaccia: era il rullare dei convogli. Il nemico spostava armamenti su mezzi a motore, usava traini meccanici per i mortai e scomponeva le bocche da fuoco in cinque carichi per spostarle più agevolmente. Era organizzato, implacabile, micidiale, mentre loro si intestardivano a spingere bestie in mezzo a paludi.

Se tutto ciò rappresentava il futuro, e in parte certamente era così, allora il destino degli uomini era segnato in un modo tutt'altro che felice: meccanizzare la morte significava farne un'industria.

Samuel afferrò una scaletta e lo raggiunse.

«Tre minuti, capitano.»

Alexander non riusciva a distogliere lo sguardo.

«Che mondo resterà quando avremo finito, Samuel?»

«Ricostruiremo.»

«L'essere umano? L'umano?»

«Anche, se necessario.»

Finalmente Alexander si staccò dall'iposcopio.

«Stanno sterminando un'intera generazione. Ogni giorno...» Non terminò la frase. «Lui perché è là?»

Samuel si voltò.

«Lui chi?»

Alexander saltò giù.

«Il ragazzino. Avevo detto di tenerlo lontano dalla prima linea.»

Avrebbe riconosciuto quel soldato con il viso da adolescente anche se ricoperto del fango della palude. Lo aveva tenuto d'occhio ogni miglio percorso, ogni colpo di cannone schivato. Gli aveva insegnato a sparare, ma il più delle volte lo aveva tirato per il colletto e messo al sicuro, dove un ragazzino avrebbe dovuto stare. Ora, invece, Andrew Grey si preparava a far parte della prima ondata. Non aveva alcuna possibilità di sopravvivere ai successivi cinque minuti.

Alexander si fece largo tra gli uomini, Samuel alle spalle.

«Un minuto, capitano, e poi dovrò dare il segnale.»
«Devo toglierlo da lì.»
«Non puoi. Lo ha deciso il maggiore Hartman. Il giovane deve farsi le ossa.»
Alexander si voltò, lo afferrò per il bavero.
«Lo sapevi e non mi hai detto nulla? Non potrà farsi le ossa, sottoterra.»
«E tu non puoi proteggerlo per sempre, Alexander. Sei il suo superiore, non suo padre.»
Alexander lo lasciò andare, sgomitando per avanzare.
«Non ha diciannove anni. E nemmeno diciotto. Ha mentito.»
«Come tanti per arruolarsi.»
«Ti sembra come gli altri, affamato di battaglia, animato da zelo patriottico? Non ha la minima idea del perché sia qui.»
Samuel si guardò attorno.
«Non farti sentire, ti prego.»
Alexander sospettava che Andrew fosse finito impantanato in guerra per dimostrare qualcosa che in realtà non sentiva, forse proprio al padre. E ne sapeva qualcosa, di aspettative altrui e del peso con cui potevano schiacciare.
«Devo fischiare, Alexander.»
«Lo so.»
Lasciò Samuel indietro. C'era quasi. Era a pochi passi dal ragazzino. Lo vedeva stringersi al parapetto della trincea in una posizione completamente sbagliata, che nessuno si era preso la briga di correggere. Sarebbe ruzzolato appena tentato di oltrepassarla, e rimettersi in piedi, con gli altri che ti corrono addosso, con il fucile che scivola di mano, e la paura di morire, di affrontare un'agonia, gli avrebbe tolto la determinazione necessaria per proseguire.

Il fischio arrivò. Alexander chiamò il suo nome, gli sembrò persino di riuscire a sfiorarlo, ma un attimo dopo Andrew era sparito oltre la trincea, trascinato dalla furia dei compagni.

Alexander si arrampicò per guardare. Lo vide cadere, rialzarsi miracolosamente, continuare a correre e inciampare di nuovo. Il fucile gli pendeva sul davanti, la cinghia a tracolla. In mezzo alle bombe che cadevano facendo esplodere zolle e uomini, gli sembrava più che mai gracile. Mandarlo al macello era un insulto a Dio.

Impugnalo, pensò. Impugna il fucile e non fermarti.

Se aveva imparato qualcosa, in anni di addestramento militare e settimane di guerra, era che per restare vivi bisognava muoversi.

Andrew, invece, rallentò il passo fino a fermarsi. Stava ritto in piedi, i calzoni probabilmente bagnati di urina, e tremava, mentre tutto attorno si alzavano fiamme e grida di dolore. Davanti a lui, la nebbia era un muro che avanzava inghiottendo compagni.

Anche Samuel salì sulla scaletta.

«Dovevo lanciare il segnale, non potevo fare altrimenti.»

Alexander si calcò il cappello sulla testa.

«Il maggiore voleva dargli una lezione? Dovrebbe essere qui a guardare. Vedrebbe come muore un bambino.»

Non attese la partenza della seconda ondata. Caricò il fucile e saltò oltre il parapetto.

6

Alexander ne aveva vista di nebbia fitta in vita sua, ma in quella terra era diversa. Nascondeva trappole che ti aprivano la pancia e uomini decisi a trasformarsi in carnefici appena ti fiutavano.

Le corse incontro, prima di perdere di vista Andrew, evitando i crateri aperti dai colpi di cannone e i proiettili, sfruttando l'orecchio che aveva fatto al calibro. Saltava i caduti e quelli che a pezzi riuscivano ancora a strisciare indietro verso la trincea di contatto. L'artiglieria nemica stava riversando su di loro fuoco e metallo, il muro di bruma lattiginosa pulsava di bagliori rossastri. Le paludi trasudavano sangue inglese e francese. Alexander lo sentiva in bocca.

Quando raggiunse i primi uomini della compagnia, la visibilità era minima. Rimise in piedi un caporale e lo spinse avanti, poi si sentì afferrare per una gamba. I feriti sapevano che avrebbero potuto restare in quel luogo sospeso e conteso per giorni, prima di poter essere soccorsi, e fermavano chi ancora si reggeva in piedi. Liberarsene era un tormento, significava liberarsi anche di un pezzo d'anima. Restare era quasi sempre inutile, e rischioso.

Alexander aveva sentito il proprio cuore indurirsi e tingersi d'ombra alla prima sventagliata di mitragliatrice. Quando aveva ucciso per la prima volta, il nero l'aveva definitivamente avvolto.

In quel limbo popolato da anime disorientate, la solidarietà nasceva come speranza tra le truppe, ma si spegneva in un attimo quando un'occhiata era sufficiente a valutare i danni e a comprendere che non erano riparabili. Chi si accaniva a offrirla a tutti i costi era destinato a morire, presto o tardi. Il pragmatismo teneva vivi.

Eppure a volte era necessario rinunciare alla bestia che si era diventati, farla acquattare, in attesa. Solo per illudersi che il cambiamento fosse reversibile, e non un contagio permanente.

Alexander si liberò dalla presa, aprì veloce il kit di medicazione e si chinò sul ferito. Gli premette il rotolo di bende sull'addome e gli fece mettere le mani sopra.

«Premi con forza. Presto arriveranno gli infermieri.»

«Quando? Quando?»

Alexander non lo guardava negli occhi. Lo sapeva quando, ma ugualmente chiedeva. Come se la risposta potesse cambiare. Dopo la seconda ondata, quando l'artiglieria tedesca fosse taciuta, dopo il silenzio rotto da gemiti e urla, dopo la nebbia. Ore, giorni. Chi poteva dirlo?

Le bende erano zuppe.

Alexander si rialzò.

«Buona fortuna.»

Ignorò le grida disperate, che si trasformarono presto in latrati rabbiosi, e lo maledicevano.

Avanzare a ogni costo. Per chi tornava indietro prima del tempo c'era il colpo di pistola di un ufficiale a riceverlo. Se gli andava meglio, per guadagnare ore o giorni, un tribunale militare. Il risultato finale non cambiava.

Un colpo di mortaio caduto vicino fece tremare la terra. Sotto i piedi la palude si sollevò come un'onda, mentre schegge di piombo fuso e ossa investirono Alexander. Cadde sulle ginocchia, riparandosi con le braccia, il fucile sopra la testa. Il frastuono lo avrebbe tormentato a lungo, rimbombando nelle orecchie con sibili improvvisi e ronzii. Si rimise in piedi, recuperò l'orientamento.

Aveva perso di vista Andrew. E arrivò il secondo segnale dal fischietto.

Presto un'altra ondata di commilitoni li avrebbe investiti alle spalle, armati di baionetta, nel biancore, tra le granate.

Alexander urlò il nome di Andrew, mentre rivoltava cadaveri e fermava chi avanzava per guardarlo in volto.

«Andrew Grey!»

«Là» gli disse qualcuno. «Vicino alla carcassa di cavallo.»

Era lui, una figuretta smilza che si affacciava nel buio di un ventre squarciato e non riusciva a farsene una ragione. Alexander lo aveva già visto accadere, anche a soldati di mestiere, anche ai più duri in apparenza: proseguire nonostante la perdita di un compagno, ma cedere davanti all'agonia di una bestia.

Era se stesso che Andrew stava guardando in lacrime, ciò che era stato e ciò che era spinto a diventare.

Alexander lo afferrò per la cinta e lo trascinò dietro di sé.

«Avanzare!»

Quanto poteva pesare? Era un mucchietto di ragazzo, il mento appuntito ancora imberbe.

La linea tedesca non era lontana, presto avrebbero fischiato anche i proiettili delle mitragliatrici, ma intanto l'esercito del Kaiser non cessava di usare l'artiglieria pesante.

Quella inglese taceva. I generali mandavano avanti uomini, perché i cannoni non potevano conquistare il campo di filo spinato; a malapena creavano danni alle postazioni nemiche. Ci avevano già provato. Serviva il sacrificio umano per arrivare fino ai reticolati.

E poi?

Resistere. Nessuno aveva saputo dir loro altro. In quale modo, per esempio.

A quei reticolati ce n'erano già diversi appesi, di cristi francesi e inglesi. I tedeschi li lasciavano lì a inverdire, come monito per chi avesse ritentato.

Non temevano l'odore della morte, né contagi. Erano loro, la morte, e con quei corpi esposti lo dichiaravano.

D'un tratto colpi e sibili di proietti cessarono. Il silenzio inaspettato prese alla sprovvista anche i moribondi. Nessuno fiatava.

Alexander si acquattò, spinse Andrew contro il terreno.

Stavano preparando qualcosa, e non erano le mitragliatrici. Troppo presto, per quelle.

Il giovane stava rannicchiato contro la sua coscia, in stato di shock. Come poteva proteggerlo, se nemmeno lui sapeva cosa avrebbero dovuto fronteggiare?

In fondo al campo di battaglia, la nebbia si accese. Una lunga fila di vampe baluginava, regolari e violente come antichi riti pagani.

Alexander sentì il corpo contrarsi.

«Bombe incendiarie!» gridò.

Presto sarebbe piovuto fuoco su di loro, rendendo cenere ogni essere vivente.

Cercò in fretta un cratere e si gettò sul fondo con Andrew. La palude stava già fagocitando la fossa, riempiendola d'acqua. Li avrebbe salvati quel tanto che bastava per iniziare a preoccuparsi di una nuova minaccia.

Un respiro alla volta, si comandò Alexander, come faceva sempre davanti alla morte.

La terra di nessuno si illuminò di palle infuocate. Si schiantavano in scintille e braci che attecchivano sui corpi, spandevano fumo irrespirabile. Una bombarda cadde vicino al bordo della voragine. Lo spostamento d'aria li scaraventò contro la parete di fango. Alexander tenne stretto il ragazzo e lo immerse il più possibile.

Il frastuono andò avanti a lungo, un tempo che l'essere umano non avrebbe mai imparato a misurare, perché si dilatava nella paura, nella speranza si stringeva.

Infine la bordata cessò, e questa volta il silenzio prometteva di essere durevole.

Alexander coprì la bocca di Andrew con una mano per spegnerne i singhiozzi e gli fece cenno di tacere.

Non era finita, era appena iniziata, ma non glielo poteva dire.

Dovevano andarsene da lì e ricongiungersi con le truppe alle loro spalle, ma trovare la direzione giusta da seguire era più difficile di quanto un ragazzetto inesperto potesse pensare. Alexander consultò la bussola, ma era rotta. Alzò gli occhi per cercare almeno un riflesso del disco solare dietro la coltre, ma il cielo sembrava caduto anche lui sulla terra, tirato giù dai mortai. Soffocò un'imprecazione.

Tra le colonne di fumo, la nebbia, la terra divelta, la piana aveva cambiato aspetto. Rischiavano di saltare oltre le linee nemiche e restare appesi alla lama di una baionetta tedesca.

Si sollevò un canto.

Deutschland, Deutschland über alles, über alles in der Welt.

Era *Il canto dei tedeschi*, di cui tanto aveva sentito parlare. L'inno imperiale sembrava arrivare da tutte le direzioni. Le strofe rimbalzavano su cadaveri ancora ardenti e dossi, spandendosi ovattate.

Un canto sinistro, intonato da un coro di voci bianche. Erano tedeschi giovanissimi, sedicenni arruolati come volontari nelle scuole e nelle palestre, grazie a una propaganda omicida. Si diceva che i compagni più esperti li mandassero avanti, chiamandoli «carne da macello».

Ma quella carne innocente era armata e procedeva infilzando tutti i corpi che incontrava.

Alexander girò lentamente su se stesso, cercava con i sensi una direzione che sembrasse più libera di altre. Armò anche lui il fucile con la baionetta, e sfilò la pistola dalla fondina.

Un altro canto si alzò rispondendo al primo, e questa volta fu abbastanza potente da non perdersi, sguaiato a sufficienza per irridere il nemico, e inequivocabilmente proveniente dalla prima linea inglese.

Pack up your troubles in your old kitbag
And smile, smile, smile,
While you've a lucifer to light your fag,
Smile, boys, that's the style.
What's the use of worrying?
It never was worth while
So pack up your troubles in your old kitbag
And smile, smile, smile.*

Alexander ringuainò la pistola e aiutò Andrew a risalire. Strisciarono fuori dalla fossa e proseguirono orientandosi seguendo il canto. Un razzo illuminante sparato sopra le loro teste rinforzò il messaggio. I compagni erano davanti a loro e li stavano guidando.

* *Metti via i tuoi problemi nel tuo vecchio zaino e sorridi, sorridi, sorridi; se il diavolo ti accende una sigaretta, sorridi, questo è lo stile di vita. A cosa serve preoccuparsi? Non è mai servito a nulla, quindi ficca i tuoi problemi nel tuo vecchio zaino e sorridi, sorridi, sorridi.*

C'era un rilievo da superare che li avrebbe resi facili bersagli.

«Dobbiamo correre, là sopra» avvertì Andrew. Lo rimise in piedi e lo trascinò nella corsa.

In cima, quando Alexander si convinse che fosse la voce tonante di Oliver a guidare il coro, un paio di braccia da lanciatore lo afferrarono e lo portarono dietro il riparo, e lui si ritrovò a fissare la faccia rubizza di Cecil.

Il soldato sollevò anche Andrew senza fatica e lo consegnò a Samuel, che ne palpò il corpo.

«Sembra intero.»

Oliver stappò una fiaschetta di whisky e la passò al superiore.

«Pensavi di fare tutto da solo, capitano?»

7

London Victoria Station, Londra, 15 settembre 1914

In quella stazione Cate era arrivata, ragazza, per inseguire un sogno che le avrebbe più tardi messo tra le mani bisturi e vite umane e da quella stessa stazione sarebbe a momenti ripartita, per andare incontro a una sfida forse ancora più ambiziosa, rendere l'eccezione la regola.

Si faceva largo tra bagagli e facchini, donne e uomini in arrivo e in partenza da chissà quali binari della vita. Molti di loro erano profughi arrivati dal Belgio invaso, altri soldati destinati al fronte. Alcuni dimostravano meno anni dei diciannove richiesti per combattere in Francia ed erano eccitati come scolari il primo giorno di scuola, le guance accese di furore giovanile e il labbro imberbe. Forse avrebbero trascorso la notte fuori casa per la prima volta.

Che almeno non sia una notte infinita, si augurò Cate, distogliendo lo sguardo dai manifesti affissi negli espositori. «Chiamata alle armi», recitavano. «Il vostro Re e il vostro Paese hanno bisogno di voi.»

Era il canto di sirena affidato al carisma di Lord Kitchener, eroe della guerra boera. Chiamava a sé un'armata di cittadini fatta di adolescenti, prometteva ciò che nessuno poteva in realtà divinare: la fine della guerra entro Natale.

Aveva sollevato un entusiasmo che pareva follia. Cate avanzava sospinta da corpi sconosciuti, con Anna stretta al petto, le gambine che le circondavano la vita. Poteva sentire le lacrime della bambina bagnarle il collo, e il piccolo cuore spaventato fare eco al suo. Se fosse stato possibile dividersi a metà, Cate lo avrebbe fatto, e lo squarcio sarebbe stato meno doloroso della separazione.

Era trascorso quasi un mese dalla notte maledetta e incantata di Whitechapel, i preparativi erano stati più lunghi del previsto. Come tutti i sortilegi, quello evocato dalle parole di Flora e Louisa era fatto anche d'ombra. Il viaggio che prometteva aveva la consistenza del mistero, e nel mistero si annidava il pericolo, e nel pericolo montava il cambiamento. Cate non era certa di voler cambiare ancora una volta.

Strinse più forte sua figlia. Ogni trasformazione portava con sé almeno un tradimento. Di aspettative, di speranze, di promesse, di legami. Presto avrebbe dovuto strappare sua figlia dal proprio abbraccio e partire senza voltarsi indietro.

I passi diventarono incerti e la folla una corrente avversa, ma ormai Cate era giunta al binario. Il treno con il vagone occupato dalle attrezzature per l'ospedale attendeva, soffiando fumo nero e vapore, il ventre di ghisa e carbone già in fiamme.

Accanto a loro, iniziarono a sfilare giovani donne che non fu difficile riconoscere. Indossavano la stessa divisa di Cate, una gonna comoda e decisamente corta sopra le caviglie. Non erano pochi i passanti che si voltavano a osservare l'orlo impudente che lasciava scoperti gli stivaletti. La giacca coordinata, lunga fino ai fianchi e stretta da una cinta, era chiusa da una fila di bottoni sul lato sinistro.

Cate sfiorò le mostrine che le decoravano le spalle. Erano rosse, per distinguerla dalle infermiere, che le portavano blu. Bianche, invece, quelle delle ausiliarie. Negli intenti di Flora e Louisa, l'aspetto militare serviva a indicare il loro ruolo nelle retrovie dei campi di battaglia, ma soprattutto a guadagnare un rispetto ancora inimmaginato da parte di uomini che mai prima di allora si erano affidati a medici donne. Il cappotto coordinato era ripiegato nella valigia.

Qualcuna la salutò. Le conosceva, le aveva già incrociate durante i turni all'ospedale di Harrow Road. Erano Hazel, Gertrude e Grace, tutte dottoresse della sua stessa età. L'avevano superata con passo svelto, seguite dai fattorini con i bagagli, ed erano salite sul treno senza girarsi. Non le accompagnava nessuno, né mariti, né fidanzati, né genitori. Forse avevano confinato gli addii oltre i cancelli di Victoria Station. Di una cosa Cate era sicura: non avevano figli da lasciare indietro ad aspettarle.

Si voltò.

«Non posso farlo.»

Joseph posò a terra la valigia dell'amica. Da quando erano usciti per raggiungere la stazione, era rimasto in silenzio.

«Certo che puoi. Coraggio.»

Accanto a lui, Mina fece per prendere con sé Anna, ma Cate non era pronta, forse non lo sarebbe mai stata. Quel binario era un dirupo e lei si era resa conto di non avere le ali per spiccare il volo.

Indietreggiò, strinse sua figlia.

«Torniamo a casa.»

Mina le si parò davanti premendo un fazzoletto di pizzo sulla bocca. Aveva gli occhi arrossati. Durante la notte, Cate l'aveva sentita singhiozzare. Nessuno, in quella casa, aveva dormito.

«Oh, Cate, non farlo. Non rinunciare proprio adesso.»

«Me lo avevi detto di non andare. Avrei dovuto ascoltarti.»

Per un attimo Cate la vide cercare con lo sguardo il marito. Capì che era Joseph l'artefice di quel repentino cambiamento. Lo immaginò consolarla e allo stesso tempo metterla in guardia dall'influenzare un destino che non era il proprio.

Lui sorrise incoraggiante e Mina soffocò un singhiozzo. Prese un respiro profondo e parlò con calma.

«L'ho detto solo per paura, ora me ne rendo conto. E non si può decidere della propria vita, né di quella degli altri, per *paura*.»

Cate posò le labbra sulla testa della piccola.

«Forse tra qualche anno, quando lei non avrà più così bisogno di me.»

Mina si avvicinò.

«Certi treni, cara, passano una sola volta nella vita e io ne so qualcosa.» Le accarezzò il braccio, fino ad arrivare a quello della bambina. Sciolse con delicatezza il nodo che le univa. «Se non partirai ora, non lo farai mai più. E se Anna non ti vedrà andare, ora, non saprà mai che donna avrebbe potuto avere come madre.»

«Sono solo sei settimane» disse Joseph. «Conteremo i giorni sul calendario e ti scriveremo lettere piene di disegni, una ogni settimana. Vero, Anna?»

La bambina si lasciò scivolare a terra, le dita tenacemente aggrappate alla gonna della madre.

Sopra di loro, tra le bandiere blu e rosse con la Union Jack che pendevano dalla struttura del soffitto, un orologio indicava che mancavano pochi minuti alla partenza.

Cate si chinò, asciugò il viso della sua bambina. Il mento tremava, come il cuore.

«Sei disegni, amore mio. Solo sei splendidi disegni e io sarò tornata da te.»

Le aveva parlato in italiano e non aveva potuto ignorare le espressioni ostili di una coppia lì vicino.

Anna finalmente smise di fissare le sue scarpette.

«Mamma, non andare.»

Era una supplica, recitata con le ciglia incoronate di gocce d'infelicità, le labbra piegate all'ingiù. Cate scoppiò a piangere e l'abbracciò. Se tutto quel dolore non avesse poi avuto un senso, se lo strappo non avesse mai avuto l'opportunità di essere ricucito e la distanza di essere di nuovo colmata, allora lei avrebbe sentito di meritare la più crudele delle penitenze per la sofferenza che stava arrecando a chi invece avrebbe voluto e dovuto proteggere da ogni male.

Erano sempre state loro due, insieme. L'una per l'altra, ogni giorno degli ultimi cinque anni. Il vuoto che si prospettava era terrificante.

Sapeva che le colleghe la stavano osservando da dietro i finestrini. Hazel, con i profondi occhi blu, le spesse ciocche nere trattenute dal cappello con il velo. Gertrude, il viso minuto e appuntito da elfo, e Grace, così solare anche dopo il turno più massacrante.

Cate alzò lo sguardo e ne incontrò un altro tra la folla. Flora Murray stava dritta in mezzo alla banchina, alta, sottile e imperturbabile, come un giudice davanti a un imputato.

Cate si chiese se la debolezza appena mostrata fosse già stata chiamata colpa e se le lacrime di madre fossero state considerate come una fragilità incompatibile con la missione da portare a termine. Persino un impedimento a partire.

Si alzò, il viso bagnato, la mano che stringeva quella della sua bambina.

Tra le lacrime, Cate aveva deciso di restare in una città che non conosceva, sola. Tra le lacrime aveva partorito in una stanza umida e fredda. Ancora una volta, sola. E da sola, tra le lacrime, si era ricucita.

Se la forza e la caparbietà avevano una consistenza e un sapore, allora dovevano essere quelli dell'acqua e del sale, e se c'era una parola a cui si erano accompagnate, lungo tutta la sua vita, era «speranza».

8

Parigi, 17 settembre 1914

Il viaggio da Londra a Parigi durò più di un giorno. Ore di veglia, di paesaggi che cambiavano come l'umore di Cate, a volte spazzato dai venti scarnificanti delle paure, altre rischiarato da improvvisi raggi di sole. L'ombra del dubbio si rintanava, ma non veniva mai vinta.

Costretta nella divisa che ancora non sentiva appartenerle, accucciata su sedili di legno che non avevano nulla di comodo, Cate trovava rifugio nel disegno che Anna le aveva regalato prima di partire. Gli angoli ormai si arrotolavano, tanto lo aveva dispiegato. La ritraeva stagliata contro un sole abbagliante, impugnando uno stetoscopio e la sua borsa da medico. Parevano trofei, quasi sollevati al cielo. Le caviglie si affacciavano insolenti dall'orlo della gonna, due paletti conficcati nella terra. Da questa posizione non mi muovo, sembrava dire.

La sua bambina la vedeva come una guerriera armata di scienza. L'aveva fatta ridere e commuovere, e poi sentire triste, perché non provava tutta quella baldanza.

Giunte sulla costa, le donne della spedizione si imbarcarono su una nave che emanava ancora l'odore del peschereccio che era stata. Attraversarono la Manica e scesero al porto di Calais, trascinando i bagagli. Da lì, ripartirono in treno per raggiungere la capitale.

Videro con i loro occhi i primi effetti della guerra scorrere al di là dei finestrini. I piccoli centri costieri erano invasi da feriti stipati ai lati delle strade su barelle che a volte ne ospitavano due, in attesa di un turno che sembrava non arrivare. Medici e infermiere dai volti esausti si indaffaravano tutt'attorno. A volte le loro espressioni sembravano perse.

Il fronte rigurgitava gli scarti del conflitto e il caos in cui venivano prestati i soccorsi non lasciava presagire nulla di buono.

Flora Murray si alzò dal proprio posto in carrozza per osservare. Le iridi erano schegge di vetro sul viso altrettanto affilato.

«Non credo a quanto vedo. Ambulanze trainate da cavalli.» Sembrava adirata. «L'Ufficio della Guerra ha negato l'acquisto di quelle a motore.» Si voltò verso Louisa. «La maggior parte dei feriti non avrà alcuna possibilità di arrivare ai posti di medicazione in tempo.»

Louisa notò lo sguardo di Cate.

«L'alto comando le ha definite un lusso superfluo» spiegò. «Come se quei ragazzi dovessero soffrire più del necessario per adempiere al proprio dovere. In questo modo, però, la catena di evacuazione non può funzionare.»

Flora sedette di nuovo, si aggiustò la gonna con un gesto secco.

«Come potrebbe funzionare, a dorso di ronzino?»

Grace si affacciò dal sedile anteriore, riccioli biondi e palpebre appiattiti dal sonno. Hazel e Gertrude dormivano ancora.

«A Parigi sarà diverso, no? Una grande città deve avere a disposizione mezzi moderni.»

Flora sospirò e rispose guardando Cate.

«Non aspettatevi nulla di facile, in questo modo sarà meno complicato affrontare i problemi.»

Cate notò che non aveva detto «più semplice», ma «meno complicato». E «affrontare» non significava per forza riuscire a risolvere. La coerenza di quella donna era mirabile anche nella scelta delle parole: misurate, prudenti, per nulla incoraggianti, tanto quanto lei.

Giunsero alla stazione di Saint-Lazare che Parigi dormiva da parecchie ore.

Estenuate, scaricarono per l'ennesima volta i bagagli. Flora strapazzò l'ufficiale di guardia alla carrozza degli equipaggiamenti, quando scoprì che metà del carico non era stato imbarcato a Dover, ma anche lei sembrava troppo esausta per essere se stessa, e alla fine capitolò. Pazienza, disse a tutte, quello sarebbe stato sicuramente solo il primo degli intoppi. Tanto valeva cercare di risolverlo senza inutili spargimenti di bile.

La città era sotto coprifuoco. Non c'era nemmeno un delegato della Croce Rossa francese ad attenderle, né tassì da poter noleggiare.

Hazel si afflosciò sulla banchina, seguita da Gertrude. Sedettero schiena contro schiena.

«Ho le gambe gonfie. Non mangio nulla che non siano gallette da venti ore. Non posso pensare di fare un altro passo. Non stanotte. E devo fare pipì almeno dal nostro arrivo a Calais.»

Gertrude le fece il verso.

«Stanotte solo lenzuola di seta per la radiologa dagli occhi blu. E un pitale d'argento. Subito!»

Hazel si spostò e la fece cadere sul pavimento sporco.

«Vorrei solo togliermi questi stivaletti e massaggiare i miei poveri piedi bevendo una tazza di tè. Credo di essermelo meritato.»

Flora camminava avanti e indietro.

«Cara, ce lo meritiamo tutte» disse pensosa.

A qualche passo di distanza, Louisa parlottava con le ausiliarie. Galantha, Mardie e Olga, anche loro trentenni, avevano corpi robusti abituati a reggere e sollevare, e animi ancora più resistenti. Mardie e Olga, come Flora, potevano contare sull'incandescenza del sangue scozzese.

Grace si avvicinò a Cate. Si era ravvivata i riccioli facendoci passare le dita e rinsaldato la crocchia sulla nuca con altre forcine. Aveva trovato anche l'entusiasmo per stendere il rossetto sulle labbra.

«Erano secche. Non sopporto le labbra secche» le disse, come avesse indovinato i pensieri di Cate dalla direzione del suo sguardo.

Dopo il proibizionismo del belletto instaurato dalla regina Vittoria, il rossetto era diventato un simbolo di libertà femminile durante le lotte delle suffragette. Molte di loro indossavano la coccarda, come Flora e Louisa; altre, sorrisi colorati.

Grace sembrava un cherubino, con quella nuvola dorata che le incorniciava il viso minuto, invece era un chirurgo addominale esperto, che aveva passato gli ultimi sette anni a rimuovere tumori per un compenso ridicolo.

«Il disegno... l'ha fatto tua figlia?» le chiese, adocchiando il foglio che spuntava dalla tasca della divisa.

Cate lo sfiorò, come per sincerarsi che fosse ancora lì, al sicuro, almeno lui.

«Sì.»

«Lo hai guardato e riguardato per tutto il viaggio.»

Cate si chiese se avesse dimostrato troppa fragilità con quel gesto.

«Non è facile.»

Grace sorrise, come per incoraggiarla. Non c'era ambiguità nella sua osservazione.

«Immagino non lo sia. Quanti anni ha?»

«Cinque. Si chiama Anna.»

«È rimasta con il padre?»

Cate coprì d'istinto la fede con la mano, e lo sguardo di Grace mutò.

«Mi dispiace. Non volevo essere indiscreta.»

Ci fu trambusto all'altezza della biglietteria. Louisa e le ausiliarie stavano spingendo un carrello per bagagli a testa, seguite da quello che doveva essere un ufficiale francese, o il capostazione. L'uomo non sembrava felice della loro presenza, e ancor meno dell'iniziativa presa.

«Li abbiamo requisiti!» cantò vittoria Olga. Tutte si alzarono. Anche le infermiere rimaste fino a quel momento in disparte si avvicinarono e iniziarono a caricare borse e valigie. Di strumenti e scorte si sarebbero occupate a coprifuoco concluso.

L'uomo tentò ancora di sbarrare la strada, ma era solo contro sedici donne stanche.

«Abbia pietà» lo liquidò seccamente Hazel, passandogli davanti, e per lei, per tutte loro, la questione era chiusa.

Chiusa come l'albergo che avrebbe dovuto ospitarle per quella notte.

Dopo aver spinto i carrelli con i bagagli e i propri corpi fiacchi per alcuni isolati, l'edificio apparve loro completamente buio, come buia era Parigi. Restarono a fissarlo. Con le sue insegne spente, con le finestre nere, era il simbolo della paura, della vita che si rintanava per non farsi scorgere. Il nemico era riuscito quasi ad arrivare alle porte, aveva tentato lo sfondamento. Era stato fermato per miracolo, il «miracolo della Marna». Parigi era salva, ma per quanto ancora?

Cate si chiese una volta di più se quello fosse il suo posto. I segnali che aveva ricevuto nelle ultime ore sembravano intimare una veloce ritirata.

Ma in quei tempi le ritirate competevano ai soldati disperati, semmai, non a chi aveva il compito di rimetterli in piedi. Non si poteva affidare la speranza ad altri. Bisognava *farsi* speranza, opporre resistenza e barricate, ricucire e andare avanti, rimboccarsi le maniche, e bussare alle porte chiuse, per farle aprire.

Se fosse trascorso un altro minuto, tuttavia, Cate temeva che sarebbe scappata.

Perciò salì i gradini dell'ingresso e cominciò a battere, a battere e a gridare.

9

Belgio, 17 settembre 1914

Alexander teneva tra le dita annerite una pagina di giornale. Il vento la faceva frusciare e sbattere. Era impetuoso, quel giorno, ma non dava fastidio a nessuno, rendeva l'aria respirabile.

Qualcuno aveva strappato il foglio per farlo circolare tra le truppe. L'articolo parlava del «miracolo della Marna», di un nemico sopraffatto e respinto da soldati francesi e inglesi più che mai determinati a rispedirlo oltre i confini dei paesi invasi.

La carta odorava di fumo ed era bruciacchiata ai bordi, come Alexander, come migliaia di altri esseri viventi lì nelle Fiandre e nel cuore di Francia, fino ai Balcani.

Miracolo. Era la seconda volta che l'intervento divino veniva evocato per descrivere una resistenza strenua e folle. La prima era stata a Mons, dopo un'ecatombe.

Alexander alzò gli occhi dal foglio, i gomiti puntati sulle ginocchia. Il crepitio che mormorava nella piazza del paese anonimo che stava attraversando con la compagnia non era soltanto quello del vento, era anche la voce dell'incendio che divorava la biblioteca dell'università e i suoi incunaboli dal valore inestimabile. I tedeschi radevano al suolo cose e persone.

Non c'era stato nulla di prodigioso nella respinta che aveva sottratto Parigi agli artigli dell'aquila imperiale. Non era stato un miracolo, ma una carneficina a salvare l'ultimo baluardo della libertà in quella terra. Tra la vittoria e la sconfitta si erano frapposte decine di migliaia di vittime.

Lasciò andare il foglio. Lo osservò volteggiare tra le fiamme, fino alle pietre medievali che il calore faceva scoppiare. Un architrave crollò, sprigionando faville.

Praticava l'orrore, il nemico. Sterminava civili, vecchi, donne e bambini. Distruggeva ogni storia che non fosse la propria. Era una tattica. Calpestava per piegare la volontà dei sopravvissuti.

Non aveva compreso che era il rifiuto di quell'orrore a rendere loro più forti. Un rifiuto talmente potente da ridestare i morti e farli marciare contro le armate del Kaiser.

La questione era diventata personale, per ciascuno di loro.

Perse di vista il pezzo di carta. Si alzò, si caricò lo zaino sulle spalle e si unì ai suoi uomini nella colonna che si era rimessa in marcia. Una colonna che ormai si muoveva, e si sentiva, come fosse una sola creatura.

10

Parigi, 17 settembre 1914

In una terra sulla quale non aveva mai camminato, se non per attraversarla, in una guerra che era sua ancora solo per metà, quella inglese, Cate sognò l'Italia. Le montagne in tarda estate, screziate dai larici dorati, i piccoli villaggi antichi, dove le genti parlavano la lingua del fare e parevano pregne di un sapere e di un silenzio ancora più remoti. Da certe cime, nelle giornate limpide, si poteva scorgere la linea luccicante del mare. Un mare benevolo, trasparente e profumato. Sognò la valle che aveva accudito la sua infanzia e la prima giovinezza di ragazza, sentì la fragranza balsamica dei mazzetti d'erbe selvatiche raccolti nei campi, e rivide quel mondo con occhi di bambina.

Quando si svegliò, il viso era bagnato di lacrime. Chissà perché le era tornata in mente, la sua terra natia, e perché aveva provato quel dolore.

Non sapeva quanto fosse rimasto in lei di quelle origini – forse troppo, forse così poco da lasciare la metà vuota, e nel vuoto attecchiscono erbacce dalle radici corte.

Si vestì in fretta, raccolse i capelli in una treccia e la arrotolò sulla nuca. La divisa non era nemmeno troppo sgualcita. Il tessuto era stato scelto perché resistente. Restava da vedere quanto lo fosse Cate.

Baciò il disegno di Anna, lo ripiegò in una tasca e scese nella hall.

In pochi minuti, tutte le donne della spedizione avevano fatto colazione, recuperato i bagagli personali nelle stanze che avevano utilizzato per poche ore ed erano pronte a lasciare l'albergo.

La destinazione finale era l'Hotel Claridge, spiegò Flora. Era stato requisito dal governo francese e assegnato alla Croce Rossa per essere riconvertito in ospedale. Nel *loro* ospedale.

Bisognava arrivarci, però. A quanto sembrava, spostarsi per le strade di Parigi, con un mezzo che non fossero le proprie gambe, in quei giorni sembrava impossibile.

«Hanno requisito i tassì, Madame Murray» spiegò il concierge. «Milleduecento, per portare i soldati sulla Marna.»

«Ma la battaglia della Marna è stata vinta cinque giorni fa.»

«Sì. Adesso sono stati requisiti per riportare indietro i feriti. Ma non temete, ve ne è stato riservato uno.»

«Uno? Dovrà fare più viaggi. E quando ci raggiungerà? Abbiamo una certa urgenza. Non potreste affrettarne l'arrivo, per favore?»

Il concierge si chinò sul banco della reception.

«Non mi permetterei mai di mettere fretta a Madame Decourcelle.»

Si chinò anche Flora.

«Una donna?»

«A quanto mi assicurano, è capace di guidare quasi come un uomo. Arriverà, non temete. Diversamente, se proprio non gradite aspettare» indicò la porta d'ingresso, «vi consiglio il tram o la metropolitana.»

Flora si voltò a soppesare le colleghe. Cate sperò che l'entusiasmo non le impedisse di notare gli occhi arrossati e i volti altrettanto stanchi. Nessuna aveva dormito più di poche ore e le attendeva un lavoro impegnativo: troppo, per chiedere loro di trascinare nuovamente i bagagli da una parte all'altra di una città sconosciuta.

«Attenderemo.»

Madame Decourcelle fece il suo ingresso poco dopo.

«Tassì per l'équipe Murray-Anderson!»

Aveva parlato in inglese, con voce squillante. Era una donna robusta, dal viso largo, l'incarnato di porcellana. I capelli castani erano acconciati sotto il berretto con visiera in uso ai tassisti. Indossava un cappotto lungo a doppiopetto, con due file di bottoni dorati che sembravano appena lucidati. Attorno alle spalle portava un collo di pelliccia che sfiorava le caviglie e ne rendeva l'aspetto ancora più possente.

Flora e Louisa si presentarono e presentarono a una a una, con nome e qualifica, le donne che attendevano alle loro spalle.

Madame Decourcelle le osservò con curiosità vivace.

«Dottoresse di guerra? Per uomini? Questa sì che è una novità. Mai viste prima!»

«Anche per noi è la stessa cosa con voi, Madame. Mai vista prima d'ora una tassista donna.»

Decourcelle gonfiò il petto.

«Sono stata la prima a prendere la licenza a Parigi, ormai sette anni fa.»

Tirò i guanti di pelle sulle dita. Afferrò due valigie, se le mise sotto le braccia, riuscì ad aguantarne altre due.

«Andiamo? A gruppi di quattro, signore. Vi aspetta una giornata intensa, suppongo.»

Quando toccò a Cate, con lei c'erano Grace, Hazel e Gertrude. «Il carico delle dottoresse», rise Madame Decourcelle.

Sistemò i bagagli sul tettuccio. Un garzone tentò di aiutarla, lei lo scacciò. Prese posto sul sellino, ma ebbe cura di aprire un poco il vetro che la separava dalla vettura coperta. Guidava veloce, chiacchierando con allegria chiassosa. Raccontava con orgoglio la storia dei monumenti e delle vie, voltando appena il viso verso le ospiti. Qualche parola si perdeva nell'aria e nel rumore cittadino, ma l'entusiasmo colmava i vuoti.

Parigi appariva davvero meravigliosa, ora che la notte l'aveva lasciata. Baciata dalla luce, con i suoi stucchi e gli ottoni dorati, con strade e viali ampi e graziosi café a ogni angolo. Gli edifici erano lucenti e raffinati, con i tetti mansardati e un'aria romantica che faceva pensare ad artisti e poeti, ma con le proporzioni di un pantheon. Era una metropoli moderna, tuttavia la vita sembrava averla abbandonata. Molti negozi erano chiusi, diverse abitazioni abbandonate, le finestre sprangate. Il governo era stato spostato a Bordeaux. Da ogni prospettiva, da ogni via e piazza che attraversavano, potevano vedere la Torre Eiffel svettare nera e imponente sulla città svuotata.

«Solo le chiese sono affollate. Per le strade si vedono sempre più vedove con il velo del lutto sul viso» disse loro Madame Decourcelle. «Siamo arrivate. L'Avenue des Champs-Élysées, signore! Peccato per il coprifuoco, altrimenti la sera la vedreste scintillare. Illuminazione elettrica su tutto il viale, fino all'Arco di Trionfo.»

Il tassì si fermò davanti a una costruzione elegante, in apparenza recente, o magnificamente mantenuta. Cate contò i piani. Sette.

Il Claridge. La sua nuova casa per le sei settimane seguenti, un ospedale di guerra. Da fuori, era però ancora l'hotel per aristocratici e altoborghesi che i proprietari avevano immaginato.

Hazel e Gertrude scesero per prime.

«Bontà del cielo» mormorò Hazel. «Un bel salto di qualità, da Harrow Road.»

Cate le passò la borsa.

«Ci è quasi caduto in testa, Harrow Road.»

Era accaduto durante un intervento, quando alcune mattonelle della sala operatoria si erano staccate, frantumandosi a terra. I fondi che le suffragette raccoglievano erano appena sufficienti per acquistare medicine, strumenti e generi di conforto per le pazienti e i loro piccoli.

A Madame Decourcelle non sfuggì la sua cadenza.

«Avete un accento che non riconosco e di inglesi ne incontro tanti, specialmente nell'ultimo periodo. Non è cockney, sicuro. Siete della zona di Newcastle?»

«No.»

«Yorkshire, forse?»

Cate si affrettò a scendere e Grace le venne in aiuto, chiedendo a Madame se avesse mai incontrato resistenza da parte degli uomini nel proprio lavoro.

La donna le guardò con tenerezza.

«Prendere la licenza non è stato nulla, *mes chers docteurs*, la vera impresa è iniziata dopo e continua ancora. Ci sono uomini che si rifiutano di salire, quando vedono una donna alla guida, e altri che si sentono liberi di fare battute al limite dell'insulto. A volte rispondo a tono, a volte non ne vale proprio la pena, perché si tratta di omuncoli. Altre ancora, le più divertenti, sono io a lasciarli a piedi.» Strizzò l'occhio. «Ma non sono sola in questa battaglia, e non lo siete nemmeno voi, anche se capiterà di sentirvi così. Siamo tante. Sempre di più. Buona fortuna, ragazze.»

11

Il Claridge le accolse con la lucente bellezza di scaloni di marmo candido, così sapientemente levigato da apparire traslucido. Le rifiniture dorate, gli stucchi, gli specchi del foyer, i lampadari *chandelier* di cristallo non facevano che rimbalzare lo scintillio da una parte all'altra.

Cate si sentiva stordita. Da anni, ormai, non era più abituata a tanto splendore. Mancavano i tappeti e le tende di velluto alle finestre, le sale che si adocchiavano dalle porte a doppio battente lasciate aperte erano vuote, ma, santo cielo, quanta sfavillante opulenza.

Ci pensò l'espressione torva di Flora a raccontare un'altra storia. Le raggiunse scendendo in fretta lo scalone principale, quasi pattinando sui gradini larghi.

Teneva una cartelletta rigida tra le mani e annotava furiosamente.

«Manca ancora l'acqua calda. Il riscaldamento centrale non è stato messo in funzione» annunciò, seccata. «I corridoi sono così lunghi da essere cupi. Dobbiamo trovare il modo per ravvivarli. Come si può pensare di far guarire un uomo in un posto senza luce?»

Solo allora Cate notò i residui di calcinacci negli angoli del foyer. I lavori dovevano essere stati terminati in fretta e furia. Era impensabile portare lì dei feriti senza prima pulire e disinfettare tutto da cima a fondo.

Flora ripose la matita nel taschino e strinse la cartelletta al petto.

«Ci aspetta un duro lavoro, colleghe, prima di cominciare a pensare a salvare vite.» Afferrò per un gomito Grace e la fece voltare. La schiena era striata di bianco. «Fate attenzione a dove vi appoggiate. L'intonaco è ancora fresco. Ci hanno assegnato un posto con del maledetto intonaco fresco. E ci hanno anche steso del colore sopra.»

Si sarebbe scrostato nel giro di pochi giorni, sempre che si asciugasse senza ammuffire.

Flora e Louisa ispezionarono ogni vano dell'edificio, compilarono una lista di lavori urgenti da fare e un piano per trasformare quell'involucro prezioso ma del tutto inefficiente in un ospedale in grado di essere operativo.

Tutte loro ebbero appena il tempo di sistemare i bagagli nelle proprie stanze e si armarono di scopettoni, panni e secchi. Erano appena le nove del mattino.

Nessuno della Croce Rossa francese si era ancora presentato per conoscerle. Flora Murray non ne era entusiasta. Dopotutto, erano giunte a Parigi sotto la tutela, e la responsabilità, di quell'organizzazione umanitaria.

Una voce concitata riecheggiò nelle sale vuote. Un'apparizione maschile riempiva l'ammezzato dello scalone, affacciandosi dalla balaustra di marmo. L'uomo era scarmigliato e continuava a urlare agitando una mano nella loro direzione.

La luce che filtrava dalle finestre a tutta altezza lo colpiva di fianco, scolpendo un viso in apparenza giovane, ma con ai lati già ancorato il peso di una certa fatica – non quella di un sonno interrotto, ma la piega della giovinezza completamente sbocciata. Magro, bianchiccio, era avvolto in una vestaglia di raso che non si era curato di indossare. L'aveva gettata sulle spalle e nell'agitazione scivolava, rivelando un petto scarno. Era buffo. Buffo e ostile.

Vedendole restare immobili a fissarlo, l'uomo si stranì. Alzò il mento ornato di pizzetto.

«*Êtes-vous la nouvelle femme de ménage?*»

Grace si voltò verso Cate trattenendo un sorriso che non sarebbe stato di certo gradito.

Fu Louisa a rispondere in francese. Lo aveva perfezionato proprio a Parigi, aveva raccontato, quando era una giovane ragazza che sognava di diventare medico.

«No. Non siamo le nuove domestiche, Monsieur...?»

Lui scese le scale lentamente, dando loro il tempo di riempirsi gli occhi di ogni dettaglio. Le scrutava con ancora più sospetto, lisciandosi i baffetti. Raggiunto il foyer, fece un piccolo inchino col capo.

«*Monsieur Amour. Le concierge. Et vous?*»

A sentire il cognome, Grace scoppiò a ridere. Davanti a loro c'era un uomo mezzo nudo, in mutandoni a righe, pantofole di velluto carminio, eccessivamente profumato e che diceva di chiamarsi Amore.

Flora cedette lo scopettone a Grace e fece qualche passo verso Monsieur Amour.

«Sono la dottoressa Flora Murray, e queste sono le mie colleghe. Siamo arrivate questa notte da Londra per dirigere l'ospedale che questo albergo dovrebbe diventare.»

L'espressione dell'uomo mostrò stupore. Passò all'inglese.

«Ah! Sì. Certo. Le dottoresse. Madame Suzanne Pérouse della Croce Rossa mi aveva avvertito. Siete arrivate in anticipo.»

«No. Il nostro arrivo era stato annunciato esattamente per oggi, il diciassette settembre.»

«È il diciassette oggi?»

«Temo di sì, Monsieur Amour.»

«Oh, be'.»

« Come vedete, ci siamo subito messe al lavoro. Se voleste andare a vestirvi, potremmo fare un giro dell'albergo e prendere nota delle modifiche necessarie. »

« Modifiche? »

« Sì. Necessarie, come dicevo, per adeguare la struttura alla sua nuova destinazione. »

« Vedete, Madame, io non sono solo il concierge dell'Hotel Claridge. Sono anche la persona di fiducia scelta dai proprietari per assicurarsi che l'edificio non venga in alcun modo danneggiato dalla nuova, e aggiungo del tutto momentanea, destinazione. »

Flora lo prese sottobraccio, gli fece fare qualche passo.

« Monsieur Amour, sono sicura che la guerra terrà conto del vostro proposito e sarà il più possibile momentanea, ma nel frattempo, come disposto dal governo francese, questo hotel diventerà un ospedale e io farò tutto ciò che è necessario per renderlo tale. » Si fermò. Lo puntò come un segugio punta la preda. « Siamo intesi? »

Aveva aggiunto le ultime due parole in tono così glaciale che Cate provò un brivido e si dispiacque per lui.

L'uomo guardava Flora come ipnotizzato. Flora lo prese per un sì.

« Bene. Ora, se volete andare a cambiarvi, vi aspetto per quel giro. »

Monsieur Amour si riscosse.

« *Bien sûr.* »

Indossò la veste da camera, allacciò la cintura e disse di essere pronto.

Grace si chinò verso Cate e sussurrò.

« Se pensa di scandalizzarci con quel petto da quaglia... »

Flora si schiarì la voce.

«Dottoressa Hill, per favore, accompagnateci. E anche voi, Olga.»

L'ausiliaria si fece avanti. Accanto al concierge pareva la matrioska che poteva contenerlo.

Sembrò notarlo anche Flora. Cate le vide il riflesso di un'espressione sul viso che poteva significare: stai attento, piccolo uomo, perché non sarai di certo tu a fermarmi.

E non si fermò, infatti. Gli annunciò subito la rivoluzione in atto, senza giri di parole.

«I quattro ampi saloni dell'albergo e il piano terra saranno adibiti a reparti. Siamo quasi pronte a spostare i letti.»

Lui apparve disorientato.

«A quali letti vi riferite?»

«A quelli dell'albergo, naturalmente. Ne abbiamo portati con noi da montare, ma ogni unità è preziosa. Prego, seguitemi.»

«Madame Murray, questo è il *mio* albergo. Dovrei fare strada io.»

Flora lo guardò appena e finse un sorriso che Cate battezzò come «tagliente».

«Non è più un albergo, Monsieur Amour. Come è ovvio, recupereremo anche materassi e biancheria da letto.»

«*Mon Dieu*, è di cotone egiziano. Pregiatissima.»

Flora si dimostrò entusiasta.

«Eccellente, eccellente.»

«Ma, dottoressa, avete mai visto un soldato arrivare dal fronte?»

Flora lo affrontò. La voce restava garbata, ma gli occhi, quelle schegge vitree, dicevano tutt'altro.

«Credetemi, Monsieur, ho visto ben di peggio nei sobborghi londinesi. Si lava via anche il sangue più ostinato. Il vostro cotone pregiato sarà salvo. Ah, ci servirà anche forza supplementare, per spostare il mobilio più pesante, e voi sembrate in ottima forma.»

«A essere sincero, dottoressa Murray, soffro di dolori mattutini alla schiena piuttosto fastidiosi. Direi invalidanti, almeno fino a metà del pomeriggio.»

«Addirittura. Se si manifestano dopo il sonno notturno, significa che l'origine è muscolare. Voi siete un uomo fortunato. La nostra Olga vi rimetterà in sesto con un massaggio corroborante.»

L'uomo lanciò un'occhiata agli avambracci della scozzese, lasciati scoperti. I baffetti ebbero un fremito.

«Temo di dover rifiutare, a malincuore. Il mio medico personale non mi permette di ricorrere a interventi esterni. Ma vi ringrazio per la gentile premura.»

«Come preferite. Continuiamo?»

Flora passò a Cate la cartelletta e approfittò per mimare a fior di labbra un epiteto che le fece sgranare gli occhi.

«Le toilette delle signore che danno sui saloni. Diventeranno le sale operatorie.»

«Ma, dottoressa Murray, sono gioielli architettonici!»

«Ampi lavabi, mattonelle a pavimento e sulle pareti. Facili da pulire e disinfettare, non chiediamo altro. Per l'illuminazione, porteremo altre lampade dalla sala dei sigari.»

«Non si chiama sala dei sigari, ma *fumoir*. E non sono *mattonelle*. Sono pregiatissimi mosaici.» Monsieur guardò con amore struggente gli arabeschi di madreperla. «Ogni minuscola tessera è stata intagliata e posata a mano.»

«E noi ve ne siamo grate.»

Continuarono le schermaglie per tutti e sette i piani, ma fu chiaro già dal foyer che la guerra era stata vinta dalle donne. Al settimo livello, Monsieur Amour, ormai sfinito, le avvertì in tono grave.

«Non lo troverete vuoto.»

Flora e Cate si guardarono, stupite. Nessuno le aveva avvertite della presenza di altri ospiti.

Quando spalancarono le porte, restarono senza parole. L'aria stantia, gli sguardi che incontrarono, lo stato di bisogno. Il concierge si schiarì la gola.

«Profughi belgi.»

Cate non poteva credere a quanto stava vedendo. La guerra lasciava indietro gli invisibili. Donne con bambini di tutte le età, alcuni attaccati al seno, e anziani, molti dei quali sembravano non reggersi in piedi.

«Nessuno ha pensato di prestare loro soccorso da quando sono qui?» chiese.

«*Mais oui.* Tre pasti al giorno, dottoressa.»

I pasti non bastavano. Lei, Flora e quelle come loro erano allenate a fiutare l'odore di stenti e malattie. Quelle persone dovevano essere visitate, curate, e se necessario anche consolate.

Flora si rivolse a Cate.

«Dottoressa Hill, prendete nota per favore.»

Un'altra riga di impegni fu appuntata, in cima a tutte le altre.

Qualcuno salì a passi rapidi le scale. Era Louisa.

«Abbiamo visite. Dovresti scendere, Flora.»

Dal modo in cui guardò la collega e amica, e Flora ricambiò, Cate si rese conto che era appena passata sotto i suoi occhi una comunicazione invisibile, come capita tra persone abituate a dividere ogni singolo attimo della giornata, fianco a fianco, e a non avere più bisogno di spendere molte parole per capirsi e sostenersi.

Osservò le fedi, identiche, che luccicavano ai loro anulari. C'erano molte definizioni che avrebbero potuto circoscrivere il loro sodalizio in forme conosciute, ma «coppia» era la più calzante, sotto tutti i punti di vista.

Quando fecero per scendere, Flora fermò il concierge dopo pochi gradini.

«Ce la sbrigheremo da sole, non incomodatevi.»

«Ma devo accogliere il visitatore.»

Flora considerò con un'occhiata la vestaglia. Si era aperta all'altezza dell'inguine. Gliela chiuse, come avrebbe fatto con un bambino.

«Sono certa che l'ospite, chiunque sia, potrà fare a meno di vedere le vostre mutande, Monsieur Amour.»

12

Suzanne Pérouse era una donna sottile, bianca dalla cima dello chignon al colletto inamidato che le chiudeva la gola, fino alla punta delle unghie dai riflessi di madreperla. L'abito era nero, lungo e stretto in vita. Unico vezzo, una collana d'oro.

A dispetto dell'aria austera, si presentò loro con grande entusiasmo, baciandole sulle guance, mentre le stringeva tra le braccia. La parte italiana di Cate era abituata all'affettuosità dimostrata anche nei confronti di estranei, ma le sue compagne erano visibilmente imbarazzate. La donna sembrò non notarlo, o forse, dato l'incarico che ricopriva, era avvezza a trattare con stranieri di culture e usi diversi, tanto da non considerare quella rigidità un segno di scortesia.

«Sono così felice di avervi qui. Così felice!»

Fu sua premura scusarsi per il mancato benvenuto, la notte precedente.

«Il nemico alle porte, i terribili giorni di resistenza sulla Marna hanno richiesto energie supplementari, e io davvero non ricordavo più che giorno fosse.»

Flora e Louisa la rassicurarono, tacendo la parte meno piacevole della verità.

«Nessun disagio, Madame Pérouse, davvero. Come vedete, ci siamo subito sistemate seguendo le istruzioni ricevute.»

Da quello che Cate sapeva, Suzanne Pérouse non era soltanto la rappresentante della Croce Rossa francese, ma presiedeva anche l'Unione delle donne di Francia, a cui aveva aderito fin dalla fondazione. Era una militante della prima ora. Sul terreno delle battaglie per l'emancipazione femminile, lei, Flora e Louisa potevano intendersi e trovare un modo d'agire condiviso.

Dopo i convenevoli, Madame Pérouse si fece da parte e presentò loro il secondo ospite, fino a quel momento messo in ombra dall'esuberanza della donna e rimasto diversi passi indietro.

Di mezza età, tarchiato, sguardo attento dietro le lenti degli occhiali tondi, era un medico civile americano. Si presentò stringendo loro la mano. Un gesto pratico, asciutto, che però marchiò il palmo di Cate.

Non si era prodigato in un piccolo inchino, né aveva fatto scivolare sulle dottoresse un'occhiata di sufficienza. Entrambi modi, diversi ma abituali, con cui le donne erano solite avere a che fare. La stretta di mano era una novità che non parlava del sesso di chi la offriva, né di chi la riceveva.

Madame Pérouse gli posò una mano sulla spalla.

«Il dottor Wyatt dirige da alcuni anni l'American Hospital. La struttura era stata aperta per curare i cittadini americani qui a Parigi, ma il dottor Wyatt ha subito accolto anche i feriti provenienti dal fronte. Ora è qui per chiedervi un favore.»

Il medico andò subito al punto.

«So che siete appena arrivate e che l'organizzazione richiede tempo, ma avremmo la necessità di dirottare qui alcuni pazienti. Dopo la battaglia della Marna, non abbiamo più letti disponibili e c'è un nuovo carico di feriti in attesa a Saint-Lazare.»

Flora non manifestò i dubbi che chiunque avrebbe potuto legittimamente sollevare nella loro situazione.

«Quanti?»

«Cinquanta.»

«E quando prevedete di poterli trasferire?»

Il dottor Wyatt allargò le braccia.

«Appena sarete pronte.» Si guardò attorno. «Domani mattina?»

Flora scambiò una rapida occhiata con Louisa.

«Due ore. Non facciamoli aspettare.»

Il medico si disse subito disponibile a occuparsi della necessaria burocrazia, aiutato da Madame Pérouse.

Cate li guardò affrettarsi verso l'uscita. Rimase al centro del foyer, la sua immagine replicata decine e decine di volte dagli specchi e i pendenti di cristallo. Il cuore aveva accelerato il battito, le gambe erano meno salde.

Monsieur Amour scese le scale di corsa e la raggiunse, trafelato.

«Se ne vanno di già? Chi è l'uomo?»

Si era cambiato. Indossava un completo bordeaux con panciotto e la cravatta di seta blu indaco.

Cate avvertiva un formicolio sui palmi, sulle dita. Di lì a non molto le sue mani avrebbero dovuto affondare nel corpo di un uomo, saper cosa fare e farlo velocemente. Trattenervi l'anima. Passare al prossimo.

«Stanno per arrivare» mormorò, sovrappensiero.

«Chi?»

«I feriti.»

«Quando? Perché sono l'ultimo a sapere le cose? Sono io il responsabile del Claridge.»

Cate non sapeva se provava irritazione per quella caricatura d'uomo o umana comprensione per chi, come lei, stava attraversando una rivoluzione del proprio mondo.

Si voltò a guardarlo.

«Questo non è più il vostro Claridge. Da adesso è ufficialmente l'Hôpital Auxiliaire 173.»

I letti furono trasferiti in fretta nei saloni, le lenzuola di cotone egiziano stese sui materassi nuovi, le sale riservate per gli interventi chirurgici lustrate e disinfettate a fondo, nonostante l'urgenza.

Persino Monsieur Amour si era reso utile, occupandosi di fornire dal deposito tutto il necessario in tempi rapidi.

Due ore dopo, l'ospedale era pronto ad accogliere i primi pazienti. Ausiliarie, infermiere e dottoresse attendevano schierate nell'ingresso.

Flora e Louisa diedero le ultime istruzioni. Per operare, al primo turno furono designate Louisa, Grace e Cate. Hazel e Gertrude, invece, avrebbero visitato i feriti, dividendoli a seconda della gravità delle condizioni e stabilendo l'ordine per entrare in sala operatoria, coordinate da Flora quando la situazione glielo avrebbe permesso. Era l'unica anestesista, tra loro. Per gli altri, medicazioni e un pasto caldo.

Le ambulanze battenti bandiera americana, le uniche a motore rimaste in città, iniziarono ad arrivare.

Quando le prime barelle furono adagiate a terra, per le donne fu uno shock. Nessuno doveva aver prestato aiuto a quegli uomini da quando avevano lasciato il fronte. Indossavano ancora le divise sporche di sangue e fango, spesso strappate. L'odore era immondo, annunciava ferite lasciate macerare per giorni, fino a suppurare. Su alcuni di loro camminavano indisturbati grassi pidocchi.

Per Cate il tempo si fermò, come in una fotografia che sarebbe rimasta impressa nella mente per sempre.

«Presto!» ordinò Flora, e tutte si misero al lavoro.

Cate raggiunse la sala che le era stata assegnata. Sentiva di avere il fiato corto, il passo incerto. Andò al lavabo, ma la saponetta le sfuggì di mano e cadde a terra. Cercò di riprenderla, ma le scivolò via di nuovo dalle dita.

Fu Flora a raccoglierla e a rimettere in piedi Cate. Le aveva afferrato un polso e la inchiodava con lo sguardo.

«Con queste mani non puoi operare. Calma il tremore.»

«Sì, dottoressa Murray.»

«Chiamami Flora e ascoltami bene. Se oggi falliamo, non sarà un problema solo nostro. Se non saremo all'altezza, ci distruggeranno, e insieme alla nostra reputazione, alle nostre carriere, chiuderanno le porte delle opportunità a tutte le altre.»

Cate sentì il peso sul petto farsi ancora più opprimente.

«Così non mi aiutate.»

«Non sono qui per aiutarti, Cate. Sei *tu* a dover aiutare questi uomini a sopravvivere. Come pensi di farlo?» La stretta si fece più salda. «Ci hanno ripetuto per secoli che siamo troppo emotive, che la pratica medica indurisce i cuori e quello di una donna è per natura troppo tenero per reggere. Tieniti caro il tuo, di cuore tenero, perché serve, ma usalo in modo intelligente. Rimetti in ordine le emozioni. Perché pensi che abbia scelto te per questa impresa, perché credi che sia venuta a cercarti?»

Cate calmò il respiro. Soffiò fuori la paura che rischiava di compromettere anni di sacrifici, onnubilare la mente che doveva restare lucida e imbrigliare mani che invece su quei corpi avrebbero dovuto correre, leggere e precise; forti, quando serviva.

«So fare il mio lavoro.»

«Dillo più forte. Non a me, ma a te stessa.»

«So fare il mio lavoro!»

Flora la lasciò andare.

«E allora vai, e fallo.»

Cate si preparò meticolosamente. Strofinò di nuovo le mani, continuando a sentire la morsa di Flora sulla pelle. Non sarebbe svanita presto, temeva.

Ripassò ogni procedura, indossò il camice bianco e controllò lei stessa gli strumenti appena sterilizzati.

Quando dalla porta a doppio battente entrò il letto a rotelle con il primo ferito, Cate sperava di essere pronta.

Sollevò il lenzuolo che lo ricopriva.

Non lo era. Non era pronta nemmeno lontanamente ad affrontare lo scempio che le si parò davanti. Che cosa avrebbe mai potuto riparare, tenere assieme, salvare in quel corpo distrutto?

Entrò anche Flora. Spettava a lei dosare goccia a goccia il cloroformio da versare sulla maschera respiratoria. Una lacrima di anestetico in più o in meno poteva fare la differenza tra la morte indotta nel sonno e il dolore vivo del bisturi affondato nella carne.

Cate, tuttavia, dubitava che quel ragazzo potesse tornare in sé molto presto.

«Non ho mai visto nulla del genere.»

Flora le rispose di spalle, armeggiando con boccette e dosatori.

«Hanno inventato armi automatiche, bocche da fuoco ancora più potenti e devastanti. Agli uomini non bastava la morte come la conoscevano. Dovevano renderla ancora più orribile.»

Le lesioni che Cate aveva sotto gli occhi non erano i classici fori di proiettile, netti, puliti. Non erano nemmeno gli squarci lineari delle lame. Aveva già affrontato ferite simili nei sobborghi di Londra, non l'avrebbero turbata.

Il femore della gamba destra era esploso, i legamenti strappati. Il muscolo era polpa trafitta da centinaia di frammenti ossei, bianchi e minuscoli come spine; si accompagnavano a quelli scuri del proietto che lo aveva colpito. Se solo la macchina a raggi X di Hazel fosse arrivata con il primo carico di bagagli. Le lastre le avrebbero indicato dove e come intervenire.

Capì che quel giorno non ci sarebbe stato un «avanti il prossimo». Doveva rimuovere ogni singola scheggia per evitare infezioni. Risanare i tessuti tagliando quelli ormai incancreniti. Chiudere i vasi sanguigni. Riposizionare ciò che era rimasto dell'osso. Suturare con decine di punti. Sperare di non aver tralasciato nulla, nemmeno un puntino scuro nella carne viva, nemmeno dopo ore trascorse a operare china sotto la luce stancante delle lampade.

La conta poteva andare avanti, ma se anche tutto fosse filato liscio, se anche lei fosse riuscita a fare molto più del necessario, sconfinando nell'impossibile, e quel ragazzo fosse sopravvissuto, sarebbe comunque rimasto zoppo a vita. La gamba più corta di almeno mezza spanna avrebbe segnato per sempre il suo futuro.

«Pronta?»

Flora aveva terminato e la stava osservando.

Cate prese il bisturi. Le mani erano ferme, i pensieri improvvisamente chiari. Sulla lama incontrò il proprio sguardo, ed era determinato.

Incise.

13

Belgio, 18 settembre 1914

Era da poco passata la mezzanotte quando l'ordine arrivò. Alexander fu svegliato di soprassalto e afferrò d'istinto la baionetta. L'attendente mandato dal maggiore lo guardava con occhi sgranati. Il foglio che era venuto a portargli era caduto tra loro.

Alexander si passò una mano sugli occhi e lo raccolse. Stava riemergendo da un sogno così vivido da sentirlo ancora addosso. Era in Scozia, nella tenuta da caccia di suo padre. Seguendo il fiume che attraversava la proprietà si arrivava a una cascata che precipitava con fragore tonante tra rocce nere e lucide. Da ragazzino ci si tuffava, vi passava intere giornate d'estate, libero e selvaggio. Nel sogno entrava nello specchio d'acqua gelida, nudo, per lavare via il sangue che lo ricopriva. Lo guardava allargarsi in spirali, ma mai dissolversi del tutto. Attorno a lui, nebbia.

Al risveglio era bagnato, il sudore inzuppava la camicia. Eppure era una notte fredda.

Abbottonò la giubba, congedò l'attendente, e lesse.

Poche parole, che gli rubarono l'aria.

«Samuel!» urlò. Doveva trovare gli altri, in fretta. Calzò stivali e cappello. «Samuel!»

Fuori dalla tenda si scontrò con Oliver.

«Dove sono gli altri?»

«Riposano.»

«Svegliali, subito.»

«Abbiamo smesso di marciare un'ora fa.»

Alexander gli stampò il foglio sul petto.

«*Esecuzione*.»

Al compagno cadde la sigaretta dalle labbra. La recuperò dalla pozzanghera asciugandola sulla manica.

«Porco mondo.»

«No. È il maggiore Hartman, il porco.»

«Chissà perché non avevo bisogno di leggere il suo nome in calce per capirlo. Quindi ora ordina a tutti di assistere?»

«Non perde occasione per farsi odiare.»

Una follia stava per consumarsi proprio quando gli uomini avevano più che mai bisogno di credere che insieme, uniti, presto o tardi avrebbero risalito la china.

Svegliarono Samuel e Cecil. Dormivano aggrappati agli zaini, i berretti calati sul viso.

Oliver li pungolò con lo scarpone.

«Sveglia! Il maggiore vuol far saltare teste.»

Samuel scattò seduto, Cecil si girò dall'altra parte, ma in tre riuscirono a rimetterlo in piedi.

«Chi?» chiese Samuel.

«I due di Château-Thierry.»

Ormai nella compagnia li conoscevano così, con il nome del villaggio sulla Marna in cui si diceva avessero perso la ragione. Erano un gruppo da fuoco di cinque, compreso il caporale che li guidava. Erano partiti una notte in ricognizione, una notte serena che però non li aveva aiutati a scorgere le mine sul terreno. Erano tornati in due, con addosso i pezzi degli altri tre. Non erano più stati gli stessi.

Alexander guardò gli zaini rimasti a terra.

«Dov'è Andrew?»

Il ragazzetto ormai era del gruppo, non lo perdevano d'occhio. Cecil cercò la fiaschetta di whisky nella tasca e ne bevve un sorso.

«L'ho sentito alzarsi per andare a pisciare.»

«Trovatelo.»

Alexander li lasciò e si presentò dal superiore. Il maggiore aveva la sua stessa età e una famiglia di tradizione militare alle spalle, che forse rappresentava un fardello troppo pesante e lo induceva a eccedere nello zelo. Accettò di riceverlo, ma appena Alexander gli spiegò il motivo che lo aveva condotto lì, si mostrò ferreo.

«Perché darsi tanta pena, capitano Seymour? Quei due non appartengono alla vostra compagnia. Sono accusati di essere fuggiti nelle retrovie senza terminare la ricognizione. Hanno messo in pericolo tutti noi, anche i vostri uomini.»

«Erano sotto shock.»

Il maggiore continuava a scrivere la lettera su cui sembrava concentrato. Una mano sulla fronte, sopra la testa una lampada che ondeggiava come la tenda a cui era attaccata. Non alzò nemmeno la testa.

«Shock? La scusa dei deboli. Il comando non è contento: viene sollevata troppe volte. Vi consiglio di non farne più menzione, se tenete al vostro grado.»

Alexander non batté ciglio. Non sarebbe stato il suo peggiore tormento.

«Potrei finire anch'io davanti a un plotone, è questo che rischio a parlare con voi?»

«Fate attenzione, Seymour. Potrei considerare le vostre parole insubordinazione. Non c'è nulla di cui parlare. Hanno subito un processo.»

Il processo sommario si era consumato nella notte. Chi era chiamato a giudicarli sapeva di rubare loro la vita senza nemmeno poter dire di agire per senso di giustizia, e da ladro si comportava, agendo con il favore delle tenebre.

Alexander strinse i denti.

«Quegli uomini non sono in grado di difendere se stessi.»

«Volevate farlo voi?»

«Perché no?»

«Non siate ridicolo.»

«Tremori che li scuotono da capo a piedi, tanto da guastare i denti. Insonnia, emicranie continue che li rendono pazzi. Sono spettri. Sono vivi, ma sono spettri.»

Il maggiore posò il pennino e si alzò. Si stirò con le mani la divisa.

«Avete ragione. Presto lo diventeranno definitivamente.»

Uscì dalla tenda, lasciandolo solo con la rabbia. Alexander la sentiva pulsare in gola, nello stomaco. Attraversava i muscoli fino a farli tendere e si accompagnava a un sentimento più profondo, ma non meno potente. Compassione.

Uscì anche lui. Quando Oliver e Cecil lo videro, lo afferrarono per le braccia. Samuel gli si piantò davanti.

«Non fare di te un martire. Non c'è più nulla che si possa tentare.»

Alexander si liberò dalla presa.

«Tentare? Nessuno dei loro compagni ha mosso un dito, per quanto ne so. Non hanno reso testimonianza dello stato in cui versano quei disgraziati.»

Oliver sputò a terra e accese una sigaretta.

«Non vogliono ritrovarsi dalla parte sbagliata della canna di un fucile.»

E il passo per finirci era breve. Ai soldati si chiedeva di avanzare con coraggio, ma la verità era che a volte la paura premeva molto più forte dentro il petto, e faceva indietreggiare. In quei momenti non c'era forza interiore capace di convincerli che valesse la pena sacrificarsi. Non ne valeva mai la pena.

E allora si ripiegava, giusto verso il patibolo, che quella notte era un muro di sacchi puntellato con travi, contro il quale i due traditori erano già stati condotti a prendere posto, come se fosse possibile prendere serenamente posto davanti alla propria morte.

Il plotone era schierato, una fila di dieci boia dei propri fratelli, con i fucili pronti al fianco. Tra loro, una figura che tremava. Era Andrew.

Cecil imprecò.

«Quel porco del maggiore.»

Fu dato il fischio di preparare le armi, caricare e puntare.

Alexander e gli altri si fecero strada tra i soldati fino alla spianata.

Andrew non si era mosso. Il fucile era ancora nelle sue mani, ma puntava verso terra e lui restava curvo. Il maggiore Hartman gli si avvicinò.

«Caricare!» gli urlò nelle orecchie. «Soldato, carica quel fucile!»

Andrew alzò la testa, guardò i due disperati che gli stavano davanti, e disse l'ultima cosa che avrebbe dovuto.

«Non posso.»

Samuel si voltò verso Alexander.

«È spacciato.»

Lo era. A meno che non avesse sparato, obbedito, ucciso. A meno che non si fosse sporcato dello stesso sterco di chi gli comandava di non avere misericordia.

Non c'era nulla che Alexander potesse fare per evitargli il rito di passaggio che lo avrebbe portato dall'altra parte della vita adulta, quella ormai infettata dal male.

Poteva solo salvargli la vita, al prezzo dell'anima.

Lo chiamò con voce vibrante di collera.

Andrew trasalì, in lacrime, smarrito.

Alexander lo sferzò ancora.

«Soldato, carica l'arma! È il maggiore che te lo ordina!» Gli si mise alle spalle, e di nuovo urlò. «Carica!»

Andrew caricò.

Il maggiore diede l'ordine di sparare, e Andrew lo eseguì. L'urlo che gettò fu quello dell'innocenza squarciata, tradita, stuprata. Fu un grido d'accusa coperto dalla scarica di proiettili.

Alexander chiuse gli occhi. Il peso che sentiva sul cuore non lo avrebbe mai abbandonato. L'avrebbero portato entrambi.

Tutto finì in un attimo, quando i corpi caddero. Il plotone si sciolse immediatamente, il maggiore era già un'ombra che si allontanava, ma non prima di aver cercato Alexander tra gli astanti per sussurrargli all'orecchio un avvertimento.

«Avete un invertito tra i vostri. Vedete di farlo raddrizzare.»

Solo Andrew rimase inchiodato al proprio posto, alla responsabilità di ciò che aveva compiuto. Mollò la presa sul fucile e cadde sulle ginocchia, un lamento basso gli saliva dal petto e gorgogliava in gola.

Gli spettatori si dileguarono. Restarono gli infermieri, il medico constatò il decesso e subito dopo fece qualche passo indietro.

Alexander calmò il respiro, avanzò verso lo scempio. Si chinò sui corpi, chiuse loro gli occhi. Uno di loro stringeva la fotografia di una donna tra le mani.

I lamenti di Andrew non si smorzavano.

«Fallo smettere, Samuel» disse Cecil. «O gli faranno fare la stessa fine.»

Samuel lo rimise in piedi.

«Coraggio, ragazzo.»

Alexander guardò il cielo. Le costellazioni indicavano un orientamento che lui sentiva di aver perso.

«Che cosa siamo diventati?» mormorò al vento che odorava ancora di spari e sangue.

Oliver osservò il mozzicone della sigaretta bruciargli tra le dita. Non aspirò, lo guardò incenerire e spegnersi, come la ragione in quella landa che sembrava in mano a bestie.

«Sopravviviamo. Non possiamo fare altro.»

14

Parigi, 18 settembre 1914

Le luci di Parigi si erano spente già da qualche ora. La mezzanotte era passata nel silenzio e nella desolazione innaturali del coprifuoco. Sugli Champs-Élysées strusciava il canto delle foglie secche trascinate dal vento, fruscio di carta.

Si preparò per la notte. Intrecciò i capelli e li legò con un nastro di Anna. Poteva sentire il profumo della sua bambina, alchimia che sapeva di vita e di speranza, di un amore esclusivo che la riempiva e allo stesso tempo la rendeva vulnerabile.

Si infilò sotto le coperte quando arrivò Grace. Anche lei era già in camicia da notte, con i capelli avvolti attorno alle barrette di metallo per la piega, ma aveva voluto scendere per dare un'ultima occhiata ai pazienti che aveva operato.

«Dormono tranquilli. Niente febbre, nessun delirio. O io sono brava, o la Murray ha esagerato con il cloroformio. A quest'ora mi vanno bene entrambe le ipotesi.» Si stese. «Ho le gambe gonfie, santo cielo. Guarda qua.»

Cate si girò verso di lei.

«Io ho la schiena a pezzi.»

«Ah, sì, anche quella.»

«Dobbiamo trovare il modo per alzare i tavoli operatori.»

«Sarà la prima richiesta, domani.»

Grace mise le mani giunte sotto il viso. Non aveva spento l'abat-jour.

«È molto bello il disegno di tua figlia.» Lo indicò sul comodino. «Te l'ho già detto, vero? Ti ha disegnata davvero bene.»

Cate chiuse per un momento gli occhi.

«Non mi sento così splendente in questo momento» tentò di scherzare.

«E come ti senti?»

«Come una che è andata avanti e...»

Non riusciva a dirlo. Grace continuò per lei.

«... e ha lasciato indietro sua figlia? Se è questo che pensi, sbagli.»

«Vorrei tanto esserne così sicura.»

Grace si puntellò su un gomito.

«Sei un esempio per lei. Questa è l'unica cosa che conta. I suoi occhi vedono quello che fai. Vedono la passione, e il sacrificio. Non c'è scuola né educatrice che possa darle quello che le stai dando tu, anche se ora siete lontane. La possibilità, la libertà, di scegliere per se stessa.»

Cate strinse il cuscino contro la pancia.

«Lo pensi davvero?»

«Lo pensiamo tutte.»

«Anche la dottoressa Murray?»

Grace sorrise.

«Soprattutto lei, sospetto. È una donna intelligente, che ha a cuore le altre donne. Sa che per te è doppiamente dura. Non mollare, Cate.»

«Non è solo la mia vita che ho cambiato. A volte vorrei non portare il peso di questa scelta.»

«Se mia madre mi avesse appoggiato nella mia, di scelta, mi sarei sentita invincibile. Invece è stata dura, da sola, e spesso lo è ancora adesso. Ma ricordi quello che ci ha detto Madame Decourcelle, sfrecciando sul suo tassì? Ci ripenso spesso. Non siamo veramente sole. Siamo tante. E saremo sempre di più, anche grazie alla nostra stanchezza di stasera, alla paura che abbiamo provato davanti a una nuova impresa.»

Qualcuno bussò alla porta e poco dopo Hazel si affacciò. «Posso? Ho visto la luce filtrare.»

Grace si alzò e gettò un po' di carbone nella stufa. Le notti parigine erano insolitamente fredde.

«Entra! Anche tu fatichi a prendere sonno?»

Hazel sedette sul letto dell'amica e aprì la vestaglia da camera, svelando una bottiglia piena a metà e un involucro di carta argentata.

«Sono talmente esausta da non riuscire a chiudere occhio. E non faccio che chiedermi dove diavolo sia finita la mia macchina a raggi X. Vi pare normale, a quest'ora della notte?»

Grace si accoccolò accanto a lei.

«Che cosa ci hai portato?»

«Il rimedio a ogni malanno del corpo, del cuore e della mente. Brandy e cioccolato.»

Distribuì un quadratino di cioccolato ciascuna, stappò la bottiglia con i denti e la porse a Cate.

«Coraggio, mamma. Sei andata alla grande oggi.»

Cate accettò l'acquavite.

«Mi sono sentita impreparata. Non accadeva da tempo.»

«Ci siamo sentite tutte così, puoi starne certa.»

Cate bevve un sorso, sentì bruciare il liquido ambrato in gola, fino allo stomaco, dove appiccò un incendio che la fece ansimare, ma che la scaldava, anche.

«A noi» propose Grace, bevendo a sua volta. «Il peggio è passato con l'ultimo intervento concluso oggi.»

Cate mangiò il suo cioccolato.

«Davvero il peggio è passato?»

Hazel sembrò convinta.

«Decisamente sì. Non ci può spaventare più nulla. Li avete visti? Non ci hanno portato dei feriti. Ci hanno portato dei mezzi cadaveri. Ma è andata, abbiamo fatto il nostro dovere e anche di più. Loro sono ancora vivi e noi qui, a brindare.» Si fece passare la bottiglia da Grace e la sollevò. «L'unico di loro cosciente ha iniziato a urlare e a scalciare quando ha capito che il dottore ero io, una donna. Urlava che voleva un medico vero, cioè un uomo. Stava morendo e pensava solo a quello.» Fissava un punto davanti a lei, come se rivedesse la scena e ne fosse ancora incredula, poi addentò il pezzetto di cioccolato. «Gli ho detto che rischiavo di tagliargli la lingua con il bisturi, se continuava ad agitarsi. Allora si è messo a implorare che non lo toccassi. Ho pensato di tagliargliela davvero, la lingua.»

Risero, brindarono nuovamente al proprio coraggio, all'impulsività sacra di certe anime destinate a guidare, mai a seguire.

Fuori dalla finestra il buio sembrava meno fitto. Cate osservò il disegno di sua figlia e finalmente un po' ci si rivide.

«Eravamo impreparate, ma anche molti di quegli uomini lo sono a noi» disse. «Si abitueranno. Da oggi sarà impossibile farci fare un passo indietro.»

15

Parigi, 17 ottobre 1914

Era trascorso un mese dall'arrivo a Parigi. I disegni di Anna erano diventati cinque, il sesto era sicuramente in viaggio, e la valigia di Cate era ancora chiusa nell'armadio.

Non aveva iniziato a preparare il ritorno a casa. Non ce n'era stato il tempo, tra interventi che duravano da mattina a sera e medicazioni complesse per tentare di combattere la cancrena, sempre più diffusa tra i feriti in arrivo. Le riunioni per decidere se un paziente avesse una possibilità di sopravvivere o se fosse già condannato rubavano il resto del tempo.

All'Hôpital Auxiliaire 173 la chirurgia di guerra era ormai prassi quotidiana, come gli scontri con i soldati ricoverati. Era sufficiente che avessero un po' di fiato in gola, magari l'ultimo, perché si ribellassero all'idea di essere finiti in mano a medici donne. Era la paura a farli sgolare, Cate gliela vedeva dipinta sui volti terrei. Erano convinti di essere stati mandati lì a ricevere cure di second'ordine. Dopo poche ore, le urla si quietavano e i pazienti iniziavano a osservarle in silenzio, senza perdere nemmeno il più insignificante movimento delle loro mani, come si fa con un nemico con il quale si condivide il destino. Tacevano per cercare di carpire nei bisbigli la propria sorte.

Ma un cambiamento era in atto, a Cate sembrava di sentirlo avanzare sulla pelle di quegli uomini a contatto con la sua. Ponti levatoi che lentamente venivano calati.

Cate iniziò presto il turno, preoccupata dalle condizioni di un soldato che aveva operato il giorno precedente. Durante la notte la febbre lo aveva divorato senza che le spugnature fredde riuscissero ad abbassarla.

La febbre può essere buona, le avrebbe ricordato la sua nonna italiana, ma devi saperla maneggiare, come un bisturi tagliente.

Lo visitò nel silenzio che precedeva le attività quotidiane. Sciolse le garze, controllò la ferita al ventre. Non c'erano segni d'infezione. La temperatura si era abbassata.

Lui aprì le palpebre, le batté due o tre volte prima di metterla a fuoco. Era un inglese che aveva combattuto sulla Marna.

L'aveva guardata allo stesso modo, quando Olga e Gertrude lo avevano sistemato sul tavolo operatorio, come se in lei vedesse l'Angelo della Morte. Cate non provò irritazione, le venne da sorridere.

«Questa volta ti ho graziato» gli disse.

L'uomo sembrò non capire, poi d'improvviso lo sguardo si accese. Sorrise anche lui, brevemente, prima di richiudere gli occhi e sprofondare di nuovo nel sonno.

Cate gli sistemò le coperte e il cuscino, gli riordinò i capelli con le dita. La pelle del viso era punteggiata di fori. Aveva impiegato ore per rimuovere ogni più piccola scheggia che l'aveva trafitta, ma le cicatrici sarebbero comunque rimaste. Quell'uomo avrebbe portato per sempre in volto l'orrore dello shrapnel che gli era esploso addosso e le tracce di una guerra che non sarebbe mai restata solo sulla superficie del suo corpo.

«È un'esperienza ancora insolita vederli indifesi e bisognosi di cure.»

Flora era appoggiata allo stipite della porta, la guancia

premuta contro la cornice di legno. Sembrava vegliare sul sonno del soldato. Aveva parlato sottovoce, ma Cate era così intenta che sobbalzò. Era raro sentirle un tono tanto intimo. I momenti di confidenza erano così sporadici e scabri nell'emergenza continua che le vedeva all'opera. La lasciò proseguire.

« E non hanno bisogno solo di cure mediche, anche di accudimento. Ma io sono abituata a combatterli idealmente, gli uomini, non a consolarli. »

Cate non sapeva come maneggiare quella confessione.

« Ora combattiamo lo stesso nemico, insieme » disse, prudente. « Questo potrebbe essere un nuovo inizio, per noi e per loro, non credete? »

« Forse. » Il tono di voce sembrava contraddire la speranza. « Capiremo molto presto se la prospettiva è cambiata anche per loro. »

« Che intendete dire? »

« Stiamo per ricevere una visita, anche se farei meglio a chiamarla ispezione. Ho motivo di credere che questi uomini saranno chiamati a testimoniare sul nostro operato. Raggiungici nel foyer, quando avrai finito. Ho radunato anche le altre. » Gettò un'ultima occhiata al paziente. Cauta, distante, ma non ostile. « Come ho detto, capiremo presto a chi stiamo dando aiuto. »

16

«Lord Reginald Baliol Brett è il secondo visconte Esher. Ci farà visita in virtù di un mandato esplorativo.»

Flora stava dritta davanti a loro come nell'atto mattutino del passaggio di consegne e spiegava con voce controllata ciò che invece avrebbe potuto rappresentare la fine di tutto per lei, per Louisa, per le donne del WHC.

«Un mandato? Da parte di chi?» domandò Hazel.

«Oh, impossibile risalire a quel nome, anche se non è difficile immaginarlo. Lord Esher è consigliere di re Giorgio V sulle questioni militari. È qui per fare la spia, in parole spicciole.»

«Ma noi non facciamo parte dei corpi militari. Siamo qui grazie alla Croce Rossa francese.»

«E questa, forse, inizia a essere una questione scomoda in patria. Mi pare di sentirli borbottare tra una boccata e l'altra di sigaro, i nostri cari Sir: perché quelle donne inglesi devono restare a Parigi? Perché devono per forza dimostrare di valere tanto quanto gli uomini, sotto la protezione della Francia? Se ne parla troppo.»

Olga le raggiunse, trafelata.

«Scusate il ritardo. Chi parla di noi?»

Flora si fece passare da Louisa alcuni ritagli di giornale.

«La stampa, cara, e avere l'attenzione addosso non sempre è un bene. Temo di aver sbagliato ad accettare la visita di quei giornalisti francesi. Hanno iniziato loro.»

Da quando erano arrivate, Madame Pérouse si era presentata quasi ogni giorno con osservatori esterni, orgogliosa delle *sue* donne inglesi, come le chiamava. Flora riordinò gli articoli e si schiarì la voce.

«Solo lodi per noi, colleghe. Definiscono il nostro operato 'incredibile' e 'inappuntabile'. I titoli rimarcano che questo ospedale è gestito esclusivamente da donne. Sembrano ancora non crederci, nemmeno dopo averlo visto con i loro occhi. I colleghi inglesi, naturalmente, non potevano essere da meno in quanto a curiosità. Hanno scritto di noi il *Globe*, il *Daily Mail* e il *British Medical Journal*. In termini entusiastici, direi, anche se in un caso sono stati involontariamente esilaranti. Il *Daily Sketch* scrive: 'L'assistenza infermieristica viene naturale alle donne, ma non tutte hanno la calma e i nervi d'acciaio necessari per diventare un medico'.»

Le risate che la citazione sollevò si spensero presto in sorrisi amari.

Hazel scosse la testa.

«Non capisco. A parte le osservazioni becere di certi giornalisti, è quello che vogliamo, no? Che le nostre capacità siano riconosciute.»

Flora riconsegnò gli articoli a Louisa.

«Il governo inglese si è finalmente accorto di noi, questo è certo. Vuole sapere che cosa facciamo qui e soprattutto *come* lo facciamo. Stiamo scardinando un ordine secolare, compagne. Ecco che cosa li preoccupa. Vogliono capire come conservare i loro privilegi. Non illudiamoci: Lord Esher non ci fa visita perché è smanioso di consegnarci un riconoscimento. Viene qui per capire come liberarsi di noi.»

Un movimento in cima alle scale attirò la sua attenzione. Monsieur Amour aveva assistito al discorso, appoggiato con un fianco alla colonna di marmo, le braccia incrociate sul petto lasciato nudo dalla camicia sbottonata. I due si fissarono, poi lui salutò con un cenno e si ritirò nella sua stanza, dove passava gran parte del tempo, ricevendo giovani signore dai visi dipinti pesantemente di belletto.

Quando Flora tornò a voltarsi verso di loro, la sua espressione sembrava dire: avete visto? I nemici ci osservano e presto parleranno. Fece qualche passo in tondo, una mano sulla vita sottile, l'altra appoggiata sul cuore, come nell'atto di trattenerlo nel petto. Aveva perso peso nelle ultime settimane, ma l'aspetto non era emaciato. Si era fatto più aguzzo.

«Sanno che quanto stiamo facendo in questo ospedale potrebbe cambiare per sempre lo stato della nostra condizione anche in Inghilterra. E per nostra intendo di tutte le donne.» Le guardò a una a una e a Cate parve che infine si soffermasse su di lei. «Se potranno portarci via la possibilità che ci stiamo guadagnando su un campo di battaglia, lo faranno. Preparatevi, dunque, a tenervela stretta. Per voi stesse e per le altre che verranno.»

Il discorso di Flora era un'accorata chiamata alle armi per ciascuna di loro, un invito alla responsabilità personale che doveva elevarsi a collettiva.

Cate era impietrita. Come avrebbe potuto lei, di lì a qualche giorno, lasciarle e tornare a casa?

17

Ypres, Belgio, 17 ottobre 1914

La lettera di Caroline accompagnava una sua fotografia. Alexander vi passò sopra un dito in un gesto che poteva assomigliare a una carezza, come al tentativo di cancellare uno sbaffo sgradito. La pelle annerita faceva apparire l'incarnato della sua promessa sposa ancora più candido.

Ne provò una vergogna immotivata. Le mani non tornavano pulite nemmeno se strigliate, al fronte. Il nero penetrava nelle screpolature e si allargava all'intera esistenza. Chissà che cosa ne avrebbe pensato, la sua candida Caroline. Lo guardava dall'immagine in bianco e nero come se lo avesse davanti, gli occhi limpidi che forse limpidi non erano, solo vacui.

Alexander si chiese se lo avesse mai *visto* davvero, se lo conoscesse come una sposa dovrebbe conoscere il proprio sposo, con gli intenti taciuti eppure mai segreti, con le fragilità che non avevano bisogno di essere confessate, perché già comprese e subito perdonate.

Come da lui chiesto, Caroline aveva provveduto a mandargli viveri, assieme a parole entusiastiche di incoraggiamento.

Le prelibatezze erano confezionate in eleganti pacchi che recavano impresso il marchio di Fortnum & Mason, il fornitore ufficiale della casa reale inglese.

Alexander li fissava. Per la seconda volta provò vergogna,

ma non per se stesso. Prese le confezioni e iniziò a disfarle, bruciando la carta color pastello nel braciere che riscaldava la tenda. Le fiamme si sollevarono sibilando. Il vento soffiava impetuoso, quella sera, ripuliva terra e cielo, lustrando il tramonto più infuocato che Alexander avesse mai visto.

Si affacciò, fermò un caporale che aveva avuto modo di conoscere e che considerava ancora abbastanza ingenuo da non precipitarsi al mercato nero che aveva iniziato a proliferare nelle retrovie. Gli indicò le ceste e gli disse di distribuire cibo e vivande agli uomini della compagnia.

«Prendi due aiutanti con te. Che ciascun soldato riceva qualcosa, e che nulla vada perso nel tragitto. Ti considererò responsabile.»

Per sé non tenne nulla. Infilò il cappotto e uscì nell'oscurità. Attraversò un campo di creature magre e affamate. A due mesi dall'inizio del conflitto, i pasti caldi erano un miraggio. Il rancio prevedeva carne essiccata, mezza pagnotta e una porzione di biscotti talmente duri da dover essere schiacciati con il calcio del fucile, o lasciati inzuppare per un giorno intero nel tè rancido. Di rado, però, le razioni raggiungevano integre le truppe, il più delle volte venivano saccheggiate nel tragitto per arrivare alle prime linee.

Fame. Alexander non l'avrebbe mai più dimenticata, se fosse sopravvissuto. Non era il languore che si provava al sicuro di una casa, né l'ingordigia di uno stomaco abituato a ricevere subito quanto desiderato. Era una mancanza continua che scavava, scavava, scavava, sempre.

Al suo passaggio, gli uomini gli facevano il saluto militare, stretti attorno a fuochi appiccati per scaldare le ossa e pignatte di tè. Le mani venivano portate alla fronte ogni giorno più stancamente.

Scorse Oliver e Cecil al di là di un cerchio di fiamme stentate. Giocavano a carte, erano appena smontati dal turno di guardia, mentre Samuel aveva iniziato il suo. Alle loro spalle, un soldato tormentato dai pidocchi faceva bollire l'acqua raccolta sul fondo di una voragine aperta dalle granate. Quella potabile era razionata.

Oliver si accorse di lui, ma Alexander gli fece cenno di restare seduto. L'amico gli lesse la domanda sulle labbra e si scostò appena per fargli intravedere il ragazzetto che gli dormiva accanto. Andrew era avvolto nella coperta e per il momento gli incubi che lo tormentavano dal giorno dell'esecuzione non lo avevano ancora afferrato. Sembrava persino sereno, soltanto un po' malinconico. Nel mondo dei sogni in cui si trovava, non aveva mai sparato il colpo che il maggiore e Alexander gli avevano ordinato. Era una giovane vita vilipesa, ferita, sulla quale Alexander stentava a far indugiare lo sguardo.

Passò oltre, affrettando il passo. Non desiderava compagnia, quella notte. La colpa lo abitava riempiendo ogni spazio tra lui e gli altri. Assumeva una massa propria, si faceva presenza.

Arrivò fino all'ultima paratia prima della terra di nessuno. Si affacciò da una postazione di tiro, un minuscolo quadrato che dava sul buio, e inspirò profondamente l'odore del campo di battaglia.

Sperava che la nausea lo aiutasse ad assolversi. Non lo aveva creato lui, il fronte. Lo subiva, come tutti, e cercava di salvare quanto possibile di se stesso e degli altri. Ma non aveva dubbi: nessuno di loro sarebbe tornato intatto. Nessuno di loro sarebbe morto da innocente.

Da qualche settimana girava una storia che aveva iniziato a incendiare gli animi. Qualcuno in Inghilterra aveva scritto che la ritirata da Mons era stata protetta da una squadriglia di angeli, o forse dai fantasmi degli antichi arcieri inglesi che nelle campagne di Azincourt avevano combattuto e vinto, secoli prima. La notizia era rimbalzata di nuovo fino in Francia, e da lì in Belgio. I testimoni disposti a giurare di averli visti aumentavano di giorno in giorno.

Forse chi l'aveva scritto ci credeva veramente, ma Alexander non dubitava che la propaganda militare del governo ne avesse approfittato, soffiando sul fuoco dell'entusiasmo collettivo.

Non potevano esserci angeli all'inferno. Dalle rovine incandescenti di Mons, Alexander e i suoi uomini si erano tirati fuori da soli. E ora erano a Ypres. E un'altra città stava cadendo in rovina assieme alla civiltà che l'aveva eretta. Dio solo sapeva quante altre sarebbero state ridotte in cenere, prima che la guerra avesse fine. Cenere che si mischiava a quella di milioni di ossa.

L'ufficiale di guardia gli passò accanto, si fermò e accese una sigaretta. Era Samuel.

«Vuoi un tiro?»

«No, grazie.»

Samuel si appoggiò alla paratia.

«Cosa stai guardando? C'è solo notte là fuori. Notte e nemici appostati.»

«Ai tedeschi non piace il buio. Raramente attaccano. Neppure i loro tiratori ci tormentano dopo il tramonto, se ne stanno riparati fino all'alba. Eppure a volte mi convinco di vederlo, negli ultimi bagliori di un bengala.»

«Chi?»

«Quello come me, che sta dall'altra parte.»

Samuel prese un tiro profondo. Si sentì la cartina sfrigolare.

«E che cosa gli diresti?»

« Nulla, perché lui non conta nulla, esattamente come me. Riceviamo ordini e li facciamo eseguire. »

Samuel gettò la sigaretta. Guardò anche lui con mezzo occhio nel buio, non un dito di più esposto.

« Io invece sento sempre addosso lo sguardo di quei maledetti tiratori. Anche adesso. Non sparano di notte, ma ci sono. Non mollano mai la presa. »

Uno di loro in particolare stava mietendo molte vittime. Nove uomini di vedetta solo quella settimana.

Era un problema a cui Alexander stava pensando da giorni.

« Dobbiamo eliminare quel demonio » disse. « Non possiamo più aspettare. Penso di sapere dove si nasconda. »

Samuel saltò giù dal rialzo.

« Facciamolo, sistemiamolo. Tu, io, Oliver e Cecil. »

« Appena possibile, sì. »

Samuel non riprese subito il giro. Esitava.

Frugò nel tascapane e gli porse un oggetto così piccolo da stare nel palmo. Era una croce di legno. L'intaglio era la sua passione. Nelle notti di veglia attorno al fuoco lo si vedeva spesso con il coltellino in mano, a scavare e raschiare.

« Promettimi una cosa, Alexander. »

« Non suona bene. »

« Se un giorno mi trovassi in pericolo di vita, e non dubito che accadrà, lasciami e vattene. »

Alexander finse una risata.

« Potrei segnalarti al maggiore per disfattismo, tenente. »

« Non sto scherzando. »

« Non dire una parola in più, Samuel. »

Vide i suoi denti bianchi nell'oscurità.

« Siamo amici da quanto? Ti sentivi responsabile per me anche quando eravamo bambini. »

«Non è servito a evitare che ti rompessi il naso e il braccio.»

«Già, ma ai piedi di quell'albero c'eri tu e hai tentato di afferrarmi. Non puoi più farlo, Alexander, non qui. Non puoi attutire ogni caduta.» Sistemò il fucile sulla spalla. «Non puoi salvarci tutti e di sicuro non puoi salvare la tua coscienza. Nessuno di noi può. Tanto vale restare vivi.»

L'oscurità davanti a loro si mosse. Poteva sembrare la figura di una donna che avanzava, l'Angelo della Morte in arrivo, invece era solo una colonna di fumo che sapeva di carne bruciata e che il vento faceva ondeggiare.

Molto presto, tuttavia, la terra avrebbe davvero cominciato a muoversi, brulicare e squittire, e lo avrebbe fatto fino alle prime luci dell'alba.

I topi erano grassi. All'imbrunire uscivano dal fondo fangoso dei crateri per cibarsi di esseri umani.

18

Parigi, 20 ottobre 1914

Cate bussò con forza alla porta della camera. Quando Monsieur Amour si decise ad aprire, alle sue spalle c'erano due ragazze stese sul divano, i piedi nudi inanellati e campanelli alle caviglie. Cate distolse lo sguardo.

«Lord Esher sta arrivando. Vestitevi, santo cielo!»

«E voi calmatevi. Sono quasi pronto.»

Gli abbottonò la camicia.

«Monsieur Amour, non abbiamo avuto molto tempo per fare amicizia, ma credetemi se vi dico che questa situazione disturba tanto voi quanto noi. Da questo incontro probabilmente dipende il nostro futuro.»

«Me ne rendo conto.»

«Pensate di riuscire a mettere da parte... uhm, quello che siete per un momento e far finta che ciò che noi facciamo qui possa essere importante per voi e per la Francia? Ci aiuterebbe.»

«Non ho capito.»

«Vi scongiuro, abbiamo bisogno di un amico.»

Lui le prese la mano, la voltò, e posò un bacio sul palmo.

«Lo sono. Al vostro servizio.»

Cate si riprese la mano.

«Allora scendete. Vestito!»

«Ho un piano, Madame.»

«No, no. Nessun piano. Venite giù e fate ciò per cui siete pagato.»

«*C'est-à-dire?*»

«Il concierge.»

Cate si precipitò giù dallo scalone. Quando arrivò in fondo, Flora e Louisa stavano accogliendo Lord Esher nel foyer. L'uomo si voltò e Cate non riuscì a trattenere un'esclamazione.

Non vedeva suo padre da anni, ma Lord Esher gli assomigliava in modo impressionante. Alto, asciutto, un'aura di potere attorno. Aveva poco più di sessant'anni, i baffi curati, le movenze di chi è abituato a farsi obbedire, occhi glaciali.

Lo accompagnava Madame Suzanne Pérouse.

«Lord Esher, vi presento la dottoressa Cate Hill, abile chirurgo.»

Lui la squadrò. Cate fu certa che avesse notato il fiato corto, la ciocca di capelli sfuggita alle forcine, l'imbarazzo per essersi fatta trovare in disordine. Si sentì di colpo bambina, giudicata.

«Ah, bene» disse il Lord. «Giocate a fare il dottore, oltre a correre in modo scomposto per le corsie di un ospedale.»

«Qui non gioca nessuno, Lord Esher» tagliò corto Flora, ma con una certa grazia. «Se volete seguirmi, ve lo mostreremo.»

«Sono impaziente.»

Lo guidarono attraverso i diversi piani, raccontando la trasformazione che il Claridge aveva subito per diventare il più efficiente ospedale per la chirurgia di guerra in terra francese.

Lord Esher si fermò in mezzo al corridoio, sotto un dipinto raffigurante sant'Agata, protettrice delle donne colpite dalla violenza di un uomo. Teneva le mani dietro la schiena. Anche quello era un gesto che suo padre faceva spesso, pensò

Cate, osservandolo da dietro le spalle di Flora. Ritraeva le mani dal mondo, perché non aveva bisogno di prendere, o di accarezzare. Le cose e le persone venivano a lui per diritto di nascita.

«Il più efficiente? E chi lo dice? Voi, dottoressa Murray?»

«Diversi osservatori, in verità.»

«Quanti pazienti curate al momento?»

«Poco più di duecento. E all'ultimo piano ospitiamo ancora diversi profughi belgi.»

«Sono parecchi, più di quanti mi aspettassi. Riuscite a seguirli tutti? Ne dubito, e la cosa mi preoccupa.»

«A dire il vero, Lord Esher, sono molti meno della capienza programmata. Nelle ultime due settimane le piogge autunnali hanno trasformato i campi di battaglia in fiumi di fango e interrotto il flusso dei feriti verso Parigi. Inoltre, il fronte è arretrato su nuove posizioni.»

«Non ne arrivano abbastanza per i vostri esperimenti di pratica medica, volete dire?»

«Ciò che voglio dire è che molti di loro restano indietro e per giorni, se non settimane, non possono ricevere cure adeguate. Le ferite si infettano, sopraggiunge la cancrena.»

«Mi è giunta voce. Vorrei parlare con qualcuno di loro. Voglio sentire le impressioni sulle cure che ricevono qui.»

«Temo che al momento non ci siano uomini in grado di parlare.»

«Non ne hanno il tempo? Che dovranno mai fare, allettati?»

«Non manca loro il tempo, ma il fiato. Sono tutti feriti gravi.»

«È così che li riduce la permanenza qui?»

«È così che vengono valutati quando la Croce Rossa francese li smista e li assegna al nostro ospedale.»

«Perché mai tutti a voi i casi disperati?» Esher guardò Flora con un'aria di sfida che tutte loro ben conoscevano. «Sarà forse perché non hanno speranza? Vengono mandati qui a morire?»

«Certo che no. Questo ospedale può vantare un tasso di sopravvivenza molto alto.»

«Avete fatto i conti, di già? E li avete fatti bene?»

Calò il silenzio, e si udì una musica provenire da uno dei reparti. Lord Esher tese l'orecchio, appoggiandovi un dito.

«Con che cosa contate di salvare loro la vita, perbacco, facendogli ascoltare Händel?»

In sottofondo, la melodia proveniente dal grammofono apparve improvvisamente sbagliata. Flora non si lasciò intimidire.

«Sì, anche. È dimostrato che...»

«Procediamo, non ho molto tempo. Voglio almeno vederli, se non posso parlarci.»

«Se insistete...»

«Insisto. Ma prenderei volentieri anche quel tè che prima ho rifiutato.»

Flora gli sorrise come se stesse immaginando di strangolarlo.

«Certamente. Do subito disposizioni e torno da voi.»

Lui non la attese, entrò in una delle stanze, quella dove erano ospitati i pazienti più gravi, facendo cenno a Cate e Hazel di seguirlo. Passò di letto in letto, sollevò le coperte e rimase a guardare.

Cate lo trovava osceno. Quel luogo era sacro. Più di una volta fu sul punto di strappargli di mano il lenzuolo e cacciarlo fuori.

Le persone come lui non conoscono il rispetto, né la compassione, ricordò a se stessa. Ma forse non era a Lord Esher che stava pensando.

Lo vide soffermarsi davanti a un moribondo. Le fece cenno di avvicinarsi.

«Come fanno gli uomini a tollerarlo?» le domandò.

Cate non comprese.

«A tollerarlo?» ripeté.

«A tollerare di essere curati da voi donne.»

Quegli occhi. Quegli occhi la guardavano come si guarda una nullità, trapassandola da parte a parte. L'uomo che aveva davanti non la considerava sua pari. Non lo avrebbe mai fatto. Lord Esher batteva le dita sulla coscia. Il gesto inconscio di chi era abituato a portare nella mano un frustino, a domare un animale.

Cate guardò Hazel e la vide fare un impercettibile cenno di diniego. Le stava dicendo di lasciar perdere, di non cadere nella trappola.

Ci sono momenti in cui è necessario far sentire la propria voce, avrebbe voluto risponderle, e forte, perché nessun altro lo avrebbe fatto per lei.

Alzò i palmi, li tenne rivolti verso l'uomo, appena consapevole del ritorno di Flora.

«Avete mai affondato le vostre mani nelle viscere di un essere umano?» gli chiese. «Ne avete mai tirato fuori una vita urlante o le schegge di una granata? Le avete tinte con così tanto sangue da non riuscire a lavarlo via? Avete mai preso i pezzi di un uomo per ricucirli insieme, punto dopo punto, affondando l'ago nella carne?» Abbassò le mani. «Io sì. Non credete di intimidirmi, o di farmi pensare di non valere abbastanza. Ci hanno provato uomini più arroganti di voi, e io sono ancora qui, a fare il mio lavoro. E lo faccio bene.»

Cate sentiva soltanto il proprio cuore. Battiti furiosi, selvaggi.

Lord Esher la guardava come se la vedesse per la prima volta e la trovasse mostruosa. Anche se avesse voluto replicare, non ne ebbe il tempo. Olga entrò nella stanza, il viso paonazzo e gli occhi sgranati piantati su Flora.

«Scusate l'interruzione. C'è un paziente che desidera dare la propria testimonianza. Nella stanza accanto.»

Flora si stupì.

«Quale paziente?»

Il piano di Monsieur Amour, pensò Cate, d'istinto. Guardò le altre e le vide impallidire.

Era proprio lui che trovarono steso in uno dei letti, sorridente. Lord Esher gli si avvicinò, stranamente titubante. Sedette al suo capezzale.

«Parlate inglese?» domandò.

«*Oui.*»

«Siete qui da molto?»

«No.»

«Ritenete di essere stato curato a dovere?»

«*Bien sûr! Ces femmes médecins sont spectaculaires, incroyables!* Che fortuna per noi averle qui a Parigi, e che disgrazia per voi inglesi esservele lasciate scappare.»

«Non vi sentite, diciamo, a disagio?»

«Perché mai?»

«Non preferireste essere stato affidato a un medico? A un uomo, intendo, che abbia mani e cuore saldi?»

«Oh, amico mio. Posso assicurarvi che le mani di Madame Murray sanno fare grandi cose.»

Lord Esher si voltò a guardare Flora, che restò impassibile, poi tornò a scrutare il paziente.

«Siete ferito gravemente? Ho inteso bene?»

«Stavo per morire. Queste donne mi hanno salvato la vita.»

«In che parte del corpo siete stato ferito, se posso chiedervelo?»

«À la quéquette.»

«A cosa?»

Monsieur Amour alzò un poco le coperte e le sventolò sotto il naso dell'inglese.

«Alle parti intime. Volete vedere?»

Lord Esher si alzò.

«No. Credo di aver visto fin troppo.»

Uscì dalla stanza senza nemmeno augurare al ferito una pronta guarigione.

Hazel si avvicinò a Flora.

«Che cosa dirà di noi al re?»

«Se dovessi azzardare un pronostico, non considererei Lord Esher esattamente un alleato.»

Flora guardò per un attimo Monsieur Amour.

«Non ho parole.»

Lui le mandò un bacio con la mano.

La visita continuò ancora per poco. Lord Esher si era fatto silenzioso. Se all'inizio non perdeva occasione per pungolarle con osservazioni taglienti, dopo la replica di Cate sembrò perso in elucubrazioni che gli facevano aggrottare la fronte e serrare le labbra. Quando alzava lo sguardo, era per cercare il suo viso e insistervi, come per obbligare la risposta a una domanda spinosa a salire dalla gola. Ma la risposta evidentemente non arrivava.

Se ne andò congedandosi con poche parole di circostanza. Se fossero state astragali, Cate avrebbe potuto gettarle sul piatto del proprio destino e leggervi la disfatta. La disfatta di tutte loro.

Restarono a guardare la porta di ottone e specchi del Claridge richiudersi. Nel silenzio, fece la sua apparizione anche Monsieur Amour, avvolto in un lenzuolo bianco come Giulio Cesare nella toga. Reggeva una bottiglia di champagne e due flûte. Li appoggiò su un capitello decorativo e li riempì. Ne offrì uno a Flora. Sembrava sinceramente dispiaciuto.

«Ne avete bisogno, Madame Murray.»

«Non sapete quanto.»

«Ho fatto del mio meglio.»

«*Merci*. Ho apprezzato il tentativo.»

Brindarono, svuotarono il calice in un sorso.

Quando Flora si rivolse a Cate, lo fece di spalle, salendo già lo scalone.

«Nel mio studio, dottoressa Hill.»

Flora chiuse la porta e Cate iniziò a temere di essere stata convocata per una ramanzina.

«Prego, Cate. Accomodati.»

Restò in piedi, agitata.

«Ho sbagliato. Non avrei dovuto dirgli quelle cose.»

Temeva la risposta, ma Flora non mostrò fastidio. Rassegnazione, forse.

«Non sarò di certo io a dire a un'altra donna di tacere. Non mi aspettavo nulla di diverso da quell'uomo, né dall'ispezione. Un conto è avere a che fare con giornalisti stranieri e osservatori della Croce Rossa, tutta un'altra storia rendere conto del proprio operato a chi sa che il prossimo passo che farai è pretendere i diritti che ti spettano in patria.»

Flora andò alla finestra e aprì le tende.

«Affidarsi agli uomini è rischioso. Non sai mai quali calcoli li porteranno lontano dalle promesse fatte, né quanto.»

Cate ebbe la spiacevole sensazione che non stessero più parlando di Lord Esher, ma di lei. Quanto sapeva Flora della sua storia personale? Quanto aveva finto di ignorare?

«Non tutti gli uomini tradiscono la fiducia» disse, per sondarla.

«Non potresti mai fare l'attrice, te l'hanno detto? Non sei convincente.» Con gentilezza, Flora liberò una pianta di gardenia dalle foglie morte. «Quando sono i padri a dire alle proprie figlie, ogni giorno della loro vita, a parole e gesti, che non contano quanto i figli maschi, che non potranno mai ottenere ciò che sognano, a meno che non sia un buon matrimonio con una prole adeguata, che cosa possiamo mai sperare da loro? Quale cambiamento, se non quello che noi stesse possiamo innescare?»

Si voltò.

«Sei stata coraggiosa con Lord Esher, Cate. Hai tenuto testa a quel piccolo uomo spaventato. Ho visto come l'hai guardato da un certo punto in poi. Tra i due, era chiaro chi fosse il più forte. È stato chiaro anche per lui. Che cosa ti aveva detto per farti reagire?»

Cate deglutì a fatica.

«Mi aveva chiesto come facciano gli uomini a tollerare di essere curati da noi.»

Flora chiuse per un attimo gli occhi.

«È dura, vero? Tutto questo disprezzo, gettato in faccia a ogni occasione.»

Cate sentì di avere il viso bagnato. Lo asciugò in fretta con il palmo.

«Vorrei che Grace fosse qui» mormorò. «Lei avrebbe saputo fare molto meglio di me.»

L'amica mancava ormai da una settimana. Dopo un colloquio con Flora, era partita in fretta senza avere l'occasione di salutare nessuno. Alla fine del turno in sala operatoria, Cate aveva trovato il suo letto fatto, la sua parte di armadio vuota. Aveva chiesto notizie. Le era stato risposto che Grace sarebbe tornata presto.

Flora sedette alla scrivania.

«Grace è senz'altro una donna dalle mille risorse, ma tu lo sei altrettanto, anche se ne sembri ignara. Louisa e io la raggiungeremo domani.»

Cate non capiva.

«Raggiungerete Grace? Dove?»

«A Wimereux, due miglia a nord di Boulogne, sulla costa.»

Cate si lasciò cadere sulla sedia.

«Grace è là? A fare cosa?»

«L'abbiamo mandata a cercare una struttura da convertire in ospedale, sulla rotta della corsa al mare degli eserciti. Non è stato facile, i governi francese e inglese hanno requisito tutti gli alberghi per assegnarli ai corpi sanitari militari, ma Grace è in gamba e ne ha trovato uno disponibile. Château Mauricien. Ho pensato che se i feriti non riescono ad arrivare fino a noi, saremo noi ad andare a prenderli.»

«Perché non ce lo avete detto?»

«Non sono abituata a dare per scontato il risultato, Cate, in nessun caso. Attendevo notizie da Grace e questa mattina sono arrivate con un telegramma.»

«Che cosa ne sarà del Claridge?»

«Tornerà presto al suo uso originario. Tra poche settimane, non ci sarà nemmeno più un ferito da operare a Parigi.»

Flora si alzò, girò attorno al tavolo per fermarsi davanti a lei.

«Ma questo progetto non ti riguarda, vero? Conti i giorni che ti separano dal rientro a casa. Li hai contati fin dall'inizio.»

«È un male anche questo, oltre al fatto che io sia madre?»

«Certo che no, li ho contati anch'io insieme a te, sebbene per un motivo diverso. Tu per rivedere finalmente tua figlia. Io perché presto avrei perso una collaboratrice preziosa.»

Era la prima volta che Flora parlava di lei in questi termini. Cate la considerava una persona ferocemente sincera, ma non sapeva che peso assegnare alle parole che dovevano esserle costate quanto una confessione.

«Vi ringrazio, ma io...»

«Wimereux non è lontana da Calais. Se intendi davvero tornare a casa, dovrai comunque imbarcarti là. Potresti almeno fermarti qualche giorno a Wimereux e aiutarci a concludere il trasferimento.»

«Ci vorrebbe troppo tempo.»

«Sai che non mi prendo mai troppo tempo per fare ciò che va fatto. Non lo farò nemmeno ora con inutili preamboli. Qui in Francia c'è ancora bisogno di te, Cate.»

«Anche Anna ha bisogno di me.»

«O tu di lei?»

«Che cosa vorreste dire?»

Flora si sporse, gli occhi spalancati, come quelli del mascherone della Bocca della verità che Cate aveva visto sul muro di una chiesa, a Roma.

«Dimmelo tu, dottoressa Hill. Vuoi restare, vero? Se tua figlia fosse qui, vicino a te, non penseresti mai di mollare tutto per tornare a casa, al sicuro. Nonostante le difficoltà, e i rischi, e la stanchezza. Perché è questa la vita che hai sempre desiderato. Io ti offro la possibilità di essere sincera, senza paura di venire giudicata. Quando sarà grande, racconterai questa impresa a tua figlia e in questo momento, *ora*, tu stai decidendo il finale della storia. Fa' che la piccola Anna non debba sentirsi un giorno la causa del tuo rimpianto.»

19

La pioggia cadde ininterrotta quella notte. Cate l'aveva sentita ticchettare sui pensieri, mentre operava. Le condizioni di un giovane soldato si erano improvvisamente aggravate.

Louisa e Cate avevano tentato l'impossibile per salvarlo, in silenzio, veloci e precise, scambiando solamente le poche istruzioni necessarie, ma non era stato sufficiente.

Cate aveva vegliato a lungo il corpo e più lo guardava, più vedeva il riflesso di sua figlia in quella giovinezza. Aveva insistito per lavarlo e prendersi cura di lui anche quando il suo viso era diventato di gesso. Nella sala delle colazioni diventata obitorio, Cate aveva pregato.

Per lo sconosciuto, per Anna, per se stessa.

Quando si era decisa a salire in camera, aveva trovato la valigia ad attenderla, aperta sul letto e riempita per metà.

Un richiamo, una sfida, una supplica, uno schiaffo. Non si chiese che cosa rappresentasse per lei in quel momento.

Andò allo scrittoio, prese un foglio e un pennino.

C'era una volta una piccola uccellina che viveva con la sua mamma. Il loro nido era confortevole, fresco d'estate e caldo durante l'inverno. Quando scendeva la sera, le proteggeva chiudendo attorno a loro i rametti di cui era fatto. Al mattino si schiudeva per far entrare il tepore dei primi raggi.

La mamma e la sua piccolina avevano sempre vissuto lì, prendendosi cura l'una dell'altra. Non avevano bisogno di nient'altro, l'albero che ospitava il nido dava loro tutto il necessario. Le foglioline raccoglievano la pioggia da bere, la corteccia brulicava di cibo e il vento soffiava gentile invitandole al gioco con semi di soffione.

Avrebbero potuto vivere così per sempre, al sicuro, insieme.

Un giorno, però, la mamma notò che la sua piccola si incantava sempre più spesso guardando il cielo e un brivido attraversava le sue piume quando la brezza le accarezzava.

Una notte, mentre dormiva e la mamma vegliava, la piccola sognò di volare. Tentò di aprire le ali, ma il nido era minuscolo e glielo impediva. Tra il piumaggio, però, brillava qualcosa: i riflessi di un arcobaleno di sogni e avventure ancora da vivere.

La mamma capì che il richiamo del cielo e dell'aria sarebbe stato ogni giorno più forte.

Quella notte, si spinse fino alla punta del ramo più grosso, e guardò avanti, giù, in alto. Il vuoto e l'altezza erano così spaventosi, il buio la terrorizzava.

Non si era mai allontanata dal nido. Non sapeva volare come gli altri uccelli.

Come avrebbe potuto insegnarlo alla sua piccola?

Si guardò le ali. Erano opache, non c'era traccia dei colori dell'arcobaleno. Eppure, un tempo erano state splendenti.

Tornò dalla sua piccola, si staccò la piumetta più soffice dal petto e gliela posò accanto.

«Nido, prenditi cura di lei fino al mio ritorno» disse, prima di partire per il suo viaggio.

Scivolò giù dall'albero, ruzzolò, si spezzò qualche piuma. Guardò in su. *Non poteva tornare indietro.*

Senza più voltarsi, proseguì.

La mamma camminò a lungo, ma non riuscì a trovare nessuno che potesse aiutarla. Gli altri uccelli volavano sfiorando le nuvole, i loro nidi erano inaccessibili, costruiti sulle cime più elevate. Li chiamava, ma loro non rispondevano.

Passarono giorni solitari e notti spaventose. Finché, una sera di tempesta, la mamma si ritrovò affacciata su un burrone vertiginoso. Sconsolata, le zampette stanche, si fermò.

Una lupa dagli occhi di ghiaccio uscì dall'ombra. Il suo muso era attraversato da antiche cicatrici. Faceva paura.

«Perché non voli via e ti allontani dalla pioggia?» chiese alla mamma uccello.

«Perché non so volare.»

«Te lo posso insegnare, se vuoi.»

«Ma tu non hai le ali.»

Allora la lupa le disse: «Per volare non servono le ali, ma il coraggio di staccarsi da terra».

Ululò. Un ululato così potente da spaventarla. Da farle spiccare quel balzo.

Non tornare indietro, le urlò da terra.

Non avere paura di osare.

Non temere ciò che senti di essere.

La mamma uccello si alzò in volo e a ogni battito d'ali si sentiva più sicura, saliva più in alto.

Quando tornò dalla sua piccola, le piume si erano colorate dei riflessi dell'arcobaleno.

20

Wimereux, Francia, 10 novembre 1914

Mr White guardava Cate dal basso verso l'alto, le sopracciglia aggrovigliate, tanto era seccato. Ometto panciuto e maldisposto, aveva trasformato la guerra in un affare. Dall'Inghilterra faceva arrivare quanto necessario a ospedali e acquartieramenti, raddoppiandone il prezzo.

«Ve l'ho già detto, dottoressa. Niente carbone oggi.»
Cate insistette.
«È già la seconda settimana che lo dite. Di questo passo i pazienti si prenderanno la polmonite.»
Mr White scese i gradini che dal retro di Château Mauricien portavano al cortile di servizio.
«Scaldateli con le borse di acqua calda. Ne avete acquistate in abbondanza.»
Cate fu tentata di dirgli finalmente ciò che pensava di lui.
«Non abbiamo l'acqua calda! La caldaia non funziona!»
Mr White si voltò, già issato sulla pedalina del furgone con cui effettuava le consegne.
«E allora bollitela!»
Cate sbatté la porta, sognando di potergliela dare in faccia, ma anche le cerniere erano in pessime condizioni e il battente cigolò sui cardini, si staccò per metà e restò penzoloni.
Olga passò di lì in quel momento.
«Brava, complimenti. Un'altra cosa da aggiustare sulla lista.»

Cate appoggiò la fronte alla parete. Era certa che un pezzo di intonaco le sarebbe rimasto appiccicato alla pelle. Château Mauricien cadeva in rovina. Il fasto del Claridge era ormai un ricordo. Grace le aveva subito messe in guardia nel telegramma che aveva inviato: l'affitto era alto, tanto quanto la carenza di manutenzione. Ma la villa in stile liberty era l'unica struttura ricettiva rimasta disponibile per miglia e miglia sulla costa.

«Mi dispiace. Ho perso il controllo.»
«Quell'idiota fa questo effetto.»
«Preferisce vendere il carbone al mercato nero, che a un ospedale.»

Olga spostò il battente e lo appoggiò al muro.
«Ancora ti stupisci vedendo di che cosa è capace l'uomo? Siamo venute in Francia per raddrizzare le sue storture, dopotutto.»

Cate la guardò.
«E ci riusciamo? Ci riusciremo mai?»

Olga non rispose, si limitò a dire che avrebbe cercato qualcuno per far riparare la porta.

Un altro rammendo da fare alla villa, alla determinazione che le aveva guidate fin lì, alla speranza di poter fare la differenza.

Cominciò a piovere, pioveva ogni giorno da settimane. Cate si affacciò sul piazzale. Grace e due infermiere stavano prendendo lezioni di guida. Madame Decourcelle era arrivata due giorni prima da Parigi con il suo tassì e si era subito resa disponibile per farvi impratichire le donne del Mauricien. Flora Murray era stata di parola: da quando erano arrivate, andavano spesso a recuperare i feriti direttamente sulla tratta che li portava dalle Fiandre alla costa. Tutte loro avevano imparato a condurre le ambulanze trainate da cavalli e a guidare una motocicletta donata da un francese che un giorno era venuto a riprendersi il figlio, grato di averlo trovato vivo, anche se per sempre menomato. Arrivavano ai confini della Francia, spingendosi fino in Belgio, a sessanta miglia dall'ospedale. Flora sembrava ossessionata dal pensiero di non lasciare nessuno di quegli uomini indietro.

Madame Decourcelle aveva anche portato un carico di coperte e un biglietto da parte di Monsieur Amour:

Parigi è senza dubbio più noiosa senza di voi, Lady doctors. Il Claridge meno affollato, ma tristemente silenzioso. Vi mando un piccolo omaggio per i vostri pazienti. Qui non avrebbe la stessa importanza.

Il dono era stato provvidenziale, e Monsieur Amour si era rivelato un amico leale e prezioso. Il carbone scarseggiava, si sopperiva usando più coperte. Anche il carburante per i mezzi a motore stava diventando merce rara e costosa.

Cate si strinse nello scialle. Si chiese se anche a Londra la situazione fosse la stessa, se Anna avesse cibo sufficiente per non sentire mai la fame e carbone con cui scaldarsi. Mina la rassicurava, i soldi che Cate mandava loro erano più che sufficienti. Non faceva mai riferimento alle difficoltà nelle lettere che le inviava, ma di certo dovevano essercene. L'amica preferiva raccontarle di Anna, dei meravigliosi progressi che di giorno in giorno sua figlia faceva, crescendo senza di lei. Cate avrebbe dovuto esserne rincuorata, invece spesso si sentiva gelosa e la gelosia portava con sé il senso di colpa. Il pensiero di sua figlia che si addormentava abbracciata a un'altra donna, per quanto amica, era urticante. Era quello di sua madre, l'odore che Anna doveva riconoscere come casa. Erano le sue braccia che doveva riconoscere come recinto sicuro in cui rifugiarsi. Guidata da Mina aveva imparato a scrivere il proprio nome. Cate si chiese se fosse il primo di tanti passi che l'avrebbero portata lontano da lei.

A Château Mauricien le camere erano tutte occupate, le sale operatorie costantemente in attività. Le ferite con cui i soldati arrivavano dal fronte erano cambiate ancora una volta: i corpi erano devastati dalla cancrena da gas, corrosi da infezioni batteriche, e quasi tutti soffrivano del piede da trincea a causa delle settimane trascorse immersi nell'acqua.

Tra un intervento e l'altro, Cate e le compagne dovevano ingegnarsi a cercare nuove cure per risanare i tessuti, quando per alleviare i dolori lancinanti avevano a disposizione solo morfina e brandy.

Tornò dentro. Il suo turno stava per iniziare. Si tolse lo scialle, in modo che la giacca della divisa con le mostrine rosse fosse ben visibile. Era un espediente per indurre soggezione nei soldati che arrivavano spesso in condizioni psicologiche delicate ed erano soggetti a scoppi di rabbia improvvisi. La divisa parlava una lingua che loro potevano capire e creava un'idea di gerarchia alla quale erano abituati a sottostare. Proteggeva le donne e rassicurava gli uomini, dopo l'iniziale incredulità.

Trovò Olga e Mardie in una delle camerate allestite nella sala da pranzo dell'albergo.

«Non ci sono abbastanza bagni» si lamentò la prima.

Cate rise. Non si poteva fare altro.

«Lo dirò a Mr White, magari ce ne rimedia qualcuno.»

Si avvicinò al paziente che le due ausiliarie stavano per lavare. Era un inglese di Leeds. Le guardava con timore e sospetto e teneva le coperte strette tra i denti.

Olga tentò di toglierglile, ma lui oppose resistenza.

Cate lesse la sua cartella.

«Caporale Stanley Pattinson, devi essere lavato.»

«Farò da me» mugugnò.

«Hai entrambe le mani fasciate, come intendi farlo?»

«Troverò il modo, ma io dalle donne non mi faccio toccare.»

Cate sedette sul bordo del letto. Gli parlò come immaginava avrebbe parlato una madre a un adolescente ribelle.

«Ho lavorato tutta la notte per riattaccarti la pelle, Stanley. Prova a rovinare il bendaggio, e io rovinerò te.»

Il ragazzo mollò la presa. Allora Mardie indicò a Cate un uomo di mezza età in fondo alla fila di letti.

«Il maggiore laggiù fa le stesse storie, da tre giorni. Puzza.»

Cate immaginava il pudore che i soldati dovevano provare, la sorpresa iniziale di trovarsi in un mondo di donne, dopo aver condiviso il proprio solo con uomini, per settimane o mesi, in una realtà sporca e feroce. Capiva la vergogna di dover esporre il proprio corpo, offeso in modo indicibile, a giovani sguardi femminili. Ma comprendere non li avrebbe aiutati a guarire.

Si alzò e richiamò la loro attenzione, camminando tra i letti.

«Signori, se volete uscire in fretta da qui dovete collaborare: permetterci di lavarvi, di tenere le ferite pulite e non farle infettare. In un modo o nell'altro lo faremo ugualmente, quindi risparmiate le energie per battaglie più importanti.» Si fermò davanti all'ultimo letto, quello del maggiore. «Sapete come i latini chiamavano le mutande che indossate? *Vestes mutandae, da mutarsi*, cioè da cambiare. Persino gli antichi ne avevano capito l'importanza. Dunque, perché non voi? Cambiatevele!»

Li lasciò per raggiungere Hazel in sala operatoria. L'intervento doveva quasi essere terminato e la collega le aveva chiesto di passare per un consulto sulla sutura.

In bagno, Cate si sistemò i capelli sotto una cuffietta, lavò vigorosamente viso, mani e braccia fino ai gomiti. Indossò un camice pulito ed entrò in sala. Hazel la salutò con un cenno.

Aveva praticato un'amputazione complessa di una gamba e rimosso la cancrena che aveva attaccato tessuti e osso.

«Ho chiuso tutti i vasi» le disse, «ma resta poco per ricucire. Che cosa suggerisci?»

«Che cosa temi?»

«Che la cancrena non si fermi. Di non aver raschiato abbastanza.»

Era già successo. I gas velenosi erano maledettamente ardui da estirpare. Sembrava di aver lasciato la carne pulita, ricucito in modo impeccabile, e invece poi la malattia ripartiva, nascosta dentro. A quel punto, si doveva riaprire e tagliare fino all'anca, rischiando la setticemia e condannando il malato a dolori insopportabili per il resto della sua vita, se fosse sopravvissuto.

Cate esaminò a lungo la ferita.

«Lasciamola aperta.»

«Che cosa?»

«Non ricucire. Non c'è emorragia, nemmeno un minimo versamento. Lasciamo la ferita aperta e puliamola regolarmente nei prossimi giorni. Osserviamo come va.»

«Cate?» Louisa la stava chiamando dalla porta. «C'è un problema.»

«Il tuo ultimo intervento?»

«No. Grace.»

Grace aveva la febbre alta. Si era accasciata sul volante di Madame Decourcelle, in preda ai brividi.

Cate le rimboccò le coperte.

«Perché non hai detto nulla? Ti sei presa tutta quella pioggia.»

Grace affondò il viso nel cuscino.

«Se la prendono anche loro.»

Si riferiva ai soldati. Cate sapeva che stava pensando ai loro piedi immersi nel fango, quei piedi devastati dall'umidità e dal freddo che ogni giorno curavano.

Fuori dalla finestra il cielo era un vortice grigio piombo. Non c'era spiraglio che potesse far pensare a un miglioramento. Cate le sistemò una seconda borsa d'acqua calda sotto le coperte.

«Pensa a rimetterti in forze, abbiamo bisogno di te.»

«Ah, è solo un'infreddatura, passerà com'è arrivata. Però nessuno andrà a raccoglierli e qualcuno di loro morirà sotto questa maledetta pioggia.»

Il viaggio era stato programmato da giorni. Nei pressi della città di Ypres infuriava da settimane una sanguinosa battaglia. Molti soldati erano intrappolati tra il nemico e una terra che si era fatta palude. Non era solo la pioggia a rendere inaccessibili quei luoghi. Il re del Belgio, come atto estremo di difesa contro l'avanzata del nemico verso il canale della Manica, aveva ordinato l'apertura delle chiuse presso Nieuwpoort, allagando intenzionalmente la pianura del fiume Yser. Una trappola per tedeschi e Alleati.

Cate le accarezzò la testa.

«È questo che ti turba, Grace? Abbiamo riorganizzato i turni degli interventi. Il viaggio di recupero si farà comunque.»

Grace si voltò.

«Chi andrà al mio posto?»

«Io.»

21

Ypres, Belgio, 11 novembre 1914

Alexander avanzava nell'acqua fino alle ginocchia, il fucile spianato. Sopra di lui, il cielo esplodeva. Le Fiandre erano uno specchio lacustre su cui si riflettevano fiamme. Le nubi rosseggiavano ai colpi di cannone, frammenti d'acciaio incandescente cadevano nelle paludi in archi fumanti. I bombardamenti attorno a Ypres andavano avanti da giorni.

Fuoco e acqua tinta di sangue, la fine del mondo. Nulla scampava alla devastazione, nemmeno i pensieri. Alexander si sentiva sempre meno umano e più soldato.

Ogni giorno cadeva sul campo qualcuno che lui stesso aveva mandato avanti, tanto che attendere nelle retrovie gli era diventato insostenibile. Più volte si era chiesto se l'indifferenza che ormai gli sembrava di provare nei confronti della morte fosse un segno che lei era già al suo fianco. Non si può davvero temere qualcuno con cui si condivide ogni attimo.

Anche ora la sentiva camminare accanto a sé, bisbigliare litanie funebri nello sciabordio. Quando uno shrapnel cadeva troppo vicino e le schegge gli sventagliavano attorno, erano i denti di lei che lo cercavano. Allora Alexander le parlava, le diceva di attendere e di essere paziente. Non era ancora il momento.

A mezzo miglio di distanza, la sua compagnia avanzava, ma c'era ancora un ostacolo da eliminare. Alexander si acquattò, scrutò la piana. Acquitrini a perdita d'occhio e poche case di contadini, ormai sventrate, sparse qua e là. Una macchia d'alberi arsi e un canale, che scorreva fino a un mulino, l'ultima costruzione nella terra di nessuno a ridosso della prima linea nemica.

Il franco tiratore era appostato là da giorni. Aveva falciato molti dei suoi, lanciati all'attacco assieme alla cavalleria francese contro il muro tedesco di proietti e granate. Il cuore d'Europa e la politica si sarebbero nutriti di cadaveri per i prossimi anni. Le ossa avrebbero reso quella terra grassa per decenni.

Alexander lo aveva osservato per settimane, senza mai riuscire a trovare l'occasione per avvicinarsi abbastanza. Osservava i suoi tempi, le angolazioni di tiro, persino i silenzi del suo fucile. Era un tipo abitudinario e questa, forse, sarebbe stata la sua condanna.

Si lasciò scivolare nel canale, il fucile e la pistola alti sopra la testa. La corrente lo spinse tra i corpi mossi dai flutti. Cadaveri lo fissavano con occhi velati, le bocche dischiuse.

Alla fine aveva deciso di non coinvolgere i suoi compagni nell'impresa. Se fosse tornato, avrebbe dovuto affrontare anche la loro rabbia.

Il mulino era stato risparmiato dai bombardamenti. La ruota girava, ma quella terra non avrebbe dato frutti ancora per molto tempo. La guerra stava attecchendo, non dava segno di esaurirsi.

Alexander si sollevò sulla sponda e rinfoderò la pistola. Aggrappato al fucile strisciò verso la costruzione, fermandosi a metà distanza, al riparo di un muro a secco. Il tiratore scelto sparava sempre dallo stesso punto, una finestra del primo piano. Un errore che gli era costato l'attenzione di inglesi e francesi. Sceglieva sempre ufficiali, lasciando le truppe in avanzata senza punti di riferimento. Centrava alla fronte con un unico colpo, talmente pulito da non far cadere nemmeno il berretto, che restava calato sulla testa. Un cacciatore di montagna, istruito fin da bambino ai lunghi appostamenti, al silenzio e alla precisione, come spesso erano i tiratori tedeschi. Così letale da sentirsi fin troppo sicuro. Nessuno gli aveva insegnato che in guerra il movimento era sopravvivenza e che anche il cacciatore poteva diventare preda.

Un fruscio alle spalle fece voltare Alexander, il fucile spianato. Si spostò per tenere sotto tiro uno dei cadaveri che galleggiavano verso la ruota.

«*Calme! Calme!*»

Il francese parlò a fior di labbra. Uscì dall'acqua indicando il mulino e mimò l'atto di prendere la mira. Era venuto per lo stesso motivo. Alexander abbassò il fucile.

Andando in due le possibilità di riuscita raddoppiavano, tuttavia quasi mai si tornava indietro. Il comando francese però aveva insistito, il sacrificio andava condiviso.

Un fischio attraversò l'aria e qualche secondo dopo un colpo di cannone scoppiò poco lontano. L'onda d'urto sembrò sollevare la terra. Qualche tegola cadde frantumandosi e il fragore diede la possibilità ad Alexander di avanzare verso il mulino. Il francese lo seguì. Raggiunto il cortile, fu lui a voler andare per primo, facendo segno ad Alexander di coprirlo.

Spalancò la porta e subito sparò.

Il tedesco che stava sulle scale cadde all'indietro e lì rimase, gli occhi sbarrati, la schiena poggiata alla parete.

Un ragazzetto biondo scattò in piedi, in un angolo. Della divisa portava solo i pantaloni, la camicia era infilata in un solo braccio. Ai suoi piedi c'erano un catino d'acqua e una saponetta. Il francese iniziò a urlargli contro, il fucile sempre puntato. Il giovane li guardava con terrore. Non aveva nemmeno l'ombra della barba sul viso, nemmeno il riflesso della mascolinità adulta.

Kindermord.

Alexander aveva imparato il significato della parola tedesca il giorno precedente, quando un messaggio radio nemico era stato intercettato.

Il massacro degli innocenti, dei bambini, lo avevano chiamato i tedeschi. Nei pressi di Ypres le quattro armate dell'imperatore erano formate in maggioranza da volontari giovanissimi. Li avevano mandati avanti, erano caduti a migliaia.

Kindermord. Una parola che portava nel suono qualcosa di oscuro e che, ne era certo, non avrebbe più dimenticato. Gli ricordava il sacrificio di Isacco richiesto ad Abramo, un uomo così devoto al proprio Dio da essere disposto a offrirgli la vita dell'unico figlio.

Alexander si avvicinò a lui, cercò di parlargli con gentilezza, aiutandosi con i gesti per chiedere se qualcun altro fosse nascosto.

Il giovane negò con forza.

Allora fece segno al francese di tenerlo d'occhio e salì guardingo le scale. Il piano superiore era un'unica stanza con il soffitto spiovente. Non c'era nessuno. La postazione usata dal tiratore era davanti alla finestra. Uno zaino, una coperta, uno sgabello usato probabilmente come appoggio, la gavetta aperta. C'era un fucile a ridosso della parete.

Alexander si avvicinò. Non era un'arma di ordinanza. Da fuciliere gli bastò un'occhiata per soppesare il tesoro che aveva davanti. Il metallo della bascula era finemente inciso e riproduceva un cervo dai palchi imponenti, così come le cartelle ai lati, dove erano raffigurate figure floreali. Le parti in legno erano di noce fiammato, lucidato a olio. Le canne mantenevano uno spessore considerevole per tutta la lunghezza, in modo da non scaldarsi in caso di colpi sparati in rapida successione.

Era il fucile di un intenditore che vi dedicava tempo e cure, figlio di una stirpe di cacciatori. La piega del calcio era stata persino modificata per servire un mancino, probabilmente da un armaiolo esperto.

Alexander ebbe un brivido.

Corse verso la scala. Sul pianerottolo, il corpo del tedesco ucciso giaceva piegato, il fucile accanto alla mano destra, sfuggito alla presa nel momento della morte.

«È lui il tiratore! *C'est lui!*» urlò.

Il francese gli rispose da sotto.

«*Qui?*»

«*Le garçon!*»

Il giovane sfilò la baionetta dal fianco del francese e gliela piantò nello stomaco, poi con prontezza afferrò il fucile e lo puntò addosso ad Alexander.

Fecero fuoco entrambi, ed entrambi in svantaggio. Il nemico, con un fucile per destri. Alexander, con il ritardo dovuto al raccapriccio di sparare a un ragazzino.

Cadde un altro proietto, ancora più vicino, e parte del tetto crollò. Alexander fu colpito da una pioggia di calcinacci e si sentì trascinare giù. Rotolò sugli scalini, la testa che sbatteva contro gli spigoli. Quando era già a terra, una trave gli rovinò addosso e si ritrovò prigioniero, un peso enorme ad ancorargli il corpo al suolo. Qualsiasi tentativo di muoversi era vano. Gli era concesso a malapena lo spazio per abbozzare mezzi respiri.

Sentì il tedesco imprecare. Poco dopo, il ragazzetto salì sopra di lui, togliendogli il fiato. Stava cercando di capire come arrivare al primo piano, ma ormai del solaio non restava nulla. Tutto era precipitato sul fondo, sotto cumuli di intonaco e calcinacci. Anche il suo prezioso fucile.

Parve accorgersi solo in quel momento del sangue che gli macchiava il petto. Si passò una mano sulla guancia insanguinata. Il colpo avrebbe lasciato il suo solco a vita.

Sembrava incredulo, persino furioso, di essere la vittima e non più il carnefice.

Saltò giù, estrasse la baionetta dal corpo del francese e si avvicinò ad Alexander.

« *Das ist die Marke von Deutschland.* »

Il marchio della Germania. Alexander fece appena in tempo a tradurre, quando il *soldat* affondò la lama sul suo viso, facendola penetrare nella guancia.

Lo marchiò a sangue freddo con il proprio potere, con l'odio, con la furia dell'ideologia. E anche Alexander ne era stato a sua volta contaminato, perché se mai fosse sopravvissuto, se mai si fosse ritrovato in una situazione simile, non avrebbe mai più esitato. Gli avrebbe sparato senza incertezza.

Una bombarda cadde al di là della finestra e il pavimento sembrò sollevarsi in un'onda. Una parete crollò, rivelando il campo di battaglia. Il tedesco guardò Alexander un'ultima volta, forse chiedendosi che cosa fare di lui, infine sputò a terra e se ne andò.

L'attacco si inasprì. Alexander poteva solo voltare la testa per incontrare un muro di fiamme e acqua che esplodeva. Guardava il mondo tingersi di sangue, quello che gli velava lo sguardo, caldo e nero, e gli scendeva in gola, sollevando la nausea.

Quando il fragore cessò, fu il tempo dei lamenti. Si levarono come un lutto, assieme alle colonne di fumo che spandevano l'odore di uomini e cavalli bruciati. Alexander non poteva vederli, ma era uno di loro adesso, un disperso nella terra di nessuno.

Con il passare delle ore, si affievolirono anche quelli. Chi poteva ancora reggersi sulle proprie gambe o strisciare era tornato dietro le linee amiche. Gli altri che ancora respiravano erano i prossimi morti.

Ciò che sarebbe accaduto in seguito dipendeva da quale fazione aveva conquistato quel miglio di terra. Se erano stati i tedeschi, sarebbe iniziato il rastrellamento.

Alexander pensò alla croce che Samuel gli aveva donato. Era nel suo taschino, a contatto con il cuore. Non poteva nemmeno tentare di raggiungerla. Ma la sentiva.

22

Pianura dell'Yser, Belgio, 11 novembre 1914

Cate non aveva mai attraversato il campo di battaglia. Era sempre rimasta in sala operatoria, entro il confine del Claridge, prima, e del Mauricien, poi. Flora non aveva mai scelto lei per il recupero dei feriti e Cate sospettava fosse una decisione presa per proteggere non tanto lei, quanto la bambina che l'aspettava a casa.

Ora che un mondo intriso di sangue e disseminato di cadaveri si mostrava a lei da ore, Cate sentiva il peso dell'iniziativa presa. Avrebbe potuto fare di Anna un'orfana.

Prima di partire, Flora e Louisa le avevano passato istruzioni precise per non rischiare più del necessario. La prima l'aveva scrutata a lungo. Si stava chiedendo che cosa fosse riuscita a fare di lei, Cate ne era certa. A volte si faceva la stessa domanda. Si sentiva cambiata, eppure sempre la stessa. Sicuramente più impavida.

L'ambulanza procedeva a rilento nel fango. Gli zoccoli dei cavalli erano ricoperti da zolle di terra che gli animali strappavano dal terreno a ogni passo. La conduceva un francese da cui avevano noleggiato carro e bestie. Monsieur Bernard aveva perso entrambi i figli nella sanguinosa battaglia di Mons, diceva di non aver potuto nemmeno piangere sui loro corpi e che quel rimorso continuava a tormentarlo. Li immaginava esposti ai topi e ai becchi dei corvi, prendere sonno gli era impossibile. Cate era convinta che li cercasse ancora, tra i cadaveri che incrociavano. Quegli occhi perennemente arrossati, premuti contro il mondo, si aggrappavano a una speranza che non si sarebbe mai realizzata.

Davanti a loro procedeva Olga in motocicletta. A volte era un puntino sulla via, a volte si faceva figura definita. Di tanto in tanto tornava indietro ad avvertire che più avanti c'erano truppe alleate in movimento. Allora raggiungevano le colonne di soldati e iniziava la dolorosa scelta di chi prendere sul carro e chi lasciare a terra, perché le lunghe file custodivano sempre al centro un cuore di vittime trafitte. Andavano selezionate quelle più gravi, ma che allo stesso tempo avessero abbastanza probabilità di sopravvivere da non vanificare il viaggio.

«Si ritirano?» chiese Cate davanti alla colonna.

Bernard rispose osservando a uno a uno i volti che gli sfilavano davanti.

«Non si stanno ritirando. Si spostano per consolidare il fronte. La corsa al mare del nemico si ferma qui.»

Madame Decourcelle era partita con loro, ma era tornata al Mauricien ancor prima di attraversare il confine, il tassì carico a tal punto di feriti gravi da dover legare due barelle sul tettuccio.

Cate l'aveva vista fare il possibile per non lasciare indietro chi più aveva bisogno. Cercava disperatamente soluzioni d'incastro, allentava viti per togliere orpelli non necessari. Asciugava in fretta le lacrime, ma la frustrazione restava impressa, rossa. Se avesse potuto caricarsi sulle spalle altri di quegli uomini, l'avrebbe fatto.

«Ancora uno, ne posso portare via ancora uno», andava dicendo, ma le ruote del tassì già affondavano nel fango.

Si doveva scegliere, ed era la parte più straziante dell'impresa. Non le visioni di morte, non la paura di essere colpite, ma dover dire a qualcuno che per lui non c'era posto.

Cate lo fece per lei. Le posò una mano sulla sua.

«Va bene così, Madame.»

Si guardarono senza aggiungere altro, le mani si strinsero.

Dovettero aiutare il tassì a partire spingendolo fino a un tratto più asciutto e lo guardarono andarsene provando nostalgia, come avrebbero fatto con uno stormo di uccelli migratori alla fine della bella stagione. Madame Decourcelle non sarebbe più tornata, per quell'inverno. Doveva rientrare a Parigi.

Il campo di battaglia del Belgio diede ancora più frutti mortiferi e presto anche il carro di Bernard iniziò a riempirsi.

Mentre Cate medicava chi sarebbe rimasto, Olga e Bernard distribuivano cibo e acqua alla colonna.

Il vento portava un odore nauseabondo. Aria nera, grassa, che si attaccava alla pelle e aveva il sapore della cenere e del veleno.

Olga tornò da lei, tossendo.

«Che cosa stiamo respirando? Non ne posso più.»

Cate non voleva pensarci. Le prime linee non dovevano essere lontane, ma la morfologia del fronte cambiava di ora in ora. Le passò una garza pulita.

«Mettila davanti a naso e bocca.»

Lei fece lo stesso. Olga indicò la fine della colonna.

«Ci sono degli inglesi, laggiù, che chiedono di parlare con te.»

«Con me?»

«A dire il vero, credevano che il medico fosse Bernard. Ho risposto che gliene avrei mandato uno con la gonna. Non credo abbiano capito.»

Cate li raggiunse e si preparò a parlare con tono autorevole, in modo da soffocare sul nascere pretese e polemiche. Quando la videro, i quattro si alzarono in piedi.

«Volevate parlarmi?»

Sembrarono presi alla sprovvista. Due erano ben messi, uno dei quali addirittura un gigante rubizzo. Tra loro c'era un ragazzo che dimostrava al massimo diciassette anni e aveva la fronte deformata da un ematoma rigonfio. Il quarto recuperò in fretta e si presentò.

«Tenente Samuel Conway, signora.»

Cate rispose al cenno di saluto.

«Dottoressa Hill.»

Lui sembrò soppesare l'informazione. Per un momento, lo sguardo indugiò sulla fascia con la croce rossa al braccio di Cate.

«Comandate voi il recupero?»

«Non apparteniamo alle forze militari, ma comando io, sì.»

«Allora devo chiedervi aiuto.»

Cate si chinò a esaminare la fronte del ragazzo più giovane. «Per chi?» Non c'era nulla di rotto.

Il tenente Conway si accovacciò accanto a lei e indicò la strada appena percorsa.

«Il nostro capitano è rimasto indietro. Potrebbe essere ferito.»

Cate intuì la richiesta.

«Quanti anni ha questo ragazzo?»

«Avete sentito?»

Cate si alzò e lui fece lo stesso. Lei lo guardò dritto negli occhi, sforzandosi di apparire più dura di quanto in realtà si sentisse. Aveva imparato a proprie spese che la gentilezza, in una donna, veniva scambiata per debolezza.

«Ho sentito, tenente, ma non posso far attendere i feriti

che abbiamo già recuperato. Dobbiamo portarli in ospedale e operarli. In ogni caso, non c'è più posto.»

«Un posto si trova sempre.»

A Cate venne da ridere, una risata nervosa, di sconforto. Quell'uomo stava dicendo *a lei* di trovare *solo un altro* posto. Lei, che come le compagne non faceva altro che dilatare il giorno e la notte da settimane per curarne *un altro*, per salvarne *un altro*.

Fece un respiro profondo, prima di rispondere.

«Il carro è pesante oltre ogni limite, tenente, e questa strada un fiume di pantano. Se lo faccio avanzare ancora di pochi passi, resteremo bloccati qui, e in tutta sincerità vi dico che gli uomini che abbiamo caricato non sopravvivrebbero un'altra notte all'addiaccio. Non posso rischiare tutto questo per un solo uomo che forse non è nemmeno vivo.»

Il ragazzetto si alzò.

«È vivo! Lui è vivo!»

I compagni cercarono di calmarlo, ma sembrava sconvolto. Il tenente spiegò per lui.

«Il capitano gli ha salvato la vita. Pensiamo possa essere rimasto ferito circa cinque miglia a est da qui. C'è un vecchio mulino, il fuoco di copertura deve averlo bloccato lì.»

Olga li aveva raggiunti.

«Se pensate che sia vivo, perché non siete andati voi a riprendervelo?» chiese.

Il soldato la guardò, sul viso l'espressione di chi aveva appena ricevuto un pugno allo stomaco.

«Perché gli ordini non ce lo permettono. Se rompiamo la colonna e torniamo indietro, potrebbe essere considerata diserzione.» Si rivolse di nuovo a Cate. «Non ve lo chiederei, se pensassi che è una follia. Lui è vivo, ed è là.»

Era la speranza disperata di un amico, nient'altro, pensò Cate.

Si allontanò di qualche passo. Olga la seguì e la afferrò per un braccio.

«Non penserai di andarci! Ci sono i tedeschi, da quella parte.»

Cate non riusciva a mettere in ordine i pensieri. La sua bambina. Il giuramento fatto, quando era diventata medico. La donna che si era intestardita a diventare e che ora non le permetteva di voltare le spalle.

«Che cosa devo fare?» mormorò.

Olga non aveva dubbi.

«Murray ci direbbe di andarcene senza esitazioni. Ti stanno chiedendo di correre un rischio troppo alto.»

Flora Murray non era lì con loro. Spettava a Cate la scelta. Sfiorò la fascia al braccio. Il simbolo con la croce rossa forse l'avrebbe protetta.

«Sono solo cinque miglia.»

«Cate, no!»

Cinque miglia, e i bombardamenti erano cessati. Non c'era più nulla da ridurre in macerie e anche il nemico recuperava i propri feriti.

Tornò dai soldati.

«A est?»

Conway si fece passare veloce una mappa dal gigante al suo fianco e le mostrò la direzione da seguire.

«Un mulino, dritto lungo questa strada. Lo troverete sulla riva sinistra del fiume, poco dopo una collina bassa. È l'unico.»

Cate cercò di memorizzare la cartina, certa che poi la paura avrebbe confuso l'orientamento. Gliela restituì e lui le prese la mano.

« Grazie. »

Cate la sfilò a disagio, accennando un sorriso. Forse stava andando a cercare uno spettro, ma non lo poteva dire.

Lasciò a Bernard le consegne per l'attesa. La colonna si fermava sul posto per una sosta. Sarebbero stati al sicuro. Recuperò la borsa e se la mise a tracolla. Prese la sacca con la barella montabile che Joseph aveva realizzato e spedito da Londra.

Bernard le porse una pistola.

« Per la tua sicurezza. La sai usare? »

Cate la guardò con orrore, ma sapeva di non poterla rifiutare. Annuì. Quando la infilò nella cinta, le mani tremavano.

Alle sue spalle, la motocicletta si avviò. Olga si stava infilando gli occhiali protettivi. Cate la raggiunse.

« Che cosa pensi di fare? »

Olga diede un'accelerata.

« Ti porto io, dottoressa. E non ho intenzione di discutere. Sali! »

Cate prese posto dietro di lei, le braccia saldamente aggrappate al corpo solido della compagna. Appoggiò il mento sulla sua spalla.

« Grazie. »

23

Cate e Olga partirono in direzione opposta a quella di Wimereux e del canale della Manica che le separava da casa. La strada sterrata proseguiva ondeggiando dolcemente nella campagna divelta. Si levò una nebbia che solo dopo un po' Cate riconobbe essere fumo, gli occhi iniziarono a lacrimare. Tutto ciò che era stato vivo ora anneriva, bruciando lento in crepitii che avevano qualcosa di spaventoso. Persino la terra ardeva, le sue viscere fumavano. Che cosa le avevano fatto, pensò Cate. Non c'era più un filo d'erba. Le carcasse dei cavalli erano cumuli neri che ricordavano tombe, e accanto a quelle tombe riposavano scoperti centinaia di esseri umani.

Cate aveva tentato di immaginare come potesse essere un campo di battaglia, ma mai sarebbe arrivata a tanto, né mai, ne era certa, avrebbe saputo descriverlo a parole. Non ce n'era una che potesse adattarsi allo scempio di vita che le scorreva accanto.

La motocicletta sbandò e rischiò di scivolare, ma Olga riuscì a tenerla dritta.

«Troppa melma!» urlò, sopra il rumore.

Un miglio dopo, finirono impantanate in un acquitrino che le foglie cadute dagli alberi avevano nascosto alla vista. Scesero e tentarono di spingere, ma non ci fu verso di proseguire.

Olga andò avanti a piedi per controllare la situazione e quando tornò indietro non aveva buone notizie.

«È tutto così, da qui in poi.»

Cate sollevò lo sguardo dagli occhi di un giovane che affiorava dall'acqua.

«Quella deve essere la collina di cui parlava il tenente.»

Dietro le volute di fumo, sbiadita, appariva un'altura.

Olga si voltò per cercarla con lo sguardo.

«Anche se ci arriviamo a piedi e là dietro troviamo il disperso, poi come facciamo a riportarlo fino qui? Lo trasciniamo? Ci vorranno ore. Non abbiamo tutto questo tempo.»

Cate cercò di ricordare la mappa. Erano arrivate così vicine alla meta.

Nel silenzio gracchiavano i corvi. Si alzavano in volo e ripiombavano sui cadaveri, disturbati da un cavallo errante che nitriva spaventato e di tanto in tanto scalciava, come assediato da un predatore.

«Povero animale» mormorò Olga. «Morirà di fame.»

Cate si avvicinò al cavallo.

«No, se lo portiamo con noi.»

«Stai attenta, lo shock può renderlo aggressivo.»

«Ha solo bisogno di essere rassicurato.»

Non era il primo cavallo con cui Cate aveva a che fare, e nemmeno il più volubile. Nella sua vita precedente li amava e se ne prendeva cura. La sua famiglia possedeva destrieri stupendi e orgogliosi. Lei aveva iniziato a cavalcare da bambina, capace, a dire di sua madre, di rendere docile anche il cavallo più bizzoso. Sperava che qualcosa di quella malia fosse rimasta in lei.

Parlò con dolcezza alla bestia, mostrò le mani nude. Permise al corsiero di annusare il suo odore nell'aria e di decidere se fosse degna di fiducia. Osservò le sue narici dilatarsi, gli occhi puntarla, spaventati ma anche desiderosi di trovare una nuova guida. Il cavallo sbuffava. Cate provò pena per lui, quando vide le zampe anteriori tremare. Era combattuto.

Gli parlò ancora, fino a quando gli fu così vicina da appoggiargli una mano sul muso. E allora lo sentì rispondere alla carezza e premere contro il palmo. Lo accarezzò il tempo necessario per cementare la promessa di legame, assicurandosi che non fosse ferito.

Quando lo sentì pronto, prese le briglie, infilò un piede nella staffa e si issò in groppa.

Olga si avvicinò di qualche passo.

«Non ci posso credere.»

Cate fece voltare l'animale e le consegnò la pistola.

«Per l'amor di Dio, Olga, usala con attenzione.»

«Sei un dottore. In caso rimedierai tu, dovessi sparare a un soldato amico.»

«Se non torniamo entro mezz'ora, vattene.»

Cate spronò il cavallo verso la collina, dove il fumo era più intenso e la inghiottì.

Fuochi ardevano tutto intorno. Non c'erano lamenti, né nulla che si muovesse oltre alle fiamme, ma a un certo punto a Cate parve di sentire delle voci.

Rallentò il galoppo fino a fermarlo, e si mise in ascolto. Davanti a lei c'era qualcuno.

Il cuore prese a battere furioso, la mano sfiorò d'istinto il fianco privo dell'arma.

Tre figure uscirono dall'ombra. Tre soldati che si arrampicavano sulle rovine di una casa, cercando qualcosa, forse qualcuno. Non l'avevano ancora vista. Cate non aveva bisogno di osservare le divise per capire da che parte stessero. Parlavano tedesco.

I pensieri si fecero frenetici. Restare ferma e sperare che se ne andassero, spronare il cavallo alla fuga e procedere, farlo voltare e scappare. Fu la bestia a toglierla dal dubbio, nitrendo.

I soldati la videro e spianarono i fucili, bloccando la via. Cate restò immobile, consapevole del fatto che la forza del cavallo era la sua. Se fossero riusciti a farla scendere, probabilmente non vi sarebbe più risalita.

Erano due uomini adulti e un ragazzo molto giovane, dal volto sfigurato. La guancia era una fetta di carne che pendeva, sanguinolenta. La guardavano come fosse un'apparizione, ma presto la sorpresa di trovarsi di fronte a una donna che indossava una divisa sconosciuta, in mezzo a un regno di morti dove anche il più duro degli uomini avrebbe potuto vacillare, sarebbe scemata, e allora chissà che cosa avrebbero potuto fare.

Cate arrotolò le briglie attorno al palmo, il cavallo percepì subito la tensione, tendendosi a sua volta. Se era fortunata e il suo nuovo amico la capiva come sembrava lasciarle intendere, allora si sarebbe preparato presto a scalciare di nuovo, nel caso uno dei soldati si fosse spostato alle loro spalle.

Ma non accadde. Uno degli uomini le parlò in tedesco, indicando la fascia che aveva al braccio.

La lingua che avrebbe usato, pensò Cate, poteva portare alla vita o alla morte, rivelare un amico o un nemico, in quel momento storico più che mai. Lei era fortunata e poteva scegliere. Ciò che negli ultimi tempi le era sembrato una maledizione le venne invece in soccorso.

Rispose in italiano, la voce ferma, il tono che non ammetteva repliche. Disse chi era, si qualificò, e chiese strada libera.

Sapeva che molto probabilmente non potevano capire la sua lingua, ma sapeva anche che l'avevano riconosciuta, era quella di un paese ancora neutrale, percepito addirittura come possibile alleato.

Abbassarono i fucili, ma non accennarono a liberare la via. Cate infilò lentamente una mano nella borsa. Prese un rotolo di bende e lo lanciò al ragazzo più giovane. Fece lo stesso con una boccetta di iodio. E sperò che l'offerta fosse sufficiente per comprare il lasciapassare.

Il giovane la guardò a lungo e in quegli istanti interminabili la sua espressione cambiò. Dapprima fu solo un riflesso sul marmo scolpito che era quel viso feroce, poi l'umanità tornò a vivificarlo, a far tremare per un attimo le labbra, a lucidare gli occhi prima bui. Ma durò un solo istante.

Fu lui il primo a muoversi, a rimettere il fucile in spalla e andarsene, lontano da lei, da Olga, da chiunque fosse bloccato in quel mulino al di là della collina. Gli altri lo seguirono, dopo un cenno che forse era di ringraziamento. Allora Cate capì che era lui il capo, e di nuovo si interrogò su quanto potente fosse il lato oscuro che la guerra nutriva in ciascuno di loro, tanto da trasformare una giovane anima in una bestia affamata.

Spronò il cavallo al galoppo e si ripromise, tremante, che non si sarebbe più fermata fino alla meta, a qualunque costo. Saltò ostacoli, saltò cadaveri, e andò avanti.

24

Alexander sollevò a fatica le palpebre. Erano incrostate di polvere e sangue. La luce filtrò rosea. Era sceso il tramonto, o si erano alzate le fiamme. Vide la terra fumare, al di là del muro crollato.

I lamenti erano cessati. I respiri si erano spenti.

Un peso sovrumano gli schiacciava il petto.

La mano di Dio, pensò. Un dio adirato con l'umanità. Non riusciva a muoversi, non sentiva né le gambe né le braccia. Le tempie pulsavano, in bocca aveva il sapore del sangue.

Ricordò la baionetta che calava sul suo viso e lo trafiggeva.

Il nemico non lo aveva lasciato vivere. Lo aveva condannato a una lunga agonia, peggiore della morte che avrebbe potuto infliggergli con una pallottola. L'immobilità a cui era costretto il corpo poteva rendere pazzi.

La sete lo divorava già. I muscoli bruciavano avvelenati dalla compressione. La trave premeva sul costato fino alle gambe, e schiacciava lentamente la carne.

Alexander cercò di sentire i rumori del fronte in lontananza, ma a parte il gracchiare dei corvi e lo scoppiettio del fuoco regnava il silenzio. Sperò che i suoi compagni fossero salvi, in marcia verso le prossime linee da difendere.

Se doveva morire, lì e solo, voleva farlo in pace. Non riusciva a pensare a nulla che potesse essere di conforto, se non quella luce dorata sul viso.

Cercò con lo sguardo il cielo tra le rovine, ma il mondo sembrava immerso in una nuvola.

Batté le palpebre più volte, per liberarle dai calcinacci. Tra le colonne di fumo, gli era apparsa una visione. Una donna conduceva un cavallo per le briglie, avanzando a passi decisi verso di lui. La gonna mossa dal vento, i lunghi capelli sciolti forse dall'impeto di una missione divina.

Alexander chiuse gli occhi. Era il doloroso inganno di una mente morente che non voleva spegnersi in solitudine, o l'Angelo della Morte sceso per lui in una terra di angeli caduti.

Gli sembrò di sentire l'animale sbuffare, il passo cadenzato degli zoccoli, il tessuto di una gonna frusciare. Il silenzio. Mani calde sul viso, che provò l'impulso di baciare come avrebbe fatto con quelle di una santa. Lo tastavano dalla testa al collo.

Un respiro sulla pelle.

«Ti porto via con me.»

Gli premette la borraccia contro le labbra. Lui si dissetò, d'acqua e di conforto.

Avrebbe voluto dirle che non c'era speranza di liberarlo con quelle mani da creatura celeste, ma non riusciva a parlare. Gli bastava non morire solo.

Lei si allontanò e Alexander sentì freddo. Riaprì gli occhi. La donna aveva trovato una catena tra gli attrezzi del mugnaio. Aveva attaccato un'estremità alla trave che lo teneva prigioniero e l'altra alla sella del cavallo. Spronava l'animale a tirare, rossa in volto, i piedi piantati per terra, con una tenacia disperata.

La trave si mosse. All'inizio fu soltanto un precipitare di calcinacci scrollati dalla polpa esposta, in seguito il fremito si fece più deciso.

I muscoli dell'animale erano lucidi di sudore, il respiro si condensava in sbuffi. Lottavano insieme, lui e la donna, e non cedevano di un passo.

«Avanti!» la sentiva incitarlo, ma non era un ordine, era una preghiera.

Quando la trave infine cedette, liberandolo, per Alexander fu dolore lancinante, e buio.

25

Château Mauricien, Wimereux, Francia

A meno che non fossi un paziente, a Château Mauricien l'acqua era considerata un lusso. L'acqua calda, un capriccio.

Cate si sentì a disagio, quando trovò ad attenderla la vasca già riempita e fumante, nella *salle de bain* che condivideva con le colleghe. Sul piattino di porcellana, una saponetta che profumava di rosa era appena stata scartata per lei. L'imbarazzo si affievolì un poco, quando Hazel le assicurò che per Olga era stato allestito lo stesso benvenuto.

«Goditelo» le disse, chiudendo la porta dietro di sé.

Cate si spogliò e si immerse con la cura dovuta a un rito, ripromettendosi di farlo durare a lungo, finché l'acqua non fosse diventata fredda, ma dopo aver strigliato la pelle e tolto il nero del fronte, le sembrò che l'ozio fosse una colpa.

Affondò corpo e testa fino a che la voce del mondo esterno si fece ovattata. Portò le ginocchia al petto, come in un caldo grembo materno.

L'esperienza sul campo di battaglia l'aveva sconvolta, l'aveva marchiata.

Cate a volte si sentiva vento, sfuggente persino a se stessa, ai desideri più incarniti. Andava avanti più di quanto in realtà fosse disposta a fare, e non si fermava. In passato era riuscita a demolire tutto ciò che aveva per dare alla luce una figlia. Ora, quel vento aveva ripreso a soffiare forte in lei, ma la vita, ancora una volta, le metteva davanti un ostacolo.

Riemerse, il respiro tronco.

Era arrivata una lettera di Mina, in sua assenza. L'aveva letta senza nemmeno togliere il cappotto e gli stivaletti ancora sporchi di fango, mentre le compagne si affannavano attorno ai feriti, trascrivendo i nomi riportati sulle medagliette nel registro del triage.

La missiva non conteneva un disegno, ma una cattiva notizia. Mina e Joseph avrebbero presto dovuto abbandonare la casa in cui vivevano, e Anna con loro. Il padrone del palazzo aveva trovato una destinazione più redditizia per i locali. Mina la pregava di non preoccuparsi, anche se avrebbero dovuto cercare un'altra sistemazione.

Cate aveva scritto immediatamente la risposta, infilando nella busta tutti i risparmi di cui disponeva, con la promessa che ne sarebbero presto arrivati altri.

Non essere accanto a sua figlia le provocava frustrazione, ma allo stesso tempo era consapevole di quanto quel lavoro fosse ora più che mai prezioso.

Si asciugò e si rivestì in fretta, senza attendere che l'acqua intiepidisse, e andò alla ricerca di nuovi incarichi. Per quella sera non le erano stati assegnati interventi, perciò si dedicò all'organizzazione delle scorte nella farmacia dell'ospedale. Metodica, precisa, spegneva l'impeto che sentiva batterle in gola.

Dalla porta si affacciò Gertrude.

«Cate! Murray ti vuole. C'è bisogno dei tuoi ricami.»

Cate ripose le boccette di iodio che stava spuntando da una lista. Doveva ancora controllare alcune scatole appena arrivate. L'ospedale aveva atteso i rifornimenti per giorni, sempre dirottati al fronte, e il disinfettante era stato usato con il contagocce. I casi di infezione si erano moltiplicati.

Gli interventi venivano eseguiti senza etere, le amputazioni con il ghiaccio.

«Adesso? Devo finire l'inventario o non...»

Gertrude sistemò il copricapo che le era sceso su una tempia.

«Qual è il nostro motto, Cate?»

Fatti, non parole.

Cate posò la cartelletta con le annotazioni e andò a cercare Flora.

La trovò nella saletta riservata alla preparazione per gli interventi. Si era già tolta il camice e strofinava con vigore una saponetta sulle braccia.

«Lo abbiamo aggiustato» disse asciutta, senza voltarsi. A volte sembrava conscia di tutto ciò che le si muoveva attorno, anche al di là delle pareti. «Il capitano che hai salvato non ha subito grossi danni. I traumi da schiacciamento sono lievi. Nessuna frattura, nessuna compromissione degli organi interni. Solo un ematoma, importante ma non così tragico. Louisa ha eseguito la sutura interna sullo zigomo, ma quella finale spetta a te.»

Cate pensò alle ore – due, almeno – che l'attendevano china su uno sgabello di legno, sotto luci che bruciavano gli occhi già infiammati dal fumo del fronte.

«Non ho riposato, non ho la mano abbastanza ferma.»

«Nelle suture sei la più brava e su quest'uomo non devono restare cicatrici troppo evidenti. Ci hai portato uno degli eroi di Mons, a quanto mi dicono. Benedetto niente meno che dagli angeli.» A Cate sembrò di vederla levare gli occhi al cielo in un raro lampo di stizza. Era esausta anche lei. «E non è tutto. Il nome della sua famiglia riecheggia nei palazzi di Londra, fino a Westminster. Vai a ricucirgli il viso, te ne saremo tutte grate.»

Le passò la saponetta e la lasciò con un pugno di schiuma e troppa debolezza per ribattere.

Cate si preparò ed entrò nella sala operatoria.

L'uomo era steso sul lettino e coperto da un lenzuolo bianco. Cate non aveva nemmeno chiesto a Flora quanto sarebbe durata l'anestesia, sempre che gliel'avesse praticata.

Scelse gli strumenti tra quelli sterilizzati sul vassoio. Ago a uncino, il più sottile e aguzzo, e forbice. Senza pinza porta aghi avrebbe impiegato il doppio del filo e del tempo, ma i punti sarebbero risultati più ravvicinati e invisibili. Studiò diversi tipi di filato in controluce, e soltanto quelli sul cui rocchetto era annotata la dicitura «monofilamento». Suo padre lo ripeteva sempre ai propri assistenti: la capillarità e il calibro erano ciò che faceva la differenza, oltre alla mano del chirurgo.

Cate girò attorno al lettino. Lui dormiva. La ferita gli trapassava la guancia sinistra, ma ormai era stata quasi completamente chiusa.

L'ombra di barba che gli aveva visto era sparita. Lo avevano rasato e pulito, prima dell'operazione.

Gli osservò la pelle. Era tesa sugli zigomi e punteggiata di poche efelidi sul naso. Sul mento, una vecchia cicatrice correva bianca e affusolata, bottino di una guerra infantile, probabilmente. Cate vi passò sopra il polpastrello e fu contenta di trovarla piatta al tatto. Prometteva bene. Anche la nuova sarebbe stata schiarita dal tempo, assorbendosi lentamente. Era una pelle forte, colorita dal sole e dal vento, che non tratteneva le tracce scure e tumefatte degli scontri, ma come il legno si levigava e scoloriva. Doveva essere stato biondo da bambino, perché il castano dei capelli ne portava le tracce nell'attaccatura.

Sedette sullo sgabello. Con l'aiuto di una garza tamponò

l'esterno con la soluzione di iodio e contò mentalmente i punti da dare, considerò da dove iniziare e come imprimere la giusta torsione al polso in modo che il primo affondo fosse perfetto e non lasciasse segni. Lo immaginò sorridere, e quella diagonale immaginaria tracciata dalle labbra l'avrebbe guidata nel dare alla cicatrice la parvenza di una ruga d'espressione. I bordi della ferita erano netti, puliti. Sarebbe venuto un bel lavoro.

Inserì il filo nella cruna e si preparò a ricucire, quando lui aprì gli occhi. Lo vide cercare di mettere a fuoco il suo volto, stordito dalla luce puntata contro il suo viso. Le iridi si erano contratte violentemente attorno alle pupille.

Cate si alzò e chiamò un'infermiera, ma lui le afferrò un polso. Cercò di mettersi seduto e la vista del proprio petto nudo lasciato scoperto dal lenzuolo sembrò inquietarlo. Quando notò l'ago tra le dita di Cate, quasi saltò giù.

«Che cosa mi state facendo?»

Cate tentò di rimetterlo disteso.

«Siete in ospedale, ferito.»

Lui la lasciò andare. Passò la mano sulla guancia.

Cate lo fermò.

«Non toccatela.»

«È un ospedale militare?»

«No.»

«Quale allora? Dove?»

«Vi trovate in Francia, a Wimereux.»

«Voglio un dottore.»

In altre circostanze, Cate avrebbe riso di quel tono. Incredulità, un lieve timore. Tutto in poche sillabe.

La sutura delle ferite era appannaggio del medico chirurgo, mai delle infermiere. Il capitano, come molti soldati di professione abituati a gestire le emergenze mediche, doveva saperlo. Ecco svelata l'origine della sua preoccupazione: temeva di essere finito in mani poco pratiche e non abilitate. In più, erano mani di donna, di certo malferme.

Cate era avvezza a certi tipi di reazioni, ma quella non era la sera giusta per chiederle comprensione e pazienza.

« Sono io, qui, il chirurgo. »

Arrivò Olga. Anche lei era tornata subito al lavoro.

« Hai chiamato? »

« Per favore, di' alla dottoressa Murray che il paziente è sveglio. Serve altro cloroformio. »

« Non voglio essere addormentato. »

Cate lo rimise giù nel lettino.

« E come dovrei ricucirvi, da sveglio? »

« Ho bisogno di un medico, non di una sarta. »

Olga non si trattenne.

« Ma senti questo! Dovevi lasciarlo dov'era. Che i corvi facessero il loro lavoro. »

Cate avvicinò il viso a quello di lui e scandì bene.

« Di rammendi ne ho fatti tanti e ben più delicati e importanti della vostra faccia, capitano. Non ho tempo da perdere, là fuori c'è una fila di gente messa molto peggio di voi. Ora, ditemi: volete o no l'anestesia? »

« *No.* »

Soldati.

« Perfetto. »

L'eroe avrebbe avuto ciò che chiedeva. Olga gli afferrò il viso e lo tenne fermo, Cate abbassò la lampada e cominciò a suturare. A ogni punto lo sentiva tendere i muscoli, puntare i piedi, tutto nel tentativo di non lasciarsi sfuggire un lamento. Lo vide stringere i denti fin quasi a spaccarli. A volte lo vedeva alzare lo sguardo, nel tentativo di non lacrimare. Allora la luce rivelava il vero colore degli occhi, che nell'ombra sembravano di piombo e invece erano verdi.

Tutta quella sofferenza per nulla. Per una sfida di volontà con chi? Con lei?

Non provò pena. Aveva ricucito tante di quelle donne senza poter usare l'anestetico, perché troppo costoso, che nemmeno più tentava di tenere il conto. Come se un parto non fosse l'esperienza più coraggiosa e vicina alla morte che un essere vivente potesse scegliere di attraversare per dare alla luce un altro essere vivente. Spezzarsi, spingendo, per tentare disperatamente di far sopravvivere entrambi.

Dopo più di un'ora di quel martirio, lui le parlò.

«Vostro marito combatte al fronte?» Stava guardando la fede che le brillava all'anulare. «Che cosa pensa del fatto che vi spingete fin sul campo di battaglia?»

Gli ci era voluto un po', ma alla fine l'aveva riconosciuta. Cate lo guardò negli occhi.

«Che a volte non ne vale la pena.»

Lo vide esitare.

«E in che cosa siete specializzata, che cosa avete rammendato di tanto prezioso?»

Cate tagliò il filo, aveva finito.

«Principalmente puerpere, capitano. Provate a immaginare.»

26

Wimereux, Francia, 13 novembre 1914

Erano trascorsi due giorni dal suo arrivo a Wimereux. Alexander non si capacitava ancora di come potesse esistere il mondo che lo aveva accolto oltre la soglia di Château Mauricien. Un ospedale con soli soldati come pazienti, ma gestito esclusivamente da donne.

Samuel e gli altri avrebbero faticato a credergli. A credere ai fiori freschi che le ausiliarie portavano nelle stanze, alle tazze di cioccolata calda che venivano servite come benvenuto a chi fosse nelle condizioni di berle, alle coperte dai colori vivaci che rallegravano le camerate e alla musica diffusa in sottofondo dal grammofono.

Ancora di più, avrebbero faticato a credere ai chirurghi con la gonna che operavano giorno e notte e che quando non avevano un bisturi in mano si aggiravano tra i letti del reparto per assicurarsi che chi era vivo lo restasse. E non curavano graffi o malanni comuni. Aveva visto i soldati più rudi dare di stomaco e svenire, incapaci di soccorrere i compagni perché sconvolti. In quelle stesse ferite quelle donne affondavano occhi e mani, salde e sicure. Donne talmente risolute da tacitare qualunque protesta, anche la sua.

Alexander si preparava a lasciare il Mauricien. Fremeva per raggiungere i compagni, aveva ricevuto notizia che le truppe si erano riunite qualche miglio a est da lì, sul confine.

«Capitano Alexander Allan Seymour?»

Una donna alta e sottile lo guardava dalla porta. Vestiva la divisa delle altre.

«Sono la dottoressa Flora Murray, direttrice di questo ospedale.»

Si avvicinò e gli porse la mano. Quando Alexander la strinse, gli sembrò che lei la trattenesse per un attimo nella propria e lo studiasse con curiosa attenzione.

«Mi hanno detto che avete intenzione di lasciarci oggi stesso.»

«È così. La mia compagnia attende non molto distante da qui. Il fronte non è arretrato.»

«Certo che no, ci mancherebbe.»

«Avverto una certa indisposizione all'argomento, da parte vostra.»

La donna sedette sul letto, un vassoio d'acciaio con medicamenti tra le mani.

«Come medico, devo dirvi che vi sconsiglio vivamente di sospendere anzitempo le cure per ritornare al fronte.»

Alexander gettò un'occhiata agli altri soldati ricoverati nella stanza.

«Non sono ridotto come loro, tra la vita e la morte. Non dovrei nemmeno essere qui.»

Flora Murray alzò un sopracciglio. Il pallido volto severo come lo sguardo.

«Non equivocate, capitano. Voi *siete stato* tra la vita e la morte. Vi cambio la medicazione.»

«Non volevo rappresentare un incomodo.»

«Chi ve lo ha detto?»

«Il vostro tono. Perché mi detestate?»

«Suvvia, non vi detesto.»

«E allora che cos'è a infastidirvi?»

«Incontrare ogni giorno uomini come voi. Non facciamo

in tempo a rimettervi insieme pezzo per pezzo che scalpitate per ributtarvi nella mischia e correre incontro alla morte.»

Alexander rise, ma i punti tirarono. Si portò una mano alla guancia.

«Spero proprio di no. Non intendo farmi ammazzare.»

Lei gli tolse la mano. Medicò la ferita e applicò un bendaggio pulito.

«Ah no? Interessante. Bisogna che glielo diciate, allora, alla guerra.»

«Non ho scelto io di farla scoppiare, eppure sembrate accusarmi.» Alexander si abbandonò contro il cuscino. «In realtà, credo siate una donna molto ironica.»

La dottoressa Murray lo guardò in tralice, ma con un accenno inaspettato di sorriso. Posò le forbici e quel che restava della garza inutilizzata sul vassoio. Fissò la fasciatura con una graffetta metallica che gli punse la pelle.

«Siete abile e arruolato, capitano. Potete tornare alle vostre battaglie.» Fece un cenno all'ausiliaria che attendeva alle sue spalle. La donna le porse una pila di indumenti che la dottoressa sistemò sul letto. «Ecco la vostra divisa, lavata e stirata.»

Il tono in cui lo disse fece immaginare ad Alexander la continuazione, taciuta solo per un tardivo senso di cortesia: la divisa era di nuovo pronta per essere macchiata di sangue. Il suo, quello di un altro uomo. Che importava? Che quel sangue saziasse la terra maledetta, non contava altro.

D'istinto, com'era stato abituato a fare nelle ultime settimane, Alexander allungò una mano e controllò il taschino della giacca. Vi trovò soltanto la croce intagliata da Samuel. Il gesto non passò inosservato.

«Manca qualcosa, capitano?»

«Una lettera.»

«Forse l'avete persa nel campo di battaglia, o forse è stata tolta prima del lavaggio e qualcuno se ne è poi dimenticato. Mi spiace. Era importante?»

Lo era? Alexander non seppe rispondere neppure a se stesso.

«Immagino che in queste circostanze le cose importanti siano altre» disse.

La dottoressa si alzò.

«Non ne sono sicura. Aiutiamo spesso i pazienti ricoverati a scrivere a casa e abbiamo notato che per loro è di grande sollievo. Le suture che più risanano non sempre sono quelle visibili, capitano.» Si avviò alla porta. «Chiederò alla dottoressa Hill se quando vi ha raccolto abbia preso con sé altri vostri oggetti e a chi li abbia affidati in custodia.»

Alexander dubitava che quella donna avesse potuto preoccuparsi di un foglio, quando lo aveva recuperato. Ancora adesso, ripensandoci, per quanto riusciva a ricordare, faticava a crederla reale in mezzo alle rovine di un'esistenza, la sua, di un mondo esploso e pronto a deflagrare di lì a poco nuovamente.

«Vorrei ringraziarla. Non l'ho più vista. Credo di non essere stato... gentile.»

«Decisamente. Me l'hanno riferito. Il vostro incontro con la dottoressa Hill è una battaglia che non avete vinto, a quanto pare. Ma non vi preoccupate, siamo abituate a certe reazioni.»

Alexander non le chiese come facevano a tollerarle, a offrire cura e salvezza a chi disdegnava che l'offerta arrivasse da una donna. Non lo chiese perché lo aveva fatto anche lui e se ne vergognava.

«Sapete dove posso trovarla? Vorrei salutarla, prima di andarmene.»

«Temo non sia possibile. Sta rimettendo insieme altri uomini, ma le riferirò la vostra gratitudine. Addio, capitano.» Sembrò cambiare idea, fece un passo indietro. «Tuttavia, se decideste di restare fino a domani, potreste ringraziare la dottoressa Hill di persona.»

27

Finito il turno in sala operatoria, Cate passò a salutare Grace. L'amica si era quasi del tutto ripresa, ma per i successivi due giorni le colleghe l'avrebbero sostituita negli interventi. Tuttavia nessuna, nemmeno Flora, era riuscita a farla desistere dal presidiare la farmacia. Gestiva le scorte come avrebbe fatto con i pazienti, minuziosamente, ma le mancava non poter dare maggiore aiuto ora che i letti erano tutti occupati.

«Mi sento in colpa. Siete stremate.»

Cate sgranchì la schiena.

«Appena possibile, farai il doppio turno. Anzi, triplo. E io andrò a passeggiare sulla spiaggia che non ho ancora visto, se non dalla finestra.»

Grace ticchettò la matita sulle labbra dipinte.

«Voglio andarci anch'io, prima o poi. Magari con un bel capitano, come quello che ci hai portato. Me l'hanno detto, sai, che hai scelto bene.»

Cate rise.

«Cara Grace, di questi tempi i soldati non restano belli a lungo. Cerca altrove il tuo cavaliere.»

«Come se fosse facile. Sono rimasti solo vecchi e bambini!»

Si diedero appuntamento per la cena e Cate passò in lavanderia per consegnare il camice sporco. La ragazza che stava strofinando i panni con sapone e spazzola la avvertì di prendere la lettera che attendeva sul bancone. Flora Murray era passata per chiederle di cercarla, affinché fosse restituita al destinatario.

Cate non comprese.

« Quale destinatario? »

Dispiegò il foglio. Le bastò leggere poche righe per capire a chi fosse indirizzata. Lo richiuse, con imbarazzo.

Non aveva più rivisto il capitano. Si era occupata Louisa di lui, mentre Cate era sempre rimasta chiusa in sala operatoria, a coprire i turni di Grace.

In fondo, ora avrebbe potuto riportargli la lettera e cogliere l'occasione per dare un'occhiata ai punti.

Andò in reparto, ma trovò il suo letto libero. Olga lo stava rifacendo.

« È stato dimesso due ore fa » le disse. « Se n'è voluto andare prima del tempo, ma ha lasciato un biglietto per te. »

« Per me? »

Olga indicò il comò. Un foglietto ripiegato in due recava la dicitura « Dottoressa Cate Hill ». Lo prese, senza aprirlo. Quella scritta, il suo nome accompagnato dal titolo, la colpì. Non era la prima volta che lo vedeva, ma forse era la prima volta che un uomo lo scriveva.

« Cate? » Si voltò. Flora la osservava dalla porta. « Ti posso parlare? »

Si infilò il biglietto in tasca e la seguì in giardino. Flora le porse uno scialle.

« Indossalo, l'aria punge. »

Cate si avvolse nella lana. Tra le nubi in dissolvenza brillavano finalmente le stelle. Non si vedevano da settimane. Camminò con il naso all'insù, cercando le costellazioni che aveva imparato a riconoscere da bambina. Il cielo a ovest era un ventaglio carminio che digradava nel violetto. Il freddo era rinvigorente.

Flora non tergiversò.

«Louisa e io stiamo pensando di lasciare Château Mauricien.»

Cate si portò una mano allo stomaco. Sarebbero finite le brutte notizie o il destino ne serbava ancora?

«Un'altra volta? Significa chiuderlo?»

Flora alzò le spalle.

«Forse qualcun altro vorrà farsene carico, non ci abbiamo ancora pensato. Ma non me ne preoccuperei troppo. Tante altre donne hanno seguito il nostro esempio, come le dottoresse Elsi e Inglis dall'Inghilterra. Quasi ogni giorno vengono aperti nuovi ospedali gestiti da donne in terra francese.»

«Dove aprirete il prossimo? In Belgio?»

«In Belgio? No. Faremo ritorno a Londra, Cate.» Sedette su una panchina. «Siamo stanche di curare uomini destinati a una nuova battaglia, a morire poco dopo. È frustrante, molto più di quello che immaginassimo. E forse non è nemmeno eticamente accettabile.»

Per Cate fu un colpo. Si sarebbe presto ritrovata senza un lavoro, se non quello saltuario che praticava nei sobborghi. All'ospedale di Harrow Road non pagavano abbastanza. Il lavoro in corsia era considerato un atto di carità. I medici uomini guadagnavano con le prestazioni offerte in studi privati, e Cate non disponeva del denaro necessario per aprirne uno. Ma anche se ci fosse riuscita, chi mai, potendo pagare, si sarebbe rivolto a una donna?

Flora si accigliò.

«Sembri scontenta, eppure pensavo avresti fatto salti di gioia. Dovevi restare sei settimane, ne sono passate già otto. Presto rivedrai tua figlia.»

Cate trattenne un moto di nausea. Sua figlia presto non avrebbe avuto un tetto sopra la testa.

«Non posso tornare.»
«Stai piangendo?»
«Non sto piangendo. E non posso tornare a Londra. Ho bisogno di questo lavoro. Farò domanda in un altro ospedale, qui sulla costa.»
Flora si alzò.
«Nemmeno per idea, dottoressa Hill.»
«Ho bisogno di uno stipendio. Anch'io ho ricevuto una lettera. Sto per restare senza casa.»
Flora sembrò rasserenarsi.
«È questo il problema? Non sussiste. Tu hai un lavoro e hai uno stipendio. E anche un tetto sulla testa. Abbiamo ricevuto una lettera da Londra. Con una proposta, nientemeno che dall'Ufficio della Guerra inglese. Hanno ceduto davanti all'evidenza e alla relazione entusiastica inoltrata da Lord Esher.»
«Lord Esher ha parlato di noi positivamente?»
«In termini esaltanti. Chi l'avrebbe mai detto? Tanto che Sir Alfred Keogh dell'Army Medical Service ci offre la possibilità di gestire un ospedale di guerra a Londra. *Un ospedale militare*, Cate. Ci occuperemo dei feriti gravi che a migliaia stanno arrivando in città, saturando i punti di soccorso. Uomini che non torneranno più al fronte e che hanno bisogno di cure avanzate.»
Si alzò e la prese sottobraccio, invitandola a passeggiare nel dehors.
«Ti ho già parlato dell'esperienza vissuta nella prigione di Holloway, vero? Sono stata arrestata in seguito alle proteste di Caxton Hall. Era il diciotto novembre 1910, quattro anni fa. Ne ho viste di donne abusate, tra cui Louisa. Ventitré ore al giorno segregate in una cella minuscola. Con noi c'era anche Emmeline Pankhurst.»

«Dobbiamo molto alle battaglie per i diritti delle donne condotte da Mrs Pankhurst.»

Flora si fermò, piantò gli occhi nei suoi. «Dobbiamo qualcosa a ciascuna di noi. Sappiamo quanto significano il coraggio e il sacrificio, e la lotta. Lasciando Wimereux non ci stiamo arrendendo, pensiamo più in grande. È giunto il tempo di costruire qualcosa di stabile e di farlo non nell'ombra, com'è stato fino adesso, ma alla luce del riconoscimento governativo. E per riuscirci abbiamo bisogno di te, Cate. Preparati a fare i bagagli. Si torna a casa.»

28

Cate non riuscì a prendere sonno, e non solo per la notizia ricevuta da Mina e per la brusca virata annunciata da Flora. Era felice di tornare a casa, ma sentiva che qualcosa dentro di lei continuava ad agitarsi. Ancora quel vento, che ora ululava.

Sopra il letto, i disegni di Anna si erano moltiplicati. A Cate sembrava di contarli per la prima volta. Che cosa era successo in quei due mesi? I giorni e le notti si erano avvicendati senza che Cate avesse tregua. Le sembrava di non aver vissuto. La guerra non dilaniava solo corpi, toglieva anche il tempo, separava gli affetti, accresceva le distanze, morsicava la vita prima di inghiottirla.

Accese la lampada. Grace dormiva voltata di spalle.

Si alzò, rabbrividendo. Sullo scrittoio, le lettere per Philip attendevano in una scatola di latta, ma Cate non ne sentiva più il richiamo. Quella notte aveva intravisto le parole di un'altra lettera che non riusciva a dimenticare, quelle di una sconosciuta Caroline per Alexander.

Ecco cos'era l'amore, cos'era la passione. Trasporto che non aveva timore di affiorare e di venire offeso. L'avevano turbata, lasciata tremante. Mostravano la miseria in cui Cate si era dibattuta fino a quel momento. Si sentiva più che mai triste senza la sua bambina, ma lei non era soltanto una madre. Era una donna, ed era sola.

Provava vergogna per aver aperto quella lettera, ma allo

stesso tempo le era stato mostrato un mondo a cui aveva rinunciato troppo presto, per le ragioni sbagliate.

Prese dal cassetto il biglietto che Alexander aveva lasciato per lei. Lo aveva nascosto a se stessa senza leggerlo. Troppa paura di trovarvi un'educata freddezza. Non sapeva spiegarsi perché ciò l'avrebbe ferita. Forse, era solamente stanca di essere invisibile, di non vivere il sogno di Caroline, di pensare di non averne diritto.

Lo aprì. C'erano dei petali, petali di papavero essiccati, ma ancora rossi, impalpabili come velo. Un omaggio delicato, quanto inatteso. Il capitano aveva scritto poche righe, vergate in una grafia elegante, eppure non svenevole. La ringraziava per avergli salvato la vita e si scusava per l'iniziale reticenza, che almeno riconosceva essere stata molto vicina all'ostilità. Concludeva con una domanda.

Devo aver compreso male parte della nostra conversazione.
In che cosa avete detto di essere specializzata?

Cate sorrise, immaginando il sorriso di lui.

Guardò la scatola con le lettere che aveva riempito d'amore e speranza e a cui Philip non aveva mai risposto, rimandandole indietro sigillate. Le era finalmente chiaro quanto disperato e sbagliato fosse il sentimento che si era intestardita a nutrire. Aveva sfamato un'illusione, affamando se stessa.

Andò alla finestra. La spalancò. I fari illuminavano il mare che la separava dal futuro prossimo.

Il vento entrò gelido e le agitò i capelli, ma quello che soffiava dentro Cate era più forte, e caldo.

Posò la scatola con le lettere sul davanzale, accese un fiammifero e le bruciò.

29

Londra, 16 gennaio 1915

Cate scese dal treno a Victoria Station. Erano passati quattro mesi esatti dalla sua partenza e Londra si era trasformata, era diventata una città popolata da donne. Se ne rese conto nel momento stesso in cui appoggiò il piede sulla banchina. Bigliettaie, fattorine, tassiste, capitreno con la gonna. Uscì nel piazzale, trascinandosi dietro la valigia. Una ragazza in motocicletta le sfrecciò accanto, i pantaloni maschili che spuntavano da sotto il cappotto, i capelli corti e ricci trattenuti da occhiali da motociclista. E poi commercianti davanti a botteghe fino a poco tempo prima gestite da uomini, venditrici di giornali, lustrascarpe con grembiuli su cui era appuntata la coccarda delle suffragette – donne che lavoravano, che guidavano, donne che camminavano sole, senza chaperon e a testa alta. L'invasione di amazzoni profetizzata dal *Lancet* si era infine realizzata.

Una giovane le mise in mano un volantino.

«Il *Times* chiama le donne a prendere il posto degli uomini impegnati al fronte!» strillava, continuando il giro.

A Cate sembrò di essere rimasta lontana secoli.

Alzò lo sguardo e la vide, dall'altro lato della strada. La sua Anna, davanti al chiosco di una fioraia. Teneva la mano di Mina, tra fiori di cardo, blu come il cappottino che indossava e che Cate non ricordava di averle mai visto indosso. Un dono arrivato dalle mani di Mina, sicuramente. Il vento freddo le arrossava il nasino e le guance. Cate non lo sentiva soffiare.

Attraversò la strada, le gambe che tremavano. La sua piccola la vide, e rimase a fissarla. Mentre Mina la spronava a correrle incontro, lei si aggrappava ancora di più alla donna.

Cate si inginocchiò, allargò le braccia.

«Anna!»

La bimba voltò il viso e lo nascose tra le pieghe del vestito, dandole la schiena.

Mina le accarezzò la testolina.

«Vai dalla tua mamma, tesoro.»

Ma lei non mosse un passo, e fece segno di no.

Cate si sentì morire. Tutti i sacrifici fatti non erano serviti ad altro che a pagare l'affitto e a renderla una sconosciuta per sua figlia. Aveva sperato di poter tornare almeno per Natale, ma le operazioni di sgombero avevano richiesto più tempo del previsto e lei aveva operato fino all'ultimo momento.

Lasciare i feriti era stato doloroso, ma ora si chiedeva quale fosse il prezzo della sua scelta e chi, alla fine, lo avesse davvero pagato.

Si avvicinò a lei sulle ginocchia, la abbracciò, posando il viso sulla sua schiena. Poteva sentirne il cuoricino cantare forte la rabbia, e l'amore che pensava tradito.

Se solo avesse saputo quanto sua madre l'amava. Di un sentimento totale, folle, irripetibile e antico.

Cate inspirò il suo profumo, sapeva di casa e di famiglia, una famiglia che erano loro due e che bastava, anche se la morale comune diceva il contrario.

Le sussurrò all'orecchio le parole italiane che erano solite dirsi ogni sera e ogni mattino, quando gli occhi si chiudevano al sonno e si spalancavano sulla luce di un nuovo giorno.

Le lacrime erano filo lucente per ricucire ciò che era stato strappato. Abbiamo tutto il tempo del mondo, significava quell'abbraccio. E io ti aspetterò.

I pugni stretti della bimba si allentarono. Un singhiozzo la scosse. Anna di colpo si voltò, gettandosi tra le braccia della mamma.

30

Carency, Francia, 24 gennaio 1915

Alexander soffocò la fiamma della lampada, per non sprecare l'olio. Negli ultimi giorni si era ridotto a usare quello recuperato dalle scatolette di sardine. Resistere significava industriarsi a cercare la sopravvivenza nei minimi dettagli, persino negli scarti. Aggiustò il nodo alla cravatta, distese con le mani il tessuto della divisa. L'aspetto con cui si presentava alle truppe era considerato essenziale, e lo era. Rassicurava, dava una parvenza di controllo quando meno lo si poteva avere sul proprio destino.

Uscì in una notte che prometteva neve. Il fronte rosseggiava, ardendo dal primo pomeriggio, ed era una visione ipnotica. Poteva esserci bellezza in tanta distruzione? A volte pensava di sì. La forza delle volontà che si scontravano era stupefacente.

Dopo la battaglia di Ypres era caduta l'illusione di combattere una guerra di attacchi rapidi e altrettanto celeri spostamenti. La guerra era diventata stanziale, le trincee si scavavano nella terra, in profondità.

Alexander passò in rivista le truppe, dando di tanto in tanto l'ordine di sistemare una divisa, allacciare un bottone, lucidare una baionetta. Serviva per non far pensare quei ragazzi alla morte, come se un'asola scucita fosse sufficiente ad allontanare l'angoscia.

Gli uomini chiacchieravano a voce bassa, gli facevano il

saluto militare. Qualcuno fumava, la maggior parte alzava una tazza di whisky in suo onore. Alexander aveva fatto distribuire la cassa di Johnnie Walker che Caroline gli aveva spedito su sua richiesta, assieme a confezioni di dolciumi che la fidanzata aveva pensato di aggiungere, arrivati irrimediabilmente rovinati dall'umidità. Li avevano mangiati comunque.

Alexander non aveva ancora finito di leggere le parole di Caroline che accompagnavano i doni. Probabilmente non lo avrebbe fatto. Vi aveva scorto di sfuggita un rimprovero, e non aveva continuato. Un rimprovero timido solo nella forma, ma pretenzioso nella sostanza, quando lei gli scriveva che non era prudente, né elegante, indulgere nell'alcol quando ci si preparava a una battaglia, soprattutto nel suo ruolo di capitano.

Caroline ignorava che far bere un goccio di alcol alle truppe era il solo modo per fortificare lo stomaco di ragazzi giovani quanto lei e spronarli a saltare al di là della trincea, mentre ogni secondo un compagno cadeva trafitto ai loro piedi.

Le sue parole erano talmente distanti da ciò che Alexander viveva ogni giorno da sembrare appartenenti a un altro tempo, così lontano che lui si chiese se sarebbe mai riuscito a farle comprendere ciò che gli uomini come lui stavano sopportando e quanto ne venissero ogni giorno cambiati.

Si chiese se Caroline avesse mai preso in considerazione la possibilità che lui non tornasse, che morisse prima di poter rispondere alle sue parole, magari portandone dentro l'amaro.

Trovò gli altri in cerchio, che si dividevano una sigaretta. Ne condivise un tiro anche lui. Non si dissero molto quella notte, ciascuno stretto alla propria nostalgia.

Cecil propose un brindisi.

«Al capitano, ma più di tutto al suo whisky. E alla nostra pellaccia dura. Siamo ancora insieme.»

Che altro contava? Nulla, a quel punto.

Andrew non sembrava gradire l'alcol, e le mani enormi di Cecil che gli battevano la schiena per indurlo a bere sortivano l'unico effetto di farlo tossire. Il ragazzino si ritrovava sempre in mezzo a loro, e non per caso.

Alexander sedette accanto a lui. Cercava da tempo le parole da dirgli, incapace di trovarle. Andrew affondava lo sguardo nella tazza senza nemmeno fingere di avvicinare le labbra. Chissà che profezie vi leggeva nei riflessi, quali sciagure. Alexander sondava spesso i suoi silenzi, specialmente quando lo vedeva impegnarsi nei disegni che tanto amava. Era certo di avervi scorto un dolore antico, che nulla aveva a che fare con l'esperienza della guerra. Sembrava più la sofferenza di stare al mondo. Gli altri avevano ripreso il chiacchiericcio, Alexander ne approfittò per osare una confidenza.

«Non viene mai nulla di buono dall'assecondare aspettative che non ci appartengono» gli disse piano.

Andrew alzò lo sguardo. Sembrò rimestare la risposta, cambiare idea, mordersi le labbra, poi osare anche lui.

«È difficile dire a qualcuno che non sei come vorrebbe.»

Alexander sorrise.

«Più difficile che saltare questo parapetto e correre tra le esplosioni? Eppure lo hai fatto. Non può esserci nulla di più difficile. Credi che chiunque ne sarebbe stato capace? Ho visto uomini in apparenza più duri di te nascondersi pur di non andare, qualcuno spararsi a una gamba, per essere congedato.»

«Avevo paura.»

«Tutti noi eravamo spaventati. È la paura, nella maggior

parte dei casi, a tenerci in vita. Senza paura, il coraggio non esisterebbe per definizione. »

Lo vide abbassare gli occhi.

« L'esecuzione... »

Alexander non lo lasciò finire.

« Guardami! Sono io l'unico responsabile di ciò che sei stato obbligato a fare, intesi? Se hai dovuto premere il grilletto è perché *io* non sono stato capace di evitarlo. »

Si avvicinò loro un soldato.

« Capitano Seymour, un plico per voi. »

« A quest'ora? »

« Era andato perduto. »

I timbri sulla busta sembravano confermarlo. Aveva fatto un bel giro, su e giù per le città della costa. Era stato spedito dall'ospedale di Château Mauricien.

Alexander si allontanò di qualche passo per aprirlo. Conteneva la lettera di Caroline che credeva fosse rimasta per sempre a Wimereux, o sprofondata nel fango di Ypres. Era accompagnata da un biglietto, nemmeno imbustato. Cercò un angolo solitario per leggerne le poche parole.

In merito alla mia specializzazione, avete compreso benissimo, capitano. Se avete di nuovo un aspetto umano, lo dovete al fatto che mi sono perfezionata nel ricucire quanto al mondo vi è di più sacro. Restate vivo.
  Dottoressa Cate Hill, ginecologa

Era la risposta alla domanda che lui aveva lasciato per la donna che lo aveva salvato, e di cui ricordava spesso lo sguardo, come se tutto il resto fosse ruotato attorno a quello. Uno sguardo così determinato da averlo ridotto al silenzio.

Iniziò a nevicare, grossi fiocchi gli sfioravano il viso.

Alexander poteva sentirli crepitare. Quanta delicatezza, non vi era più abituato. Si passò una mano sulla guancia. La cicatrice era appena distinguibile, un lavoro fatto a regola d'arte. Un soldato di professione salvato da una ginecologa. Scoppiò a ridere e la risata risuonò tra le macerie come speranza, vita che pulsava.

31

Londra, Ospedale militare di Endell Street, maggio 1915

I cancelli dell'ex riformatorio St Giles, a Bloomsbury, stavano per aprirsi ai feriti di guerra provenienti da tutto il Commonwealth. I lavori per rimuovere le catene e le celle detentive erano terminati a marzo. L'istituto di correzione, quattro edifici di cinque piani attorno a un cortile, era pronto per la sua prossima destinazione d'uso e per un nuovo nome: Ospedale militare di Endell Street.

Era casa, per Cate e Anna. Una stanza tutta per loro le ospitava già da alcune settimane, mentre in quella attigua si erano sistemati Mina e Joseph. Mina avrebbe lavorato come sarta per l'ospedale, rammendando lenzuola, divise e pigiami. Avrebbe restituito nuova vita alle uniformi, in modo che potessero servire ad altri. Joseph si era offerto come tuttofare.

Le macchie di muffa erano state rimosse, le pareti ridipinte, i pavimenti strofinati a dovere e i locali resi più luminosi e rasserenanti. All'ingresso, era stato appeso un gagliardetto con il motto delle suffragette: «Fatti, non parole».

Cinquecentoventi letti, ciascuno dotato di una lampada da lettura, diciassette reparti, contraddistinti con lettere e nomi di sante, due sale operatorie, una stanza per i raggi X e un laboratorio di patologia; una dispensa che avrebbe potuto sfamare Londra intera e una biblioteca con cinquemila volumi. E l'obitorio, perché i piani di Dio a volte erano diversi da quelli delle donne.

Cate camminava per i corridoi ancora vuoti tenendo Anna per mano. Raccontava alla sua bambina la storia di un gruppo di donne testarde e coraggiose, spaventate ma risolute, che avevano deciso di rischiare tutto per realizzare un sogno.

Quelle sedici donne erano diventate centoventiquattro, la squadra di Endell Street. Gli unici uomini ammessi erano i soldati di guardia all'ingresso del cortile.

Davanti alle sale operatorie, Anna si nascose tra le pieghe della gonna di sua madre. Gli strumenti di acciaio dovevano sembrarle paurosi.

Cate si chinò a baciarla.

«Qui lavora la tua mamma. Sai che cosa faccio?»

La bimba non rispose.

Cate la portò nella stanza. Accese le lampade che di lì a poco l'avrebbero aiutata a guardare dentro una ferita.

«Ricordi quando ho ricucito il tuo orsacchiotto? Eri felice di riaverlo?»

«Sì.»

«Anche le persone che opero sono felici di tornare come prima, a casa dai loro bambini o dalla fidanzata.»

Anna sorrise, i dentini da latte bianchi come neve. Guardò il lettino con più coraggio.

«Aggiusti le persone che si sono rotte.»

«Sì, amore.»

Riparare. Ricucire. Correggere il destino, quando era possibile. Serviva vocazione, serviva l'ambizione folle di diventare ciò che a una donna veniva ripetuto di non poter essere.

Anna le guardò le mani, le voltò, se le passò sul viso, come vi intuisse una presenza sacra. Volle essere presa in braccio e si strinse forte a lei.

Mina le raggiunse, un carico di panni nella cesta poggiata su un fianco e un sorriso per Anna.

«È l'ora del bagnetto.»

Cate gliela consegnò, dopo averla tempestata di baci. Le guardò salire parlottando, poi prese la direzione opposta, verso l'ingresso, dove le altre già attendevano, pronte.

Una telefonata aveva annunciato l'arrivo di un carico di feriti dalla Francia, il primo a Endell Street. Dalla stazione, i soldati erano stati caricati su ambulanze militari e automobili private di volontari. Avevano affrontato un viaggio di tredici giorni per raggiungere Londra, prima su mezzi di fortuna, poi in nave e in treno. Il medico che aveva telefonato aveva messo Flora in guardia: sarebbero arrivati con ferite già infette, tremende a vedersi e a sentirsi.

Era scesa la sera. Le luci furono accese nei corridoi e nelle stanze. Fuori da lì, però, Londra restò buia. Così si mostrava la guerra: l'ordine di oscuramento spegneva le strade, i teatri, i circoli, la vita.

Flora si avvicinò a Cate.

«Sai che cosa mi hanno detto all'Ufficio della Guerra, quando mi hanno consegnato le chiavi di questo ospedale?» Aveva parlato sussurrando, guardando dritta davanti a sé. «Mi hanno detto che mi assegnavano il grado di tenente colonnello. Sono la prima, credo. E poi hanno aggiunto: ora annega, o impara a nuotare. Questo hanno avuto il coraggio di dirmi.»

Nella sua voce c'erano dolore, rabbia, sconforto, sfida, incredulità. C'era compassione, per se stessa e per le donne che l'accompagnavano.

Cate le sfiorò un braccio, un tocco di consolazione.

«È la storia di molte di noi, ma è tentando di restare a galla che siamo arrivate fin qui.»

Flora le sorrise.
Due colpi di campanello. Erano arrivati.
Cate accese la lanterna cieca e uscì in cortile.
I volontari stavano scaricando le barelle. Alcuni feriti ne erano sprovvisti, giacevano su coperte. Li adagiavano sul pietrisco, sollevando lamenti. Un sergente maggiore si presentò a Flora e Louisa facendo il saluto militare e consegnò loro l'elenco con i nomi.

« Vedrete ferite nuove » le avvertì. « Bombe al cloro. Attaccano occhi, naso, bocca e polmoni. Soffocano e bruciano i tessuti. » Esitò. « Buona fortuna. »

Con quelle parole che caddero come fuoco biblico, si congedò.

Cate camminò tra i feriti. Le piaghe erano orribili a vedersi. L'odore tipico della cancrena – quello di un topo morto – le aggredì le narici.

Un soldato aprì gli occhi e iniziò a urlare, inveendo contro di lei.

Ripeteva di non volere morire, allontanava le mani che cercavano di calmarlo. E piangeva, inconsolabile e spaventato.

Spaventato dalle mani di una donna.

Maggio 1915
Londra

Cate tratteneva con forza l'uomo contro il letto. Poteva sentirne i muscoli spingere forte per opporsi a lei, il sudore scorrere tra loro. Era in preda a una crisi di *delirium tremens*, scosso da brividi violenti. Anche tra le allucinazioni aveva riconosciuto il suo accento e inveiva contro di lei, colpevole di essere una donna e di appartenere a una nazione scesa in guerra tardivamente. L'uomo riuscì ad afferrare le forbici che Olga aveva usato per tagliare la garza e cercò di piantarle in una mano di Cate. Lo fermarono appena in tempo. Arrivò anche Flora, gli bloccò le braccia sopra la testa e disse di portarlo al «reparto Johnnie Walker», dedicato a curare i pazienti dipendenti dall'alcol.

Cate restò a guardare mentre lo portavano via, ansante e turbata. La violenza disperata che aveva visto in quegli occhi non l'avrebbe mai dimenticata.

Carency

Il bombardamento aveva lasciato la trincea fumante. La riunione convocata dal colonnello si teneva in quello che era stato il magazzino delle vettovaglie, e che ora, nel disfacimento, ospitava un corpo steso a terra. Era quello del maggiore. Un proiettile lo aveva colpito al centro della fronte. Alexander si chinò a esaminare il foro. Non era possibile, non in una posizione arretrata come quella tenuta dal superiore.

Guardò il colonnello e lui confermò i sospetti che nessuno aveva espresso a parole: la pallottola era amica.

Alexander chiuse gli occhi al cadavere.

Per il maggiore era infine arrivata la resa dei conti. Aveva pagato la tirannia inutile con cui aveva piegato uomini già sottoposti a sofferenze indicibili, invece di elevarne lo spirito. Era la legge tacita della trincea.

Londra

Cate chiamò aiuto. Aveva trovato il paziente steso a terra. Si era impiccato nella doccia con il lenzuolo. Arrivò Louisa e insieme cercarono di rianimarlo, mentre Hazel e Grace tenevano occupati gli ispettori mandati dall'Ufficio della Guerra, due reparti più in là. La testa dell'uomo tra le ginocchia, Cate gli apriva le braccia, le sollevava, e infine le spingeva con forza contro il petto immobile. Louisa contava, sedici manovre al minuto.

La guerra non uccideva solo nei campi di battaglia e nelle sale operatorie. Continuava ad annientare nella mente.

Dopo tre serie, Louisa controllò il polso, avvicinò uno specchietto alle labbra dell'uomo. «Respira.»

Una vocina infantile chiamò «mamma» dal corridoio. Cate balzò in piedi e uscì dalla stanza appena in tempo per afferrare Anna, sfuggita alla vigilanza di Mina. La prese in braccio, mentre Flora arrivava correndo. Vedendo la piccola, fulminò Cate con lo sguardo. Lei si sentì avvampare.

Come faceva a smettere a comando di essere madre? Non era possibile. Quanta fatica. Più che far tornare a battere il cuore di un morto.

Carency

Erano riusciti a tagliare il filo spinato delle prime linee tedesche e a creare una breccia per piazzare l'esplosivo. Alexander e gli altri stavano tornando indietro, quando si imbatterono in un osservatore nemico. Alexander lo inseguì nella nebbia, fino a fargli perdere l'orientamento. Gli saltò addosso. Caddero e rotolarono, avvinghiati. Lo sentiva cercare il suo fianco per colpire. Erano corpi che lottavano, natura pronta a divorare. Riuscì a voltarlo sulla schiena e a puntargli un ginocchio alla gola. Impugnò la baionetta per trafiggerlo, ma si fermò appena in tempo. Si guardarono, senza fiato. Alexander rimise in piedi il prigioniero e lo gettò nella trincea inglese.

Londra

Cate aveva imparato a chiacchierare davanti al pudore che molti soldati mostravano a causa delle ferite alle parti intime, o per le malattie veneree che avevano contratto. La serietà peggiorava il senso di vergogna. L'estrazione altoborghese delle dottoresse e la loro istruzione avevano aiutato a guadagnare il rispetto di quegli uomini diffidenti, ma allo stesso tempo li intimorivano.

Cate perdeva le parole solo davanti alla cancrena da gas. Si tentava di curarla con polvere di candeggina e acido borico, un impasto di acido salicilico e lavaggi con soluzione salina. L'idea di rimuovere i vecchi tessuti per lasciare asciugare le ferite prima di richiuderle sembrava funzionare, ma la cancrena restava mortale nella maggior parte dei casi.

Il gas al cloro e al fosforo provocava asfissia e portava alla morte nel giro di pochi giorni, ma il peggiore era il gas mostarda, il veleno giallo. Bruciava i corpi da dentro tra dolori lancinanti, decomponeva da vivi. Impiegava un mese a uccidere, settimane di pura agonia. Lo chiamavano «il respiro del diavolo».

Carency

«Gas!» urlò Alexander. Indossarono le maschere, mentre il fumo iniziava a strisciare come i fantasmi di chi in quella terra stava marcendo. Lui e Samuel aiutarono le reclute appena arrivate. Avevano il terrore negli occhi e mani incapaci di fare anche i gesti più semplici. Uno di loro li guardava attonito: aveva perso la maschera. Alexander prese il pane dalla tasca, Samuel aggiunse il proprio. Alexander lo bagnò e lo legò sulla bocca del giovane con un fazzoletto. Spesso salvava.

Stesi a terra, le labbra premute sulla valvola, il rumore del proprio respiro nelle orecchie, non restava che aspettare, e sperare. Che funzionasse, che il veleno si disperdesse in fretta, che il vento soffiasse furioso, come furioso batteva il cuore. Davanti agli occhi, vibravano i petali di un papavero. Alexander pensò a quelli che aveva regalato alla donna che gli aveva salvato la vita.

33

Londra, Ospedale militare di Endell Street, 31 maggio 1915

L'attività ispettiva degli osservatori inviati dall'Ufficio della Guerra era stata meticolosa quanto molesta, ma era valsa il sacrificio e dato buoni frutti. La stampa si mostrava conquistata dall'impresa delle dottoresse e dalla nuova occupazione femminile in ogni settore. Il *Tatler* scriveva in prima pagina titoli come «New Women».

Flora sembrava comunque cauta. Cate la osservò mentre assegnava le consegne per quella sera. Pensieri densi la incupivano. Forse era abituata ad aspettarsi il peggio, per poter reagire in fretta; forse sentiva il peso della responsabilità di guidare una parte importante di quelle «donne nuove».

Ultimamente Flora si era convinta che le cure offerte al corpo non fossero sufficienti per riparare la vita dei soldati, e che non bastasse offrire loro conforto e un ambiente salubre e accogliente in cui recuperare le forze. Bisognava innescare una rinascita più profonda, a volte ingannando benevolmente l'anima, dandole altro in cui attecchire, che non fossero i ricordi del fronte.

Li spronava a leggere, attività che inizialmente li aveva visti restii, ma che ben presto li aveva appassionati. Tra loro c'erano diversi giardinieri che chiedevano letture sulla cura dei fiori. I manuali tecnici erano molto apprezzati, nelle corsie si dissertava di motori, aeroplani e perfino di ingegneria, fino ad arrivare all'archeologia e ai fossili. La libreria della sala ricreativa si era rivelata un diversivo prezioso per distogliere i pensieri dalle proprie disgrazie, molto più del tavolo da biliardo. Il miracolo era dovuto in gran parte alla pazienza e all'entusiasmo di Elizabeth Robins, un'americana del Kentucky. Attrice e drammaturga, militava come suffragetta e fin dal primo giorno aveva prestato opera di carità nell'ospedale di Endell Street.

Elizabeth era sempre tra le ultime ad andarsene. Quella sera stava leggendo un romanzo d'avventura a un giovane che aveva perso la vista.

Cate si fermò a osservarla. L'intonazione della voce, il modo in cui usava il corpo anche da seduta per raccontare, come stringeva la mano di lui per fargli sentire l'impeto nelle scene più ardimentose, mostravano le sue doti eccezionali di artista e di essere umano. Non per niente era stata una cara amica di Oscar Wilde.

Di recente Elizabeth si era riproposta di allestire spettacoli teatrali nella sala ricreativa dell'ospedale, e farvi recitare i pazienti. Era una creatura gentile, una presenza rasserenante che prendeva a cuore le storie personali dei soldati e spesso usava le proprie doti narrative per aiutarli a scrivere lettere ricche di afflati, colpi di scena, battute sagaci e appassionate dichiarazioni d'amore a ragazze lontane, ma più che mai care. Cate sospettava che di lì a poco molte proposte di matrimonio sarebbero state accettate grazie al suo operato di anonimo Cupido.

Una simile capacità di provare compassione, come spesso accadeva, non poteva che sgorgare dal dolore.

Cate lo cercò nei suoi occhi così grandi da farla sembrare bambina, ma riuscì a scorgervi solo tenerezza. Forse si era sciolta, la sofferenza, ed era diventata cura da offrire al mondo.

Da quello che aveva saputo di lei, Elizabeth si era trasferita in Inghilterra dopo il suicidio del marito. In un momento di depressione e di gelosia folle, l'uomo si era lasciato annegare in un fiume. Elizabeth, vivace e indipendente, non poteva essere posseduta fino in fondo.

Quella donna aveva una storia tragica alle spalle, ma d'acchito nessuno avrebbe potuto sospettarlo. Quando si accorse di Cate, si illuminò di un dolcissimo sorriso.

Cate ricambiò il saluto e li lasciò alle loro avventure. Raggiunse Flora con un'idea che si stava facendo largo in testa e un'altra sulla quale stava meditando da giorni.

«Ho una proposta. Anzi, due.»

Flora la guardò con curiosità. Non si erano ancora parlate, dopo l'incursione di Anna in corsia. Cate aveva atteso per giorni una lavata di capo che non era mai arrivata.

Si fece coraggio.

«Mina ha fatto la costumista in teatro per tutta la vita, può aiutare senz'altro Ms Robins con il suo progetto teatrale.»

Flora tornò a scrivere sulla cartellina che teneva appoggiata al braccio.

«Se le incombenze che già ha glielo permettono e le fa piacere, non vedo problemi.»

Cate si schiarì la voce. Ora veniva la parte difficile.

«E Joseph è un bravissimo falegname. Se questi uomini devono stare in piedi, meglio che lo facciano usando una protesi. Abbiamo bisogno di un laboratorio per arti artificiali.»

Flora alzò la testa dalle prescrizioni.

«Usiamo già le protesi.»

«Quelle che arrivano dai magazzini militari non vanno bene. I pazienti se ne lamentano e alla fine non le usano, o le usano con grandi difficoltà.»

«Lamentano molti dolori, questo è vero.»

«Joseph può farne di migliori.»

«Ne è così certo?»

«Ecco, lui non sa di questa proposta.»

«Capisco.»

Flora stava decidendo se fidarsi di lei, se convogliare risorse preziose su un'intuizione che avrebbe anche potuto portare unicamente a uno spreco. Assottigliava sempre gli occhi davanti a una scelta del genere, come volesse sezionare le intenzioni di chi aveva davanti.

«D'accordo, Cate. C'è una stanza libera al piano terra del padiglione numero due. Dirò di farla pulire domani mattina. Dì a Joseph che può portare lì i suoi attrezzi e iniziare a lavorare appena sarà pronto. Che venga da me per il contratto di lavoro, con una lista dei materiali necessari. Li ordineremo.»

Cate dissimulò l'entusiasmo.

«Grazie. Andrà bene, ne sono certa.»

Le parve di sentirla ridacchiare, mentre se ne andava, ma Flora Murray non faceva mai cose simili.

«*Fatti, non parole*, dottoressa Hill. Chiudi i cancelli, ora.»

Cate si rilassò con un sospiro. A volte non sapeva dire se fosse più forte il timore reverenziale che provava in sua presenza o la spinta a fare sempre meglio.

Uscì in cortile, per il rito serale della chiusura dei cancelli. Era sempre una delle donne di Endell Street ad aprirli all'alba e a chiuderli all'imbrunire.

Il soldato di guardia le fece il saluto militare e un sorriso che da alcune settimane riservava solo a lei, e che Cate fingeva di non notare. Tutto ciò che conosceva di lui era il nome, George. Non aveva voluto sapere altro.

Avvicinò le inferriate nere, prese la chiave dalla tasca. Non era più andata nel mondo là fuori da quando l'ospedale era diventato la sua casa.

«Aspetta!»

Un gruppetto di dottoresse e infermiere corse verso di lei. Anche loro dormivano in ospedale durante la settimana. Vestivano con abiti civili colorati, avevano acconciato i capelli e steso il rossetto sulle labbra. C'era anche Grace.

«Vieni con noi, Cate? Ci troviamo a casa di Adele per un bicchierino.»

«Grazie, ma non vedo l'ora di stendermi.»

«Dai, non faremo tardi. C'è il coprifuoco.»

A confronto con loro, Cate temeva di apparire come una veterana, più madre che sorella. Non era una questione anagrafica, ma mentale.

«La prossima volta» promise.

Rimase a guardarle mentre si allontanavano a piedi, tenendosi a braccetto. Nell'aria era rimasto sospeso il profumo fiorito che le avvolgeva.

Cate non sentiva quella leggerezza da troppo tempo.

Chiuse fuori l'amarezza per qualcosa di perduto e impossibile da ritrovare intatto. Diede un giro di chiave, e poi un altro ancora.

George fece il galante, un piccolo inchino al suo passaggio. Cate si sentì così vecchia dentro da non essere più capace di godere di quel momento, né di rispondere al messaggio. Riuscì giusto a sorridere, solo una piega forzata delle labbra.

Sui gradini dell'ingresso gli lanciò un'occhiata. Non era amore, ma sarebbe potuto diventarlo? Se sì, come avrebbe fatto a raccontare a lui o a un altro la verità su sua figlia?

Salì da Anna. C'era un altro rito serale da compiere, l'unico che contasse davvero, ma anche quello che la ancorava a responsabilità a volte pesanti da affrontare da sola: tornare subito dalla sua bambina, alla fine di ogni turno.

Lavò Anna, facendosi raccontare la sua giornata. La vestì per la notte e insieme si infilarono sotto le coperte.

«Mamma, mi racconti la favola di Cenerentola?»

Nella versione di Cate la fiaba non prevedeva l'arrivo provvidenziale di un principe, ma una lotta della giovane per liberarsi da influssi malvagi e abusi. Non c'erano offerte di matrimonio salvifiche o deliziose scarpette da indossare come unica prova di valore. Cate sperava che un giorno Anna incontrasse l'amore, ma nel frattempo toccava a lei renderla una donna capace di scegliere l'uomo al suo fianco non per bisogno, ma per un sentimento che non la rendesse mai prigioniera.

Si addormentarono entrambe prima di arrivare all'«e visse a lungo fiera e felice».

Cate si svegliò di soprassalto. Le era sembrato di avvertire un boato e che il lampadario avesse tremato. Anna dormiva serena. Ascoltò il silenzio. Era stato il principio di un incubo, forse.

Ma poi si sollevarono le urla dalla strada. Si alzò e andò alla finestra. La zona del Theatreland, distante pochi isolati, stava bruciando. La nube nera si illuminava di fiamme. Cate alzò gli occhi al cielo e riconobbe immediatamente la forma scura del dirigibile che si stava allontanando seminando esplosioni, l'aveva vista fin troppe volte sulle pagine dei giornali.

Fino a quel momento gli Zeppelin tedeschi avevano sempre colpito lungo la costa, non si erano mai spinti oltre. L'assicurazione del Kaiser di non voler attaccare la popolazione civile si era rivelata una menzogna.

Qualcuno bussò alla porta e le disse di scendere. Lo Zeppelin se ne stava andando e bisognava pensare ai feriti. Cate era così spaventata che non riconobbe nemmeno la voce. Forse Hazel, forse Olga. Anna dormiva serena, non si era accorta di nulla. Le rimboccò le coperte e scese.

Flora e Louisa erano già nella hall principale, occupate ad assegnare compiti.

Rientrarono anche Grace e le altre colleghe, illese ma sotto shock.

La guerra delle bombe era arrivata infine anche a Londra.

34

Londra, 1° giugno 1915

Era il tempo del pianto e del lutto. Il tempo di cantare il dolore dal ventre delle chiese per offrirlo a Dio, il tempo di scavare tra le macerie per non rinunciare alla speranza.

Il cuore di Londra era un cratere fumante che lasciava attoniti i suoi figli.

L'attacco dello Zeppelin aveva provocato sette morti e decine di feriti. Gli strilloni da strada riportavano già i numeri della tragedia. Erano state sganciate su Londra ottantanove bombe e trenta granate.

Il nemico era riuscito a spingersi fin dove nessuno prima lo aveva ritenuto possibile. Nel cielo fosco, tra nubi nere, era scivolato silenzioso.

Cate salì stancamente le scale. L'alba si era levata come polvere di rame senza che lei avesse chiuso occhio. Aprì la porta della camera e vide il letto vuoto. Per un attimo rimase a fissarlo.

«Anna?»

La cercò sotto le coperte, dietro le tende, nell'armadio, dove andava spesso a nascondersi per gioco. Cominciò ad agitarsi. Uscì in corridoio, andò nel bagno, chiese di lei a chiunque incontrasse.

Nessuno l'aveva vista. L'ospedale di Endell Street era così grande, e pericoloso, per una bambina di cinque anni.

L'ansia scoppiò nel petto. I cancelli erano rimasti aperti

tutta la notte per accogliere chiunque ne avesse bisogno dopo l'attacco. Cate non voleva pensare all'eventualità peggiore. La sua bambina, sola, per le strade di Londra. E se qualcuno l'avesse presa?

Soffocò un gemito, andò a battere alla porta di Mina e Joseph, e chiese aiuto. L'amica impallidì.

«Non so perché non ti ho chiesto di badare a lei, Mina.»

L'amica l'afferrò per le spalle.

«Eravamo tutti sotto shock. Non ti disperare, la troveremo.»

Insieme la cercarono ovunque, non tralasciando nemmeno un angolo, ma Anna sembrava svanita.

Fino a quando Olga disse loro di averla vista.

«Era con Doc Murray.»

«Dove?»

«Nelle cucine. Ordinavano la colazione.»

Cate si sentì venire meno per il sollievo.

«Facevano colazione insieme?»

«No. Doc Murray ha chiesto che il vassoio le fosse portato nel suo appartamento. Stavano andando là.»

Cate corse di sopra, fino al piano dove Flora e Louisa condividevano l'alloggio, e bussò.

Si sentiva sollevata come mai in vita sua, ma era perfettamente consapevole che quello avrebbe potuto essere il suo ultimo giorno a Endell Street.

Venne ad aprire Louisa. Due cani zampettavano avanti e indietro tra le sottane della padrona.

«William, Garrett, sciò! Fate entrare la nostra ospite.»

La invitò ad accomodarsi.

Cate trovò Anna seduta sulle ginocchia di Flora. Stavano facendo colazione. La donna stava imburrando una fetta di pane. La cosparse di zucchero e la diede alla bambina.

«È arrivata la mamma.»

Cate avrebbe voluto precipitarsi ad abbracciare sua figlia, a sgridarla, a riempirla di baci, ma restò in piedi, ferma, in colpa.

Flora le gettò un'occhiata veloce, dalla quale Cate non riuscì a capire di che umore fosse.

«È una bambina sveglia. L'hai educata bene, alla curiosità.»

«Cerco di seguirla.» Dopo aver perso letteralmente sua figlia, la risposta apparì ridicola a Cate stessa. Si corresse come poteva. «Ogni momento che posso...»

Flora sorrise brevemente.

«Ho lavorato gran parte della mia vita con i bambini e le loro madri. So bene quante energie richiedono, e le paure che fanno prendere. Non sentirti giudicata.» Fece un cenno a Louisa e le affidò la bambina. «Potete portare William e Garrett in cortile, per favore? Hanno tanto bisogno di fare una passeggiata. Prima di andare, Anna, dai un bacio alla mamma.»

Anna non se lo fece ripetere, felice di prendere subito al guinzaglio i due nuovi amici. Cate si trattenne dallo stringerla e non lasciarla più andare.

Restarono sole, lei e Flora. Cate sedette davanti a lei.

«Sono dispiaciuta, dottoressa Murray. Vorrei dire che non accadrà più, ma non posso prometterlo. È... difficile.»

Flora prese una tazza di porcellana e versò il tè. Gliela offrì.

«Che cosa non lo è stato negli ultimi anni? Per ciascuna di noi, immagino.»

«Anna si sveglia quasi ogni notte per cercarmi. Ha iniziato quando sono partita per la Francia.»

«Capisco. Presumo che tuo marito ti abbia lasciata. Se fossi vedova, me lo avresti detto senza problemi. In fondo, sei stata fortunata. Ci sono mariti che quando se ne vanno tolgono i figli alla madre. Basta che dicano di volerlo, o che diano dell'isterica alla donna. Se Anna fosse nata maschio, probabilmente sarebbe accaduto. Non si rinuncia a un erede maschio. »

Cate rise. Si prese il viso tra le mani e rise. Una risata triste, che avrebbe potuto essere scambiata benissimo per il singhiozzo di un pianto. Era il momento di dire la verità.

« Continuate a chiamarlo marito, ma non c'è mai stato un marito. » Le mostrò l'anulare. « La fede che porto al dito è uno scudo per difendermi dai giudizi della gente. L'ho comprata io, per due spicci. Non vale niente, come la bugia che racconta. Quando sono rimasta incinta, Philip non ha più voluto vedermi. La mia famiglia mi ha allontanata. Se non avessi incontrato Mina e Joseph, non so che cosa ne sarebbe stato di me. »

« Racconta, se vuoi. »

Cate alzò le spalle, per negare un dolore che invece non si era ancora spento.

« Sono cresciuta in Italia. Mio padre è inglese, vi si trasferì per amore dell'arte e del clima, e per fare il medico nelle numerose comunità inglesi. Poco dopo incontrò mia madre, italiana. Quando crebbi, incoraggiò la mia passione per lo studio e in particolare per la medicina. Tornammo in Inghilterra quando avevo vent'anni, per perfezionare i miei studi. »

« Ma...? »

« Ma... andare oltre è tutta un'altra storia. Quando si rese conto che la medicina non era un passatempo ed ero intenzionata a fare il medico, il suo atteggiamento cambiò. Per fortuna, riuscii comunque a laurearmi e a ottenere l'abilitazione. Quel che accadde dopo, però, provocò una rottura irreparabile. Rimasi incinta e mi ritrovai per strada. Sono stata letteralmente raccolta da Joseph, una notte di tempesta. Le sue braccia e quelle di Mina non mi hanno più lasciata.»

Flora bevve un sorso.

«Avevi comunque la tua laurea e un mestiere che hai avuto la forza di continuare a fare.»

«Vi chiedo scusa per avervi mentito.»

«Oh, ma non lo hai fatto. Non ti ho mai chiesto nulla al riguardo. In ogni caso, non avrebbe fatto alcuna differenza.»

«Davvero?»

«Non si può essere una donna chirurgo e una moglie, perché nessun marito lo permetterebbe. A stento lo fanno i padri, come mi hai appena confermato.»

«E madri sì? Si può essere madri e chirurghi di guerra?»

Flora svuotò la tazza.

«Alla maternità, cara, non c'è soluzione. Si diventa madri e lo si resta per sempre. E molte di noi lo sono anche senza aver mai partorito.»

Campagne attorno ad Amiens, Francia, agosto 1915

Durante l'estate la guerra era diventata sotterranea. Alle porte dell'autunno era ormai fatta di bunker sempre più profondi, di attese infinite che i soldati cercavano di ingannare in ogni modo. I tedeschi avevano scavato per primi, scegliendo i terreni migliori, sui pendii. Si erano chiusi nelle tane e ne uscivano soltanto per lanciare il gas. A francesi e inglesi erano toccate le piane umide e infestate da zanzare della Piccardia, tra Amiens e Parigi.

Almeno erano arrivati finalmente i letti da campo, e i berretti erano stati sostituiti da elmetti. Le morti per traumi e fori di proiettile alla testa erano diminuite, anche se le due libbre del casco andavano a sommarsi alle quasi settanta del resto dell'equipaggiamento.

«Forse il maggiore sarebbe ancora qui, se lo avesse indossato» disse Cecil, giocando con il suo.

Oliver ci tamburellò sopra un motivetto con il cucchiaio.

«Scommetto di no. Glielo avrebbero fatto comunque saltare, a quel bastardo.»

Alexander stava insegnando ad Andrew le regole del poker. Le carte erano vecchie e segnate, su alcune un soldato rimasto anonimo aveva riportato frasi in francese.

«Che significano?» chiese il ragazzo.

Oliver rispose tra una cucchiaiata di zuppa e l'altra.

«Servono per comunicare in situazioni di emergenza. Imparale a memoria. Potrebbero aprirti vie inaspettate.»
«Quale emergenza?»
Alexander sorrise.
«Meglio che tu non lo sappia. Piattole in meno.»
Andrew sgranò gli occhi.
«Sono frasi d'amore per le donne?»
Alexander calò un tris.
«Non sono proprio così romantiche.»
Guardò l'orologio. Samuel non era ancora tornato dal giro d'ispezione.

Il boato ruggì dapprima piano, tanto che sembrò il prepararsi di un tuono, ma arrivava da sotto i loro piedi. Il suolo si sollevò, ribaltandoli. Crebbe come un'eruzione e infine esplose, aprendosi in un cratere. Alexander sentì la potenza della deflagrazione strappargli i vestiti, sollevarlo e scaraventarlo lontano.

Quando riuscì a rimettersi in piedi, non sentiva. Nelle orecchie pulsava un sibilo doloroso che aumentava di intensità, perforandogli le tempie. Nessun punto di riferimento, tutto era cambiato, divelto. Corpi sparsi a terra, pozzanghere cremisi riflettevano fiamme. Non riusciva a riconoscere i suoi. Non sapeva se raccogliere quei pezzi o se, come lui, Andrew, Cecil e Oliver fossero stati spinti oltre. Tra i capelli soffiava il respiro della morte, il vento cantava. Gli sembrava di sentire cori ultraterreni salmodiare la miseria umana. Si toccò il petto, il cuore batteva, la carne era annerita. La medaglietta di riconoscimento portava un nome che in quegli attimi avrebbe fatto fatica a ricordare.

Pensò a Samuel. Si incamminò barcollando verso quello che era stato il punto di osservazione più vicino, dove doveva trovarsi l'amico. Incontrò distruzione, e silenzio.

Infine lo trovò, trafitto da un palo della barricata. Vivo.

Urlò, la gola stretta nella morsa delle esalazioni. Cercò di tirarlo giù, ma il peso era troppo, lo strazio era insopportabile. Lo sostenne afferrando le gambe, alzando gli occhi gli parve di vedere l'agonia di un Cristo crocifisso. Così era, in fondo, per ciascuno di loro. Inchiodati a una croce che non avevano scelto di portare.

Le lacrime di Samuel caddero su di lui e un ultimo fremito se lo portò via.

Ci fu un'altra esplosione. Alexander cadde a terra. Gli piovve sangue sul viso.

36

Calais, Francia, settembre 1915

Alexander aprì gli occhi sul cielo bianco. Il mondo era troppo luminoso, fatto di riverberi aguzzi che trafiggevano la testa. Si chiese se fosse così doloroso, nascere. O rinascere.

Sopra di lui centinaia di gabbiani volavano radenti e si lanciavano in volteggi nervosi. Lo stridio dei richiami sembrava annunciare tempesta. Quando era bambino, il fattore di suo padre gli raccontava che gli animali sentono l'arrivo del brutto tempo ed escono a cercare quanto più cibo possibile, senza allontanarsi troppo dalle tane e dai nidi.

Sembrava essercene molto, di cibo, da quelle parti.

Respirare gli costava fatica. L'aria era pregna di un odore che in parte era familiare.

Tutto ciò che riuscì a muovere fu una mano. La sollevò e vide di cos'era sporca.

Ricordò ogni cosa. Allora chiuse gli occhi. Le lacrime erano gocce di fuoco sulla pelle.

Qualcuno sollevò la barella. Alexander si sentì strattonare. In sottofondo, il fischio di una nave.

Capì che cos'era l'odore che lo circondava, quello del sangue.

E sentì i lamenti, sotto il garrito degli uccelli, e gli ordini secchi di medici e infermieri che perlustravano le barelle e dividevano i morti dai feriti.

Capì anche qual era la carne che i gabbiani avevano puntato.

37

Buckingham Palace, Londra, settembre 1915

La sala che la regina consorte prediligeva per il ricamo era tappezzata di seta azzurra. Diversi manufatti arrivavano dai domini d'oltremare e conferivano all'ambiente un fascino esotico.

Mary di Teck aveva una personalità vivace come i riccioli acconciati elegantemente sul capo, per scoprire il lungo collo candido. Doveva, tuttavia, celarla spesso dietro le regole di corte.

Ernest ne apprezzava la compagnia, non solo per il privilegio di essere chiamato al cospetto di una sovrana, ma soprattutto per la donna piacevole e ironica che era.

Ricamavano insieme, per ore. Un attore di teatro e la regina di Gran Bretagna e d'Irlanda, imperatrice d'India. Gli veniva sempre da sorridere, quando ci pensava.

Ricamavano e ciarlavano, disquisendo di frivolezze e amori dell'alta società.

«Passeggeri come fiori di soffione» amava dire lei. Bastava un soffio per far svanire affetti e patemi di cuore, e per crearne di nuovi.

Mary aveva quarantotto anni, dodici più di Ernest, ma si erano subito intesi a meraviglia. Avevano trovato nel ricamo e nella leggerezza della conversazione un equilibrio condiviso, forse una zona franca della quale entrambi sentivano il bisogno.

La regina gli chiese di poter osservare il suo lavoro da vicino. Ernest glielo porse.

«Oh, Mr Thesiger. I vostri punti... sono perfetti.»

«Questione di pratica, Ma'am. Solo molta pratica.»

«Avete iniziato in Francia, vero?»

Ernest lisciò la giacca, si assicurò che la cravatta di seta non facesse pieghe dove incontrava il panciotto.

«Sì. La passione è nata nei mercatini e nei negozi di antiquariato. Non potete immaginare quali pezzi unici si riescano a trovare, preziosissime pezzuole ricamate del XVII secolo. Meravigliose. Anche la Scozia offre tesori inaspettati.»

«Non per niente Mary Stuart era una ricamatrice sopraffina. Peccato nascondesse messaggi ostili alla regina, tra i punti che ricamava. Quali fantasie prediligete, Ernest?»

«Le floreali, senza alcun dubbio.»

«Anch'io. E ricamare vi rasserena?»

«È la sola attività che io riesca a compiere, prima di una pièce. Mi aiuta a concentrarmi, a liberarmi di ogni altro pensiero.»

Mary gli restituì il drappo.

«Condivido ogni vostra parola, specialmente in questi tempi bui. Avete combattuto anche voi, vero?»

Ernest finse di concentrarsi su un difetto inesistente nella propria creazione.

«Sì, Ma'am, in Francia, ma la mia permanenza non è durata molto.»

Non parlavano quasi mai della guerra. Quel giorno, tuttavia, entrambi avevano più volte sfiorato l'argomento. Vicino a Buckingham Palace, il lago di St James' Park era stato prosciugato per allestirvi una prima infermeria da campo e far fronte al copioso flusso di feriti in arrivo dal fronte.

Lui le raccontò della lettera che aveva ricevuto il giorno precedente.

«Una missiva dall'Ospedale militare di Endell Street. Le responsabili – sono tutte donne – mi chiedono aiuto per i loro pazienti.»

«Unicamente donne, sì, mi è stato riferito. E chiedono aiuto a voi?»

«Attraverso le dame che lì prestano opera di carità, sì. Desiderano introdurre i loro pazienti all'arte.»

«Soldati attori? Che proposta bizzarra. Perché mai dovrebbero essere interessati al teatro in piena guerra?»

Ernest tese il filo e controllò il punto. Era perfetto.

«Sono seriamente feriti, Ma'am. Non torneranno a combattere. Mai più. A stento potranno lavorare. La cura non può riguardare soltanto il corpo. Una gentile dottoressa mi ha illustrato puntigliosamente i benefici attribuiti alle attività ricreative e artistiche.»

«Capisco. Accetterete?»

Ernest ripose l'ago. Aveva riflettuto tutta la notte. La questione lo aveva tenuto sveglio, gli aveva ricordato le pene patite. Lo sguardo indugiò sulle mani coperte da mezziguanti di seta nera. Le ferite della guerra stavano lasciando la pelle, ma incidevano ancora l'anima.

Riprese in mano l'ago.

«Ho già così tanti impegni, Ma'am. Mi sto preparando per una prima, una farsa che rappresenteremo sul palco del Criterion Theatre. Credo possa essere l'opera che lancerà definitivamente la mia carriera. Il Criterion è costruito interamente sottoterra, sapete? È sicuro, in caso di attacco aereo. Stanno già preparando i manifesti per tranquillizzare il pubblico.»

Mary lo scrutava con insistenza. Ernest temette che con perspicacia avesse scorto in lui un'ombra da dissipare.

«Sapete, vero, che la principessa mia figlia visita gli ospedali militari in veste di crocerossina e si occupa di organizzare iniziative di sostegno per i soldati e le loro famiglie?»

«Ne sono a conoscenza. L'operato di Sua Altezza Reale la principessa è encomiabile.»

Mary sorrise.

«Se può lei, perché non anche voi, allora?»

38

Londra, Ospedale militare di Endell Street, settembre 1915

Cate fu chiamata per un intervento indifferibile, alla fine di un turno di lavoro che l'aveva provata. Entrò nella sala operatoria, Louisa era già accanto al lettino con l'équipe pronta.

Tra lenzuola macchiate di sangue e il carrello con gli strumenti, intravide un corpo trafitto dalla vita in giù da decine di schegge metalliche. Si fece allacciare il camice dall'infermiera.

«Sono venuta il prima possibile. Qual è il problema?»

Louisa si teneva la fronte con una mano. Cate non l'aveva mai vista così provata.

«L'emorragia ha abbassato la pressione, è stata blanda nel flusso ma continua. Per lo shock ipovolemico ho già provveduto a fargli una trasfusione e a somministrargli fluidi. Sembrano fare effetto. Ho appena iniziato a rimuovere i frammenti, ma la gamba sinistra mi preoccupa. Un caso dubbio, e l'emicrania mi tormenta.»

Le stava chiedendo un parere, uno sguardo ulteriore: decidere, insieme, se amputare o se tentare di salvare l'arto.

Cate lo esaminò. La cancrena lo aveva intaccato. La necrosi non era dovuta ai gas, ma ai giorni durante i quali la ferita era stata lasciata alla suppurazione. Servivano quasi due settimane affinché i feriti giungessero a Londra dai campi di battaglia in Francia e Belgio. A migliaia restavano ammassati nelle banchine dei porti, prima di trovare posto per l'imbarco.

I tessuti erano in gran parte compromessi e anneriti, ma forse la circolazione sanguigna si sarebbe presto ripresa grazie alla trasfusione, liberando il sangue dai veleni prodotti dall'infezione. Cate consultò le radiografie eseguite da Hazel. Cercava di intravedervi un pronostico felice.

L'infermiera attendeva con la sega sul vassoio.

Louisa fece un passo indietro.

«Decidi tu, Cate. Io non sono in grado di operare.»

Era davvero un caso al limite. Se la vista, l'intuito, l'esperienza avessero tratto Cate in inganno e anche una minima parte di carne corrotta fosse rimasta dentro la ferita, per quell'uomo avrebbe significato morire tra dolori atroci.

Cate lo guardò in volto e fu come rivivere un evento già passato. Conosceva la cicatrice lieve che gli attraversava lo zigomo, ormai quasi invisibile. Era l'impronta che lei gli aveva lasciato sulla pelle.

«Qual è il nome del paziente?» chiese, ma lo sapeva. La vita giocava con le coincidenze, ed era ironica, feroce, e dolcissima.

Alexander Allan Seymour.

Stava per dire che non poteva prendere quella decisione, che non era lucida, che il capitano aveva rappresentato, seppur brevemente, un momento di speranza nella sua vita, nella forma di un sorriso strappato da parole così semplici da esserle subito care e familiari.

E lei, ora, avrebbe dovuto decidere se strappargli il futuro, l'identità di uomo e di eroe, e l'autonomia, insieme alla gamba.

Il mondo non era ancora pronto per accogliere i menomati, anche se i giornali avevano iniziato a presentarli alla società come eroi romantici. Qualcuno doveva pur farsene carico.

Dio non volesse che le famiglie – e le donne – li lasciassero a loro stessi.

La mutilazione avrebbe cambiato per sempre e miserabilmente la vita dell'uomo che Cate aveva tra le mani. Davvero non poteva far altro che condannarlo?

39

Alexander andava in fiamme. Nudo, rosso di sangue, era carne che si lacerava in filamenti, si tendeva fino a scoppiare. Il dolore esplodeva insieme al corpo.

Poi apriva gli occhi e tutto taceva, tranne la sofferenza. La luce era tenue, come la voce del mondo. Posata su un comò, c'era la croce intagliata da Samuel.

Le visioni di guerra erano soltanto incubi, talmente vividi da strappargli lamenti.

Gli ultimi istanti della deflagrazione gli scorrevano davanti. Vedeva parti di soldati schiantarsi in aria. Vedeva se stesso andare in pezzi. Vedeva Samuel supplicarlo dalla croce.

Ripiombò nel sonno e si risvegliò di soprassalto molte volte, ardente e fradicio di sudore, scosso da brividi che nulla avevano a che fare con la febbre. Il dolore che provava a una gamba era atroce, ma almeno significava che si trovava ancora al suo posto, attaccata al resto.

Qualcuno chiamò il suo nome, più volte, come a ridestare un bambino da sogni angosciosi.

Alexander voltò con fatica la testa. Vide i suoi compagni negli altri letti. Cecil, Oliver, Andrew. Mostravano volti provati, ma erano vivi.

L'assenza di Samuel era una pietra d'altare posata sul petto. Alexander vi avrebbe celebrato la propria espiazione per il resto della vita.

Non era riuscito a proteggere i suoi. In quei giorni di viaggio disperato, nei momenti di lucidità, si era chiesto se avesse potuto evitarlo. Sentire l'attacco arrivare, percepire la vibrazione in anticipo, e farli arretrare, fuggire. Si era chiesto se fosse stato lui il primo ad abbassare la guardia, a distrarsi, a metterli in pericolo.

Gli occhi gli si chiusero di nuovo, sotto il peso insostenibile delle palpebre e dell'orrore. Sperò di non sognare ancora l'inferno. Viveva già all'inferno, e vi aveva trascinato gli amici più cari.

40

Cate affidò il sonno di Anna alle cure di Mina e scese in reparto. La notte di luna piena si affacciava dalle finestre a tutta altezza, filtrava in raggi di un azzurro onirico, talvolta interrotti da nubi passeggere che proiettavano ombre di garza. Le sembrava di camminare in cielo con i passi pesanti del tormento.

Incrociò Olga nel corridoio silenzioso. Spettava a lei il turno che alcune chiamavano «l'ora delle anime», quello in cui molti dei soldati per i quali non c'era nulla da fare abbandonavano la vita terrena per andare oltre. Non accadeva quasi mai durante il giorno, quando il rumore del mondo era più violento e la vita pervadeva con vigore ogni cosa.

Sembrava che l'oscurità fungesse da ponte e aiutasse il trapasso. La morte li chiamava con un sussurro, e quel sussurro rendeva immobile il petto.

Non quella notte, pensò Cate. Non quella notte. Si sarebbe trasformata in strega, se necessario, per impedirlo.

Accese la lampada e abbassò la fiamma. Dormivano tutti.

Si avvicinò al letto di Alexander. Gli posò il palmo sulla fronte, era fresca. Sollevò il lenzuolo e controllò il bendaggio. Sembrava tenere, la ferita non aveva ripreso a sanguinare. Con pazienza, tolse le garze deputate a drenare la ferita, le sostituì con altre.

Non era stato facile suturare. Testarda, aveva ricucito e cauterizzato ogni più piccolo vaso sanguigno, aveva dato la caccia a ogni fibra con la perizia di un'artigiana, china per ore sul corpo da riparare, senza mai darsi per vinta, nemmeno quando il sangue ricominciava a scorrere dopo che per l'ennesima volta lei si era convinta di aver terminato. Un corpo forte, quello, che chiedeva di vivere con calore, che pulsava sotto le sue dita.

Alexander era arrivato a Endell Street con un gruppo di soldati appartenenti alla stessa compagnia. Ragazzi e giovani uomini fatti saltare dal nemico con cariche piazzate sotto l'acquartieramento.

Flora aveva insistito affinché fossero sistemati insieme senza essere divisi, in una stanza più piccola delle altre, che permettesse loro di recuperare in fretta dallo shock. Una camerata rumorosa non era l'ideale.

Di quel manipolo di disperati, il capitano non aveva subito i traumi peggiori, ma al momento versava in condizioni gravi a causa dell'infezione. Le ore successive sarebbero state decisive per capire se il suo corpo sarebbe stato capace di superare la setticemia.

Ogni cuore di uomo che Cate aveva avuto sotto i polpastrelli aveva lasciato un'orma indelebile in lei. Le aveva insegnato la potenza bruta della natura, la sua ferocia, ma anche la bellezza della rinascita dolorosa.

Si chiese se la donna della lettera appassionata sapesse che lui era lì.

Hai bisogno di lei, pensò, sfiorandogli il polso. Hai bisogno di un cuore forte che sostenga il tuo.

Quello di Cate picchiava nel petto. Forse perché intravedeva nubi nere addensarsi all'orizzonte, o forse perché non c'è creatura fatta per restare sopita. Dorme sonni lunghi anni, in inverni siderali, ma si ridesta all'improvviso, al soffio tiepido di un altro respiro.

41

Alexander si era risvegliato e assopito tante di quelle volte da aver perso la rotta del tempo. Quando riaprì gli occhi su un cielo in fiamme, credette per un momento di trovarsi ancora al fronte, sotto una pioggia di fuoco. Alzò le braccia per riparare il volto e le sentì pesanti, stanche come avessero scavato fino ad arrivare al centro della terra.

Ma il fuoco era soltanto un tramonto purpureo al di là di una finestra anonima. Alexander rammentava il proprio nome, rammentava la casata che lo definiva più delle ossa che lo tenevano in piedi, ma se avesse dovuto descrivere gli ultimi momenti vissuti non avrebbe saputo se parlare di istanti o di secoli.

In mente danzavano sguaiati gli scorci intravisti durante il viaggio di ritorno, come streghe attorno a un falò che poteva significare rinascita, o morte atroce, dissolvenza in cenere. Gli pareva di sentire sulla pelle quella polvere di brace.

Si voltò a cercare gli altri. Mentalmente fece l'inventario delle parti che mancavano loro.

Cecil, senza gambe. Il tronco era esposto sopra le lenzuola, bendato all'altezza delle anche. Non avrebbe mai più calciato la palla da rugby.

Oliver avrebbe dovuto imparare a fumare con l'altro braccio, perché il destro non c'era più.

Andrew stava piangendo, rannicchiato di schiena. Alexander non riusciva a capire se gli mancasse un pezzo, o se lo scoppio gli avesse tolto solamente la ragione.

Di Samuel conosceva il destino.

Che dire, ora, a quegli uomini che lo guardavano come decine di altre volte avevano fatto in mezzo al campo di battaglia per trovare in lui una guida per la salvezza?

«Mi dispiace.»

Non riconobbe la propria voce, tanto da domandarsi se una scheggia di granata gli avesse trafitto la gola, piantandosi nel palato.

Qualcosa nel modo in cui lo guardarono gli fece capire che la conta non era finita.

Abbassò lo sguardo su se stesso. Sotto le lenzuola sembravano esserci entrambe le gambe, ma la sinistra era protetta da un tutore che teneva il tessuto sollevato.

Alexander allungò a fatica una mano, quando arrivò un'infermiera a bloccargliela.

«Mi prude» disse lui. Era vero. «Mi fa male.»

Era altrettanto vero anche questo, ma nessuna delle sensazioni che provava riusciva a metterlo al sicuro dal pensiero che si era affacciato. Potevano essere soltanto ricordi fisici incarnati nei nervi, tali da restarvi anche quando non c'era più materia in cui scorrere. Talvolta accadeva anche agli amori.

Si divincolò dalla presa. L'infermiera chiamò aiuto a voce alta, ma era troppo tardi. Alexander toccò il rigonfiamento della coperta. La stoffa cedette sul vuoto.

Non c'era carne là sotto. Non c'era vita, né sangue, né osso, né tendini e muscoli.

42

Nel reparto che ospitava il capitano Seymour volavano pitali e parole grosse. Cate aveva sentito il trambusto di metallo fin sulle scale.

Non era la prima volta e non sarebbe stata l'ultima. Succedeva quando gli uomini si rendevano conto di non essere più quelli che erano entrati. Si credevano depredati di un corpo dato per scontato fino a quando non mutava in modi impensabili, orribili; erano convinti di essere stati saccheggiati di un'autonomia impossibile da recuperare, di un'immagine con cui erano abituati a specchiarsi nella società. Di un ruolo. Per tutto questo, e per molto altro, incolpavano le donne di Endell Street.

Cate si preparò a fronteggiare la rivolta, a sedare animi, a prendersi accuse che parlavano d'altro, che, oltre le volgari parole di facciata, raccontavano un dolore intimo e straziante. La sofferenza, esposta come la pelle nuda, rendeva quegli uomini l'immagine di una mascolinità fragile, ma per nulla vinta. Se solo avessero potuto vedersi attraverso gli occhi di Cate e delle altre, avrebbero capito che il valore non se ne era andato con le libbre di carne.

Serviva loro tempo per scendere a patti con un nuovo inizio, ma qualcuno, purtroppo, non avrebbe mai concesso a se stesso l'opportunità di comprendere, condannandosi a una pena inestinguibile. Cate ne aveva raccolte di anime a terra, con un cappio attorno al collo o con i polsi aperti. Ma ne aveva anche consolate altre, bagnata delle loro stesse lacrime, destinataria di confessioni sincere e disperate che forse non sarebbero mai arrivate se lei fosse stata un medico uomo.

Il peso da portare era a volte disumano, ma si iniziava a intravedere qualche segno di speranza: un accenno di sorriso, un ringraziamento a fior di labbra, un tono di voce più carezzevole. I pazienti lungodegenti erano i più bendisposti. La gratitudine faceva miracoli, ma ciò che più di tutto poteva compierli era l'incontro quotidiano di due mondi, e pazienza se di tanto in tanto sfociava in uno scontro. A Endell Street donne e uomini condividevano sforzi e destini, e il più delle volte gli uni e gli altri dovevano andare a braccetto per scongiurare il peggio.

Cate fissò meglio i capelli sulla nuca con le forcine e rimboccò le maniche. Non di rado gli scoppi di rabbia diventavano una prova di forza durante la quale dottoresse, infermiere e ausiliarie dovevano dar sfoggio di una muscolatura tanto fisica quanto mentale.

Incrociò Olga. Era uscita dalla stanza con i resti di una lampada raccolti nel grembiule.

«Gliene ho portata un'altra, ma avrei preferito dargliela sulla testa. Il capitano lo preferisco incosciente» disse. «Non potremmo rispedirli tutti alle famiglie prima che si sveglino?»

Cate soffiò fuori l'agitazione che non voleva ammettere di provare.

«È una buona idea, Olga. Lo farò presente alla dottoressa Murray.»

Olga tornò seria.

«Non ci andare, Cate. Aspetta ancora un po'.»

Era stata Cate a rovinargli l'esistenza. Questo avrebbe pensato quell'uomo vedendola, e al pensiero avrebbe potuto far seguire un'azione. Lei, però, non poteva accettare di farsi intimidire.

«Sono passati tre giorni. Devo visitarlo. Così agitato potrebbe compromettere il lavoro fatto. Se riprende a sanguinare...»

«Non è un buon momento.» Olga abbassò la voce. «Sono passate di qui le volontarie della Royal School of Needlework. Hanno avuto l'ardire di proporre al capitano e agli altri uomini di ricamare un po', per ritrovare serenità e far passare il tempo.»

«Santo cielo, che tempismo.»

«Lui aveva appena saputo dell'amputazione. Puoi immaginare come ha preso la proposta.»

L'amputazione era un trauma che portava con sé altre paure, oltre a quelle legate all'invalidità. La perdita di virilità era una di queste.

Dalla stanza giunse ancora trambusto. Un'infermiera ne uscì in fretta.

«Vado» disse Cate.

«Me ne occupo io.»

Era arrivata Flora. Si stava ancora abbottonando il camice, chiamata sicuramente d'urgenza per un caso più ostico di altri. Olga le lasciò sole. Cate non attese di essere congedata.

«Posso farlo, dottoressa Murray.»

«Oh, lo so che puoi tenerlo a bada e persino domarlo, ma non voglio che tu disperda energie preziose. Mi servi fresca in sala operatoria.»

«È un mio paziente, ho il dovere di seguire la fase post intervento.»

Flora la prese da parte, la guidò verso la hall.

«E la seguirai, ma non così presto. Non andare da lui per

qualche giorno. È furioso. Dagli il tempo di accettare ciò che è successo.»

«Ciò che gli ho fatto. Questo intendete.»

Flora si fermò, un'ombra di dispiacere sul volto di solito imperscrutabile.

«Non voglio sentire certe sciocchezze. La guerra gli ha tolto la gamba, non tu. Si arrenderà alla realtà e al nuovo stato delle cose nella sua vita. Deporrà le armi. Come tutti gli altri.»

43

La donna entrò nella stanza e riportò l'ordine con un'occhiata e una domanda composta da un'unica parola: «Signori?»
Aveva il piglio di un generale e l'accento scozzese. Alexander pensò che il tono sembrasse chiedere loro se davvero lo fossero, gentiluomini, talmente erano impegnati nel rendere la vita difficile a chiunque li avvicinasse. Li inchiodava alla responsabilità di dimostrarsi tali.
Si ricordava di lei. L'aveva incontrata a Wimereux. Doc Murray.
Avanzò tra i letti. Oliver e Cecil si erano ridotti all'immobilità e al silenzio. Persino Andrew, di solito rintanato in un mondo lontano che solo lui vedeva, si era voltato per guardarla.
La dottoressa si avvicinò ad Alexander e si accomodò su una sedia accanto al letto. Non aveva detto nient'altro e a stento lo aveva guardato in volto. Aiutata da un'infermiera che le passava il necessario, sollevò il lenzuolo come un pianista il coperchio del pianoforte, e con dita altrettanto affusolate iniziò a srotolare le bende.
«Così ci si rivede, capitano.»
«Vi ricordate di me?»
«Ricordo tutti.»
Alexander la osservò senza tentare di nasconderlo. Ormai le formalità non facevano più parte della sua vita. Le piantò addosso gli occhi, ma lei sembrava curarsene poco o nulla.
«Mi avete amputato voi la gamba?»

Glielo chiese a bruciapelo.

«Farebbe qualche differenza?»

«L'avete amputata voi?»

«No. Alzare la voce, in ogni caso, non vi aiuterà a riaverla.»

«Non posso credere che lo abbiate detto.»

Finalmente lo guardò e lui dovette ammettere a se stesso di non farle alcuna impressione. Era evidente, e in parte mortificante.

«Oh, credeteci, capitano. Qui facciamo battute, oltre a salvare vite amputando arti. Il vostro compreso. Crediamo che un umore alto possa aiutare i pazienti a riprendersi più velocemente.»

Lui imprecò, tanto per dimostrarle quanto brillante fosse il proprio umore. Lei sorrise, gelida.

«Per ogni oggetto che voi e i vostri uomini romperete ancora sarà prevista un'ora di lavoro presso questo ospedale, naturalmente a seconda delle possibilità di ciascuno, ma sono sicura che troveremo attività adeguate alle vostre invalidità.»

«Pensate sia divertente?»

«Per niente. E vi chiarisco subito un altro punto: vi trovate in un presidio militare, siete ancora un soldato. Quando espleto le funzioni di direttrice, lo faccio con il grado di tenente colonnello che l'Ufficio della Guerra mi ha riconosciuto. Obbedite, o obbedirete in ogni caso. Ora, non volete guardarla?»

Alexander non capì a che cosa si riferisse.

«La vostra gamba, capitano. Guardatela.»

Il tono si era addolcito.

«*No.*»

«Fatelo, trovate il coraggio, e vi si toglierà un peso dal petto.»

«Siete crudele.»

La dottoressa Murray avvicinò il viso al suo. Ad Alexander parve di sentire profumo di talco, così bizzarro su un colonnello.

«Capitano, prima scenderete a patti con ciò che siete, prima troverete la forza per reinventare la vostra esistenza.»

Alexander sapeva bene ciò che era stato, ma in quelle condizioni che uomo sarebbe mai potuto diventare? Senza lavoro, senza prospettive. Un invalido, un peso per se stesso, per la famiglia, per Caroline.

Voltò la testa verso la finestra, deciso a non proferire più nemmeno una parola. Lei continuò a medicarlo. Era delicata, rapida, non indugiò più del necessario. Quando ebbe finito, li salutò incoraggiandoli a chiedere in prestito uno dei libri della biblioteca.

«Qui a Endell Street la chiamiamo 'cura delle storie'. Funziona.»

Se ne andò senza rivolgere ad Alexander alcuna raccomandazione, o sfida.

«Capitano?» Era Cecil. «Non darle retta. Siamo noi quelli ridotti a metà.»

Alexander non aveva ancora affrontato i suoi compagni. Ciascuno di loro si era rinchiuso in un silenzio che aveva creato distanze dove prima c'erano strette fraterne. Si erano scoperti incapaci di comunicare, era troppo grande la paura.

Sentiva gli uomini urlare, di notte, in quella stanza e nelle altre camerate. Qualcuno piangeva, spaventato più dal futuro che dagli incubi. Nemmeno in battaglia era mai accaduto. Il male della mente era persino più devastante di quello del corpo.

Un unico pensiero gli era di conforto: non poteva accadere nulla di più tragico. A quel punto dovevano solo trovare il modo per risollevarsi.

Un bussare discreto attirò la sua attenzione. L'uomo che lo guardava dalla porta aveva un viso più scarno di quanto Alexander ricordasse, e i capelli più bianchi. Gli abiti, invece, mostravano l'usuale eleganza con cui l'aveva sempre visto vestire. Anche gli occhi erano gli stessi, uguali ai suoi.

Suo padre avanzò con l'incedere di un lord, il bastone da passeggio nella mano guantata ticchettava sollevando in Alexander ricordi d'infanzia come spifferi gelidi. Era il suono della sua presenza nella casa, quello a cui tutti in famiglia scattavano sull'attenti, o fuggivano, fingendosi impegnati in faccende inderogabili.

Charles Louis Seymour gli porse la mano. Alexander la strinse, prima che fosse ritirata forse un po' troppo in fretta. Suo padre sedette dove poco prima si trovava la dottoressa Murray, accavallò le gambe scoprendo scarpe così lucide da sembrare appena uscite dal negozio. Tolse il cappello e lo sistemò accuratamente sul ginocchio.

«Come stai, Alexander?»

Anche la voce era sempre la stessa, una briglia tesa, senza inflessioni; che parlasse delle rendite delle sue proprietà o del figlio ferito quasi a morte, non cambiava.

«Mi hanno amputato una gamba.»

«Sono stato informato. Tua madre ti porta i suoi saluti e i migliori auguri per una ripresa veloce.»

«Speravo di vederla.»

«Un ospedale militare non è posto per una donna.»

Ad Alexander venne da ridere. Avrebbe tanto voluto che la dottoressa Murray fosse lì ad ascoltarlo.

«Questo ospedale è *gestito* da donne. Unicamente da donne. Sei il primo uomo che vedo, oltre ai feriti.»

«Intendevo dire che non è posto per una donna rispettabile.»

Il sorriso di Alexander si spense. Ricordò improvvisamente un'altra caratteristica di suo padre, che la lontananza al fronte gli aveva fatto dimenticare: la sdegnosità sprezzante con la quale considerava il mondo esterno ai suoi possedimenti, e tra le proprietà annoverava anche la famiglia.

Charles Seymour continuò senza notare il cambiamento avvenuto nel figlio.

«Ti rimetterai in forze, Alexander. Tornerai quello di prima.»

«La gamba è persa.»

«Ti stai già lamentando. Io invece ti sprono, devi reagire.»

Alexander si scoprì a pensare che preferiva la schietta e limpida durezza di Doc Murray a quell'uomo che non riusciva nemmeno a guardarlo negli occhi.

Suo padre non era malvagio. Non aveva mai colpito i figli, né la moglie, né abusato di loro con le parole, né mancato nell'assisterli materialmente, ma dalle sue labbra non era mai uscita una sola parola gentile. Era una creatura talmente fredda e distante da essere condannata a portare l'infelicità nella vita degli altri.

«Ho avuto un colloquio con tuo fratello, Alexander.»

«Un *colloquio*.»

«La famiglia ha pensato al tuo futuro. James ti prenderà a lavorare nell'azienda di famiglia, in un ufficio dal quale non dovrai spostarti molto. Quando tornerai a casa, tra qualche settimana, ti accomoderai in una stanza del pianterreno, non ci sarà necessità di fare le scale. Tua madre se ne sta già occupando con la servitù. Mi ha detto di chiederti se la seta verde è di tuo gradimento, o se hai altre preferenze.»

«Seta verde?»

«Per le pareti.»

Alexander incontrò lo sguardo di Cecil e Oliver, oltre le spalle di suo padre. Vi vide un dispiacere così profondo da somigliare a dolore. Ora capivano, probabilmente, perché li considerava la sua famiglia. Una famiglia scelta, arrivata come un dono.

«Non è necessario rimodernare, papà.»

«Certo che lo è. Vogliamo che tu ti senta a tuo agio.»

Lo disse continuando a evitare di guardarlo, e senza mai guardare lo spazio di letto in cui mancava la gamba.

Il padre gli parlava come fosse un mezz'uomo, un bambino incapace di decidere, come se la sua esistenza fosse segnata e potesse procedere in un unico senso: mettere rattoppi scelti da altri per andare avanti, come se l'amputazione gli avesse tolto anche il diritto di decidere della propria vita.

Alexander non poteva pensare di sopportare quella pietà un minuto in più.

Allungò la mano.

«Grazie. Te ne sono grato.»

Suo padre scattò in piedi, sollevato dal congedo. Gliela strinse.

«A presto, Alexander. Manderò un autista a prenderti, quando sarai dimesso.»

Prima che uscisse, Alexander lo fermò pronunciando un nome che fino a quel momento era stato accuratamente evitato.

«Caroline?»

Il padre si voltò appena, impegnato a sistemare il cappello.

«Avrai presto sue notizie. Naturalmente è sconvolta. Ha bisogno di tempo per abituarsi... all'idea.»

Lei doveva abituarsi all'idea?

Quando Charles uscì, Alexander guardò la lampada nuova sul comò.

Oliver intuì i suoi pensieri.

«Non farlo, capitano. Ti costerà un'ora di lavoro agli ordini di quella virago. Ne vale la pena?»

Alexander soppesò l'oggetto. Lo lanciò facendolo andare in frantumi, esattamente com'era la sua vita in quel momento.

44

L'uomo uscì dalla stanza e andò a sbattere contro Cate, sparigliando le cartelle che teneva tra le braccia. Dall'altra parte della porta, qualcosa andò in pezzi in uno schianto.

La lampada, pensò lei. L'autocontrollo del capitano si era appena schiantato.

Seymour padre accennò delle scuse e la aiutò frettolosamente a raccogliere le carte. Cate rimase colpita dalla somiglianza con il figlio. Stessi occhi verdi, ma vuoti. Stessi modi guidati dall'orgoglio, ma senza risolutezza, solo superbia.

L'uomo le mise in mano l'ultimo foglio, si toccò il cappello in segno di saluto e se ne andò come se avesse avuto alle calcagna un plotone di tedeschi. Cate fece in tempo a vedere la paura dipinta sul suo viso. Paura di dover sostenere un carico che per nulla al mondo pensava di meritare.

Cate aveva ascoltato il discorso tra padre e figlio, e non se ne vergognava. A Endell Street non si sanava solo il corpo, si tentava di riportare indietro l'anima, quando sembrava fuggita altrove, e si provava a curarla, quando era presente ma ferita. Conoscere il passato di quegli uomini, raccogliere confidenze e memorie era necessario per iniziare il cammino di vera guarigione.

Cate sfiorò la porta socchiusa. Avrebbe voluto andare da lui e dirgli che ci sono famiglie che sembrano perfette, ma in realtà, sotto modi impeccabili e trine e belletti, abiti di seta e luci sfavillanti nei saloni nascondono il nulla e l'ombra più nera. Anche la sua era così. Anche lei ci era passata.

Si poteva andare avanti, ricostruire dal poco rimasto. Si poteva scegliere chi si voleva essere, al di là di un cognome che forse avrebbe potuto riparare dai colpi della vita, non da tutti, e di certo mai avrebbe potuto dare quel calore del quale un'indole come la loro provava bisogno. Costava dolore, costava lacrime.

Cate voleva entrare, ma allo stesso tempo restare lontana da ciò che quel varco avrebbe potuto rappresentare: la soglia dei ricordi, del guardarsi allo specchio e interrogarsi su quanto raggiunto, la prova finale da affrontare, l'addio definitivo da dare alla Cate di un tempo.

E poi, chi era lei per dirgli come affrontare la vita? Portava addosso le bugie con cui si era ricoperta.

Guardò la mano. All'anulare brillava ancora la menzogna più grande.

Tolse la fede e si sentì per un attimo libera, ma nuda. Così esposta da far tremare le ossa. E quanto avevano tremato, nelle notti solitarie, con una vita in grembo da proteggere, quando Cate non era nemmeno in grado di proteggere se stessa.

Era pronta a mostrarsi per tutto ciò che era stata, era e sarebbe diventata?

La risposta le strappò un sospiro.

Rimise la fede, si allontanò dalla porta e da un'intimità che la spaventava.

45

Qualche giorno più tardi, sulle consegne stilate da Flora, Cate trovò il proprio nome accanto al reparto del capitano.

«Doc Murray lo considera pronto» disse Grace alle sue spalle. «O pronta tu ad affrontarlo.»

Cate seguì la linea con un dito per essere certa che nome e reparto coincidessero davvero.

«Forse nessuno dei due lo è» mormorò, nel panico.

«Lo scopriremo presto.»

«Così non mi rassicuri.»

«Non ti devo rassicurare. *Io ti sprono.*»

Cate le diede un buffetto. L'espressione infelice con la quale Seymour padre si era rivolto al figlio era ormai diventata una specie di motto ironico tra le donne di Endell Street. Sembrava che tutto l'ospedale fosse stato in ascolto dei due uomini.

Iniziò il giro delle visite e lasciò per ultima la stanza del capitano. Quando vi entrò, aveva lo stomaco chiuso. Vide subito che lui era seduto di spalle, voltato verso la finestra.

Dalla biblioteca, Elizabeth aveva già distribuito i libri della settimana. Erano rimasti chiusi sui comò. Due donne dell'associazione di volontariato tentavano nuovamente di proporre il ricamo e i pazienti le stavano bistrattando.

«Volete trasformarci in donnette perché ormai come uomini non serviamo a nulla.»

Era stato Cecil Wilson a parlare, il ragazzotto che diceva di essere stato un pilone della nazionale gallese di rugby. Lo ripeteva a tutte, fino allo sfinimento. Le braccia muscolose e la mole mastodontica sembravano dargli ragione. Aveva superato meglio degli altri la doppia amputazione alle gambe e, vivace com'era, tenerlo a bada, costretto a letto, stava diventando un problema.

Cate gli si avvicinò.

«Tenente Wilson, non è nostra intenzione trasformarvi in alcunché, solo rimettervi in piedi il più presto possibile.»

Lui la guardò, gli occhi a mezz'asta.

«Dottoressa, state dicendo *a me* che mi rimetterete in piedi? Non ho più le gambe, perdio!»

Cate avvampò. A volte scegliere le parole giuste per non turbarli era così difficile. Aveva fatto un pasticcio. Non le serviva voltarsi per sapere che il capitano la stava guardando. Probabilmente si era chiesto chi fosse tanto sciocca da dire una cosa del genere.

Cate si schiarì la gola.

«Scusate. Non intendevo... Ovviamente era un modo di dire.»

«Ovviamente non avete usato la testa.»

Cate non poteva dargli torto. Doveva calmarsi e agire con distacco.

Ma lui scoppiò a ridere.

«Su, non fate quella faccia, doc. Scherzavo.» Le strizzò l'occhio, ma non sembrava incoraggiante, e quella risata non era per nulla allegra. «Però il ricamo non lo faccio.»

Stava parlando con lei, dopotutto. Era un inizio.

«Perché no?» gli chiese.

«Perché non fa per me.»

«Come fate a saperlo, se non provate?»

Una delle dame di carità si avvicinò, speranzosa. Era Lady Judith, una delle presenze più assidue a Endell Street.

«Provate, Cecil. Vedrete che pace vi donerà.»
«Mia moglie ricama, non io.»
La dama sedette accanto a lui. Avrebbe potuto essere sua nonna e con la tenerezza di una nonna lo stava guardando.
«Che soggetti ama ricamare vostra moglie?»
«E io che ne so? Robe da donne. Per il bambino in arrivo.»
«Che notizia meravigliosa! Diventerete padre. E se ricamaste qualcosa per il vostro bimbo? Ho qui una pezza di lino che...»
«Lasciatelo stare.»
Cate e Lady Judith si voltarono. La donna anziana sorrise ad Alexander.
«Come dite, prego?»
Alexander Seymour si alzò, reggendosi al letto. Era molto più alto di come Cate lo aveva immaginato, ma era anche la prima volta che non lo vedeva disteso. E non era più l'uomo che le aveva scritto parole gentili, per quanto velate di ironia. Lei aveva apprezzato quella vivacità, ma ora lui le sembrava solo un'anima avvelenata dalla commiserazione e dal rimpianto.
Il capitano stava dritto a fatica, e si mostrava loro con sfrontatezza, il moncone avvolto nelle bende.
«Dico che ne abbiamo abbastanza della vostra petulanza, signora. Qui nessuno impugnerà un ago, ve lo assicuro. Risparmiate a voi il vostro tempo e a noi il supplizio delle vostre chiacchiere.»
Cate non riuscì a trattenersi.
«Se c'è qualcuno con cui potete mostrarvi arrabbiato, sono solo io, capitano. Ho preso io la decisione di amputare.»
Cate non seppe perché l'aveva detto. Le era uscita come una confessione. Forse era stanca di nascondersi, di evitare

la verità, di sentirsi in colpa per qualcosa che non era dipeso da lei.

Lady Judith le posò una mano sul braccio.

«Resistete, cara. Tornerò presto con i rinforzi.»

Cate restò sola con quegli uomini che la guardavano come se fosse pazza e a lei venne il dubbio di aver fatto davvero qualcosa di folle.

Alexander, invece, sembrava cercare sul suo viso la risposta a una sensazione che non riusciva ad afferrare. Quando gli sovvenne, nel momento in cui riconobbe Cate, cambiò espressione.

«Voi. *Voi* avete deciso del mio destino? Una...» Non riusciva a dirlo. «Una *puericultrice*.»

«Sono medico chirurgo.»

«Facevate nascere bambini fino a ieri.»

Cate si avvicinò. Gli piantò un dito sul petto.

«Ascoltatemi bene, razza di maleducato. Ieri sono stata in sala operatoria per oltre dodici ore, come ogni giorno negli ultimi nove mesi. Mi sono guadagnata il titolo di dottore, nelle aule dell'università prima e tra il sangue dei soldati dopo. Se ci sono riuscita è perché quelli come voi me li lascio alle spalle e vado avanti.»

Si voltò per andarsene, ma lui l'afferrò per un gomito.

«Avete tagliato voi perché nessun'altra si sentiva di farlo? Troppo pesante il nome che porto?»

Ancora non aveva capito.

«Ho amputato io perché sono capace di farlo. Perché ho valutato la situazione e preso la decisione giusta. E perché se non lo avessi fatto, ora voi sareste morto.»

Alexander la lasciò andare. Sembrava improvvisamente sfinito, pensò lei. Così disperato sotto la rabbia che ribolliva. Sentì di dovergli offrire una tregua.

«Il vostro nuovo corpo non muta ciò che siete.»

Lui le regalò in cambio il sorriso più triste che lei avesse mai visto.

«Davvero? Lo dite perché ci siete passata? Perché ne siete certa? O per pietà?»

Se voleva aiutarlo, se davvero voleva tirarlo fuori dal pozzo nero in cui era finito, Cate doveva mostrarsi altrettanto dura.

«Non provo alcuna pietà nei vostri confronti. Sono un medico. Faccio ciò che è necessario.»

«Mammina?»

Cate si sentì tirare per la gonna. Sua figlia la stava guardando con un sorriso sporco di cioccolato. La prese subito in braccio. Il tentativo di apparire professionale era appena sfumato.

«Anna, dov'è Mina?»

«Giochiamo a nascondino.» La bambina osservò con curiosità gli uomini, che ricambiavano l'esame con cipigli per nulla incoraggianti. Sollevò la bambola che teneva tra le mani e mostrò loro il nastro rosa che le aveva legato al braccio.

«La mia mamma vi aggiusta.»

Il soldato di nome Oliver le rispose in malo modo, guardando Cate.

«Qui non aggiustano proprio niente. Tagliano, semmai.»

La bambina si scocciò.

«La mia mamma è brava e tu non capisci niente.»

«Oh, senti un po' piccola arrogantella...»

Cate la riprese.

«Anna, non si dicono queste cose, nemmeno quando si è arrabbiati.»

L'attenzione di Anna si era però spostata sull'uomo torvo che le stava davanti. Indicò Alexander con il ditino.

«Gli manca una gamba!»

Cate soffocò un'esclamazione.

«Chiedo perdono» si scusò, e uscì in fretta. Sentiva il viso in fiamme e una risata rincorrerla. Era lui che rideva. Di lei, di se stesso, della vita, chi poteva dirlo? Non le importava. Era un miracolo.

46

Criterion Theatre, Londra

A pochi minuti da Piccadilly Circus, il Criterion Theatre era in fermento come ormai non accadeva da oltre un anno. Vi si erano tenute alcune pièce, ma la guerra nei primi mesi aveva rosicchiato entusiasmo e risorse, immiserendo il parterre. L'autunno, tuttavia, sembrava promettere frutti succosi.

Ernest Thesiger si riempiva il petto dell'aria profumata di cipria e grasso per funi che si respirava nel retropalco. Il fondale era stato riverniciato, la sarta e le sue due aiutanti passavano di camerino in camerino con le braccia colme di velluti e sciarpe di seta, il nastro per prendere le misure arrotolato attorno al collo. Mancavano ancora alcune settimane alla prima, ma i lavori erano febbrili, si stavano già tirando a lucido i loggioni e i marmi del foyer.

«Che cosa bolle in pentola?» gli aveva chiesto quel mattino un amico giornalista, durante il consueto brunch.

Non era ancora il momento di sparare i fuochi d'artificio.

«Lanugine» aveva risposto Ernest, lasciandolo digiuno di notizie. «Vecchia, cara lanugine.»

A Little Bit of Fluff prometteva di essere un successo, di lanciare finalmente la sua carriera e fare di lui un attore acclamato, oltre che di talento. Ernest lo capiva dal modo in cui comparse, musicisti, suggeritori e aiutanti di scena si mostravano inchiodati dalle battute, dal linguaggio del corpo degli attori, dallo scorrere della storia che sembrava annullare quello del tempo.

Una magia, un'alchimia che aveva visto accadere di rado.

Scaldò la voce, provò l'intonazione di qualche battuta, quando bussarono alla porta del camerino.

Tommy, il garzone del trovarobe, infilò dentro la testa. Il bimbetto aveva uno sbuffo nero sul naso.

«Mr Thesiger! Ci sono tre signore che vi cercano.»

«Tre? Le hai contate bene?»

«Sissignore!»

«Falle entrare, allora! Le signore non si fanno mai attendere!»

Ernest si aggiustò il foulard, spazzolò il collo della veste da camera e ruotò lo sgabello quel tanto da mettere in mostra il profilo migliore.

Le signore non erano tre, ma quattro. Tommy non sapeva contare, né scrivere, ma era molto bravo a scovare gli oggetti di scena, anche i più piccoli, anche quelli dimenticati nei bauli stivati sugli scaffali più inaccessibili. Un topino da teatro, svelto e intelligente.

Ernest si alzò, scostando la vestaglia con un gesto studiato. Conosceva le visitatrici. Le salutò con sincera simpatia e un inchino.

Erano suffragette. Ernest aveva fatto parte della Men's League for Women's Suffrage e durante le proteste del 1909 aveva marciato con loro per le strade di Londra. Quelle manine delicate, infilate in guanti di pizzo, avevano lanciato senza remore pietre e bastoni.

Dopo i convenevoli, i ricordi che riaffioravano e che con urgenza si scambiarono, Ernest chiese loro che cosa le avesse portate al Criterion.

Lady Judith, la più anziana e anche la più vivace, finse di dargli un buffetto.

«Ernest, fate finta di non aver ricevuto la lettera?»

«La lettera?»

«Sì, caro. La lettera con cui abbiamo chiesto il vostro aiuto.»

«Ho ricevuto una lettera, a dire il vero. Era firmata da... Non ricordo.»

Lady Judith lo prese sottobraccio.

«Da Ms Elizabeth Robins, dalla dottoressa Cate Hill e da me. Siete il solito e per questo vi adoriamo. Abbiamo bisogno della vostra meravigliosa arte, Ernest, a Endell Street e in diversi altri ospedali.»

«Oh, sì, ora ricordo. Per insegnare teatro ai soldati feriti.»

«Non solo teatro.»

«Ah, davvero?»

«Non siamo qui solamente per le vostre doti di attore, per quanto sopraffine. Di recente abbiamo pensato di aggiungere un'attività che a molti degli uomini invalidi e costretti a letto risulterebbe più facile eseguire.»

«E sarebbe?»

«Il ricamo, naturalmente!»

Lady Judith indicò il camerino con un gesto elegante del braccio. Le poltrone, la chaise longue, il tavolino di noce accoglievano splendidi esempi di *petit point*.

Ernest confessò di essere sorpreso.

«Tutto mi sarei aspettato, ma non questo. Che ardire, signore! *Soldati ricamatori*. Li volete proprio piegare ai vostri più oscuri desideri.»

Le fece ridere e arrossire. Lady Judith sistemò la veletta del cappellino.

«Stiamo portando questo passatempo in diversi ospedali

d'Inghilterra. La prossima settimana saremo in quello di Endell Street, Ernest. Se solo poteste raggiungerci e rassicurare quegli uomini...»

«Rassicurarli riguardo a cosa, esattamente?»

«Ai propri attributi maschili. Temono di perderli. Sembra che considerino il ricamo un'attività castrante.»

Londra, Ospedale militare di Endell Street

Si erano riuniti in un cerchio di uomini attorno al letto di Andrew, come accadeva al fronte, quando Alexander e gli altri si ritrovavano attorno alle fiamme di un bivacco, nelle ore d'attesa in cui i cannoni tacevano. Il fuoco, ora, era quello che ardeva nella carne.

Avevano soltanto loro stessi per andare avanti. E ciascuno l'altro. Forse erano finiti i giorni del sangue e delle battaglie nel fango, ma quelli della lotta per la sopravvivenza erano appena iniziati.

Alexander sedette sul letto. La gamba pulsava, probabilmente non avrebbe nemmeno dovuto alzarsi, ma Andrew si era smarrito e lui doveva tentare di riportarlo indietro. Non al ragazzino che era stato, ma all'uomo che d'ora in avanti avrebbe dovuto essere. Aveva già perso Samuel, non avrebbe accettato di lasciare indietro qualcun altro. Aveva appeso la croce alla collana. Pendeva sul petto insieme alla medaglietta di riconoscimento. Ogni battito gli ricordava l'amico.

Da quando erano arrivati a Endell Street, Andrew non aveva detto una parola. Le sue notti trascorrevano insonni tra brividi e lamenti, mentre il giorno era un'agonia immobile. Gli toccò la schiena. Sentì la durezza dei muscoli tesi, una corazza che non poteva comunque proteggerlo. Da che cosa continuava a difendersi, rannicchiato come un bambino, che cosa continuavano a vedere i suoi occhi, quasi sempre serrati, e cosa non volevano sentire le orecchie, quando le tappava, disperato?

«Andrew, guardami.»

Ricominciò il tremore.

«Non ti lasceremo solo. Siamo tutti qui. Ci sono anche Cecil e Oliver.»

«A pezzi, ma ci siamo» disse Cecil. «Dovresti vedere Oliver quando fuma con la sinistra.»

«Che hai da ridire sul modo in cui fumo?»

«Sembri un vecchio damerino per come tieni la mano. D'altronde è l'unica che gli è rimasta, Andrew. Voltati, dai.»

Andrew rimase di spalle.

«Urlano» mormorò. «Notte e giorno, dentro la mia testa. Eppure li ho visti morire. Tutto quel sangue. L'odore. Lo sento ancora. Non ne posso più.»

Parlava dei morti come se potessero raggiungerlo e trascinarlo sottoterra insieme a loro.

Alexander cercò di farlo voltare, ma Andrew affondò il viso nel cuscino.

«Capita anche a noi, con quello che ci hanno tolto» gli disse. «Io sentivo ancora la mia gamba. Oliver ha chiesto a un'infermiera di grattargli il braccio che gli avevano appena amputato, quando si è svegliato dall'anestesia.»

L'amico confermò.

«Il prurito era insopportabile.»

«Per Cecil è stato lo stesso con le sue gambe.»

«Ero pronto a giurare di sentire il peso delle coperte sulle ferite. E il caldo, il freddo. E invece là sotto non ho più niente.»

Alexander guardò fuori dalla finestra. Gli sembrava così di

liberare le parole e offrire a quell'anima in pena solo sincerità. Il conforto, ormai, non apparteneva più al loro mondo.

«Forse è un modo per trattenere ciò che abbiamo perduto. Per illuderci, pur soffrendo, che sia ancora lì, a farsi sentire con punture di spillo che tormentano, ma che sono meglio del nulla al posto di tendini e muscoli.» Guardò il moncone che aveva sotto la cintola. Non lo faceva mai. Lo ignorava come avrebbe ignorato un nemico che non poteva combattere. Suo padre aveva scelto la medesima strategia, quando era venuto in visita, nascondendo a se stesso un imbarazzo scomodo da confessare. Alexander fremette al ricordo. Delusione e umiliazione pulsavano ancora nell'osso troncato. Attraverso il dolore stava guarendo, ma non c'era guarigione possibile senza verità.

Lui non voleva essere come suo padre. Non poteva permettere a se stesso di abbandonarsi alla codardia proprio ora. Lo doveva a Samuel, a cui era stata negata persino quell'opportunità.

Il moncone non era poi così tremendo. Lo toccò con un dito, un tocco breve, brevissimo. Un involto di bende, niente di più banale e niente di più tragico. Ci passò sopra la mano, il palmo aperto. Con più convinzione. Non faceva nemmeno male, non troppo.

Era così orribile a vedersi? No.

Faceva di lui un essere mostruoso? Non più di tante persone integre che Alexander aveva conosciuto nella vita.

Era un invalido, ma non lo sarebbe rimasto a lungo. Lo giurò a se stesso in quel momento.

Alzò lo sguardo sugli altri.

«Noi siamo vivi. Andremo avanti, in un modo o nell'altro. E non come scarti da compatire, ma come uomini.»

Andrew cercò la sua mano sulle lenzuola, gliela afferrò e la strinse con forza inaspettata.

Alexander rispose alla stretta.

«Torna da noi, Andrew, e io ti prometto che le urla che senti cesseranno.»

I giorni passavano gli uni mai uguali agli altri a Endell Street. Il flusso dei feriti era inarrestabile, un'emorragia che stava prosciugando nemici e alleati del sangue di un'intera generazione. Nei reparti continuavano a volare libri e oggetti che gli uomini lanciavano in segno di protesta contro il destino che prima li aveva quasi uccisi e poi consegnati a mani e cervelli troppo deboli. Tuttavia, le proteste salivano solo da parte dei nuovi arrivati, e in pochissimi casi. Lentamente, al prezzo di qualche lacrima strappata dalla stanchezza, qualcosa stava iniziando a cambiare. Cate vedeva il mutamento riflesso negli occhi dei soldati. La guardavano con più rispetto, ancora un po' di imbarazzo, ma il rifiuto violento e cieco era scomparso.

I feriti arrivavano da tutto il Commonwealth, i diversi accenti raccontavano esperienze altrettanto diverse, e questo aiutava la causa delle donne. Gli australiani non battevano ciglio quando si rendevano conto di essere arrivati in un ospedale a gestione completamente femminile. Nel loro paese le donne medico operavano da tempo. Da parte loro c'era solo gratitudine e questo atteggiamento educava anche gli altri, li rassicurava e a volte li faceva vergognare. Non di rado un soldato australiano rimbrottava un inglese per essersi rivolto a Cate e alle sue compagne in modo ritenuto irrispettoso.

Quel mondo maschile stava assumendo nuove forme, Cate se ne convinse con più forza quando entrò nella stanza dove si alleviavano gli effetti dello shock ipovolemico. I pazienti che avevano subito gravi emorragie venivano immersi nelle vasche riempite di acqua calda, in modo che il volume sanguigno tornasse a riempire adeguatamente la rete vascolare. Di solito le abluzioni avvenivano con grandi sforzi da parte delle donne, costrette a interminabili sedute di convincimento anche solo per far svestire i pazienti più restii a mostrarsi nudi, ma da qualche tempo il tutto avveniva in modo pacifico. Si riusciva persino a sentire la musica del grammofono in sottofondo.

Finalmente il sesso aveva smesso di definirle interamente, pensò Cate, quasi che prima avessero potuto essere solo quello e nient'altro – donne, con tutto il carico di obblighi e divieti che per millenni aveva accompagnato la condizione, come uno status congenito di paria.

Tra vapori e recipienti di erbe officinali, Cate si muoveva ormai a proprio agio per controllare il lavoro delle praticanti. Nuove dottoresse e infermiere erano arrivate a Endell Street, non solo da tutta la Gran Bretagna, ma anche dall'Australia e dalla Nuova Zelanda, per prendere il posto di quelle che erano state licenziate da Flora e Louisa. Per la dottoressa Murray la questione era semplice: se eri capace, restavi. Se non lo eri, te ne andavi. Lo diceva a tutte, il primo giorno di lavoro, e continuava a ripeterlo di tanto in tanto, in modo che nessuna potesse scordarlo. Non era una minaccia, ma una responsabilità comune. Un eventuale fallimento sarebbe stato preso come pretesto per riportare la condizione delle donne a quella di un secolo prima.

Dottoresse e infermiere venivano addestrate a coppie, perché il sodalizio in reparto era vincente. Ciascuna destinataria di diverse conoscenze altrettanto fondamentali, dovevano imparare a muoversi in sincrono.

Due di loro erano in difficoltà, non riuscivano a tirare fuori un paziente dall'acqua. Quando Cate vide chi era l'uomo, ne comprese l'impaccio. Il capitano Seymour appariva intimidente persino quando taceva, e taceva quasi sempre. Olga lo chiamava «il generale», anche quando parlava con lui. Non era mai riuscita a strappargli un sorriso. La risata di qualche giorno prima sembrava accaduta in un altro secolo, in un sogno. Dallo scontro che li aveva visti sfidarsi non si erano più parlati. Cate era tornata a visitarlo, aveva supervisionato le medicazioni e aiutato le infermiere a stringere i bendaggi in modo da dare al moncone la forma conica corretta per una futura protesi.

Lui non aveva mai fatto domande, non chiedeva di vedere la ferita. Guardava Cate senza aprire bocca, anche ora, e lei non sapeva come interpretare quell'insistenza silenziosa, se prepararsi a un'altra battaglia. Non c'era aggressività in lui, ma nemmeno arrendevolezza. Era inaccessibile.

Se voleva uscire da quella vasca, tuttavia, avrebbe dovuto collaborare.

Cate si inginocchiò di fianco al bordo, dove l'arto ferito era rimasto fortunosamente adagiato su un panno asciutto, e chiese all'infermiera di avvicinare la sedia a rotelle. Distolse lo sguardo dal corpo. Non voleva vederlo così inerme, senza fiato e gocciolante per i tentativi falliti. Non lo era, non era un vinto.

«Persino una donna può sollevare un uomo, non è incredibile?» disse, per alleviare il disagio che anche lui doveva provare. «È sufficiente usare braccia e gambe come un sistema di leve.»

Attese una battuta su cosa ne sapesse lei delle leve, ma non arrivò. Gli prese un braccio, se lo passò attorno alle spalle.

«Stringete, senza paura.»

«Non ho paura.»

Tre parole, quasi una vittoria.

«Lo abbiamo già fatto, capitano, ricordate? In un campo di battaglia delle Fiandre.»

Per Cate fu come tornare a quel momento. Poteva quasi sentire l'odore del fumo invece dell'aroma di erbe e sapone. Incrociò il suo sguardo e capì che anche per lui era lo stesso. Da quel campo di morte e fuoco si erano tirati fuori insieme, che cosa poteva esservi di più difficile? Nulla.

«Quella volta c'era anche un cavallo, se non ricordo male.»

Cate rise.

«Ricordate bene, ma eravate quasi incosciente, ora siete in forze. Vi reggo, non vi lascio cadere.»

«Guai a voi, se vi azzardate.»

«Conto fino a tre, puntate il piede sul fondo, fate forza sull'altra mano e sollevatevi. Uno, due, tre.»

Lo mise a sedere sul bordo della vasca. L'infermiera lo avvolse in un telo caldo e Cate lo asciugò, frizionando con vigore.

«Che cosa ne sarà stato di quel cavallo?» chiese lui.

«Gode un meritato riposo nella stalla di Monsieur Bernard, a Wimereux. L'esercito non lo ha più voluto. Hanno detto che lo shock lo aveva reso inaffidabile, che era impazzito, ma noi sappiamo che non è vero.»

«Un po' pazzo deve essere stato, per galoppare tra fiamme e granate. Folle, come voi che lo avete spronato.»

Cate passò il telo all'infermiera, lo fece avvolgere in uno asciutto e si dedicò alla ferita.

«Perché quando è un uomo a fare qualcosa di ardito e disperato viene considerato un eroe, e quando invece una donna compie la stessa impresa la si definisce pazza?» gli chiese.

Lui rimase per un momento in silenzio.

«Non intendevo offendervi.»

«Non avete perso tono muscolare. È un'ottima notizia. Un po' di pratica e riuscirete a fare questi movimenti da solo.»

«Mi avete guardato, allora.»

Cate cercò di concentrarsi sulle garze che stava srotolando.

«Guardo tutti i miei pazienti. Come fossero bambini.»

«È confortante sentirvelo dire. L'imbarazzo a volte è grande.»

Non stava parlando solo di se stesso, ma di un mondo maschile che si sentiva d'improvviso spogliato ed esposto in tutta la sua fragilità.

«Non dovete sentirvi imbarazzato. Non c'è nulla che non abbiamo già visto, né per quanto riguarda una ferita, né per quanto riguarda un corpo svestito.»

«Vostro marito che cosa ne pensa?»

Cate si fermò.

«È la seconda volta che mi chiedete che cosa pensi mio marito di ciò che faccio. Lasciatemi dire che qualsiasi opinione contraria sarebbe del tutto irrilevante. Decido io per me stessa.»

Alzò lo sguardo su di lui e si rese conto che si era preso gioco di lei. Stava sorridendo.

Si sentì avvampare.

«Le vostre guance prendono fuoco facilmente, dottoressa Hill.»

«È a causa di tutto questo vapore.»

Cate medicò la ferita senza aggiungere altro, la bendò strettamente mostrando alla praticante come modellare la parte di coscia rimasta. Per tutto il tempo di lui vide solo le mani, aggrappate a quel bordo come se fosse quello di un precipizio. Erano mani forti, curate, nonostante i graffi che le attraversavano. Mani che d'ora in avanti dovevano essere capaci d'inventarsi un nuovo mestiere.

Cate fece un cenno all'infermiera, che lo vestisse in fretta, e gli porse un paio di stampelle. «Dovete imparare a usarle nel modo corretto.»

Lui le guardò come fossero una bestemmia scritta in una chiesa.

«Credevo ci fosse un solo modo per usarle.»

Ancora non le aveva prese. Cate ripeté il gesto.

«Prendetele, suvvia.»

«Una soltanto.»

Come se fosse bastato a riparare il danno. Ma il danno non era riparabile. Uscito da Endell Street, Alexander avrebbe dovuto mostrare il suo nuovo sé, piacevole o meno che lo considerasse.

«Capitano, con una soltanto lo sforzo sarà maggiore e l'incedere sbilanciato.»

«Me la farò bastare.»

Era testardo. Cate si alzò.

«Vi faccio aiutare.»

«Aiutatemi voi. O desiderate fuggire?»

«Che sciocchezza.»

Gli fece lei da seconda stampella. Lungo il corridoio, a ogni passo, la medaglietta di riconoscimento che gli batteva sul petto insieme a una croce di legno, come un secondo cuore, le sfiorava la guancia. Il capitano non sarebbe mai più tornato al fronte, il congedo era vicino. Si chiese se l'avrebbe mai tolta, sentendosi libero di essere altro, oltre a un soldato.

Non erano poi così diversi, loro due. Con il suo corpo forte, Cate a volte si sentiva a disagio in una società che disegnava la donna elegantemente esile e pallida, sempre sul punto di svenire. Come lei, anche lui avrebbe dovuto imparare a rapportarsi con un'immagine diversa da quella considerata appropriata.

Quando entrarono nella stanza, le chiacchiere cessarono.

I compagni del capitano non erano soli. Con loro c'era Elizabeth Robins. La donna sembrò comprendere con un'occhiata la portata di quanto era accaduto, un piccolo miracolo. Sorrise a Cate, l'aria furba, e riportò l'attenzione di Oliver sulla lettera che lui le stava dettando per i genitori.

«Non desiderate aggiungere un breve paragrafo sul lavoro eccellente delle donne di Endell Street, Oliver? Aggiungiamolo.»

Elizabeth portava nei reparti i libri dalla biblioteca, e insieme ai volumi anche una ventata di normalità. Si fermava spesso a chiacchierare di teatro, musica, letteratura. Era anche scrittrice. Assieme ad altre volontarie li aiutava a scrivere lettere che erano sempre un po' più lunghe delle poche righe scarne che i pazienti dettavano, per pudore o per mancanza di esercizio con l'esternazione dei sentimenti. E da militante scafata, Elizabeth li esortava sempre a inserire un pensiero o due sulla parità tra uomini e donne, e sull'importanza di concedere a queste il diritto di voto. La sua dolcezza abbatteva ogni ritrosia.

La lettura e quell'esercizio di composizione avevano migliorato notevolmente le capacità dialettiche ed espressive di molti di loro. Se la guerra li aveva rigettati come scarti, le donne di Endell Street li avrebbero rimandati al mondo come uomini migliori di quando avevano varcato i cancelli dell'ospedale.

Cate accompagnò Alexander fino al suo letto. Lui vi si lasciò cadere, esausto.

«Non sarà così stancante per sempre» lo rassicurò. «Vi abituerete. Il vostro corpo reagirà per assecondare il nuovo equilibrio.»

Lui la guardò serio.

«Vi state chiedendo se anche la mia mente lo accetterà.»

Lei posò la stampella accanto al comò.

«Credo lo stia già facendo, Alexander.»

Cate si dedicò agli altri pazienti. Fu felice di vedere che il giovane Andrew migliorava di giorno in giorno. Parlava ancora poco, ma gli incubi notturni erano scomparsi, mentre era tornato l'appetito, anche se era quello di un uccellino. Disegnava splendidi paesaggi, abitati da animali di fantasia, ritraeva volentieri Elizabeth e Lady Judith nel ruolo di fate. Quando non impugnava una matita, divorava libri. Nelle storie sembrava trovare la pace di cui aveva bisogno. Le sue ferite erano tutte invisibili, ma iniziavano lentamente a cicatrizzare.

Quando fu il turno di Cecil, Cate notò che il ragazzone teneva da un paio di giorni una posizione sul fianco. La doppia amputazione delle gambe era perfettamente riuscita, tanto che la sua rapida ripresa aveva stupito tutte le dottoresse. Qualcosa, però, ora sembrava procurargli fastidio.

«Provate dolore, Cecil?»

«No.»

Cate lo voltò sulla schiena, strappandogli un lamento.

«Mi pare il contrario.»

«Non è niente.»

«Ne sono sicura, ma lasciate dirlo a me.»

«No, no!»

Lo rivoltò sul fianco.

«Dove provate dolore?»

Cecil non rispose. Glielo indicò con la mano.

Cate abbassò un poco calzoni e mutande. Una natica presentava un bozzo, rosso e gonfio. C'era un ago conficcato in profondità nella pelle, con tanto di filo. Un filo da ricamo.

Rimase stupita, aprì la bocca per chiedergli come fosse finito lì, ma si rese conto di saperlo benissimo. Non disse nulla. Prese il necessario, lo estrasse e disinfettò. Cecil doveva aver cercato invano di toglierselo da solo. Di certo non aveva potuto chiedere aiuto ai compagni.

«Non era nulla, Cecil. Ora starete meglio.»

Lui bofonchiò un ringraziamento, di spalle. Aveva le orecchie in fiamme, come tizzoni ardenti. In quel momento Grace chiamò Cate dalla porta.

«Vieni, subito. È arrivato Ernest Thesiger. L'attore!»

49

Un attore a Endell Street, la notizia rimbalzava di stanza in stanza. Finalmente era arrivata una novità a spezzare la routine quotidiana. Alexander e Oliver lo guardarono scendere dall'automobile affacciati dalla finestra del primo piano. Persino Andrew sembrava compartecipe dell'eccitazione. Aveva abbandonato il romanzo che stava leggendo e li guardava in attesa di notizie.

Oliver scrollò la cenere e la sigaretta gli scivolò tra le dita, giù in cortile. Sulla scalinata dell'ingresso, Olga se ne accorse e guardò in su, promettendogli una lavata di capo con lo sguardo. Lui le mandò un bacio.

«Questa mano non ne vuole sapere di imparare» le disse. Lei gli fece cenno di tacere.

Dal suo letto, Cecil gli chiese come fosse l'attore.

«Viaggia con l'autista. Deve essere importante. O un accidente di dandy.»

«Sì, ma com'è?»

«Mi pare elegante, ma non me ne intendo. Che te ne importa?»

Cecil incrociò le braccia dietro la testa, fissò il soffitto.

«Mia moglie parla sempre degli attori.»

Alexander saltellò fino al letto. La stampella era rimasta dove l'aveva lasciata la dottoressa. Quando finalmente sedette, le fitte di dolore erano intense.

«Da quanto non la vedi?» gli chiese.

«Mesi. Il medico le ha detto che a poche settimane dal

parto non può fare il viaggio in treno. Meglio così. Non sono quello che ricorda. »

Alexander pensò a Caroline. Nemmeno lui era il fidanzato che lei aveva salutato quando era partito per il fronte, ma sospettava di non esserlo da prima di diventare un invalido.

« Dovrai vederla, presto o tardi. E le gambe non ricresceranno nel frattempo. »

« Mi ha scritto che non le importa. Anche a metà, ma torna. Così ha scritto. Importa a me, però. »

Anche Oliver si allontanò dalla finestra.

« La guerra continua, senza di noi. Non ci vogliono là, non ci vorranno da nessun'altra parte. Presto non ci vorranno neanche qui. Non sanno che farsene di soldati che non possono combattere, né di uomini che non possono lavorare. Qui continuano a chiamarci con i gradi, ma sanno bene dove ce li hanno infilati. »

Dal corridoio giungevano chiacchiere eccitate e gli schiocchi dei flash. L'attore era seguito da un paio di giornalisti. Quei rumori agitavano Andrew, tanto che Oliver dovette calmarlo prendendolo sotto il braccio sano.

Thesiger stava facendo il giro dei reparti. Olga venne ad avvertirli di darsi una sistemata.

« Pettinate quei capelli e abbottonate le giacche dei pigiami. Capitano, santo cielo, almeno voi siate di esempio. »

« Per voi non sono il generale, Olga? »

« Siate chi vi pare, basta che usiate quei bottoni. Nessuno qui si rade più? »

Oliver le strizzò l'occhio.

« Ho bisogno d'aiuto, per la giacca. »

Lei lo accontentò, allacciandogliela con fare spiccio.

« Ho conosciuto un uomo che era capace di farlo con i piedi, tenente » gli disse.

«Solo quello faceva con i piedi?»
Lei ricambiò con un sorriso tagliente.
«Sono io che vi faccio le iniezioni serali. Ricordatevelo.»
«Potrei sposarti, Olga.»
«Potrei anche mandarvi al diavolo.»
Oliver alzò il braccio monco.
«Ci sono già stato, tesoro. Mi ha mangiato un pezzo.»
«La lingua non ve la mangia mai, però. Adesso rigate dritto o più tardi ve la vedrete con me.»

Olga aveva l'innata capacità di ridurli bambini, e quell'atto trasformativo si era rivelato salvifico per le loro menti. A volte bisognava pur deporre le armi contro la vita e contro la morte, lasciare che fosse qualcun altro a guidare i passi, a raccogliere i cocci, e a dire cosa fare.

D'altronde, le donne di Endell Street già li spogliavano, li lavavano, li nutrivano.

Come fossero bambini. Le medesime parole pronunciate dalla dottoressa Cate Hill. Eppure, lo sforzo che le aveva sentito fare per respirare mentre le stava davanti raccontava altro, non di una cura riservata all'infanzia. Ma forse, più verosimilmente, quell'impressione non era altro che un miraggio sollevato dai sensi di un derelitto, lui.

L'attore infine arrivò anche da loro e Alexander pensò che la stanza si riempisse dell'alchimia di un palcoscenico. Sicuro di sé, nel pieno controllo di ogni più apparentemente insignificante movenza, Ernest Thesiger era segaligno, asciutto ed elegante. Doveva avere qualche anno più di Alexander, ma sul suo viso l'età era difficile da stimare. Il naso dalla punta sottile, i grandi occhi azzurri, sornioni come quelli di un gatto pasciuto, la pelle levigata parlavano di un esteta, un amante della bellezza che faceva di se stesso un'opera d'arte. Oscar Wilde lo avrebbe approvato. In completo color vinaccia, con accessori di seta, portava il paltò gettato su una spalla, e guanti blu zaffiro alle mani.

Era accompagnato dalle dame di carità che avevano tentato di indurre Alexander e gli altri a provare il ricamo. La più anziana di loro, Lady Judith, lo presentò con tutti gli onori del caso. A ogni aggettivo superlativo, Thesiger si schermiva, accompagnando la blanda protesta con un sorriso grato. Sembrava sincero e quando guardava la donna lo faceva con affetto.

Alexander lo osservava, incuriosito. Voleva proprio vedere che cosa aveva loro da offrire l'attore, perché di certo non era lì per una visita di cortesia. Se aveva imparato a conoscere Lady Judith e le sue protette almeno un po' in quei giorni, il loro era un piano minuziosamente preparato, una bordata da non sottovalutare.

La dama, esaurito l'elogio, lasciò la parola all'ospite.

Ernest Thesiger si prese la scena. Ripiegò con noncuranza il paltò su un braccio e sfilò tra i letti, guardando ciascuno di loro come se lo conoscesse intimamente.

«Carissimi, avete dato molto a questo paese, tanto che la parola sacrificio si è incarnata in voi. Ora è tempo di guarire le ferite più profonde, quelle che l'occhio non può vedere.»

«Hai mica una sigaretta?» gli chiese Oliver.

Thesiger si voltò, forse l'occhiata rapida gli bastò per valutare l'uomo che lo stava tirando giù dal piedistallo.

«Ma certamente.» Sfilò un portasigarette d'argento dalla tasca interna della giacca, lo aprì con un gesto fluente, e gli offrì il contenuto.

Oliver non si fece pregare. Prese due sigarette, poi una terza. Se le passò sotto il naso, aspirò l'aroma di tabacco.

«Non mi fido di chi fa l'attore per vivere» disse lentamente.

«E perché mai?»

«Perché tende a recitare anche fuori dal palco.»

Thesiger sedette sul bordo del suo letto, sbottonò la giacca e la sistemò dietro di sé.

«Vi devo dare ragione, ma tra tutti i peccati non è il peggiore, ne convenite? Vi è vanità, come se piovesse. Un po' di lussuria, anche, ma rivolta verso se stessi. Tuttavia, non confondetele mai con la menzogna.»

«Ah no?»

«No. Non vi è creatura più sincera di un attore innamorato della recitazione. Metterà a vostra disposizione tutto se stesso per farvi credere in un sogno, ma giusto il tempo di una battuta.»

Thesiger guardò anche gli altri.

«Voi siete soldati di professione. Potete capirmi. Nemmeno voi smettete di esserlo, tantomeno ora, costretti in un letto di ospedale. Le vocazioni non si spengono come si fa con una lampada.»

Alexander sentì che era venuto il momento di affrontarlo.

«Apprezziamo le vostre parole, ma c'è dell'altro. Che cosa siete venuto a dirci, Mr Thesiger?» gli chiese.

L'attore si alzò con l'eleganza di un ballerino.

«Andate dritto al punto. Siete voi che comandate qui, vero?»

«Non comando più nessuno.»

«Oh, questo è da vedere. Poco fa ho parlato di sincerità. Bene, sarò sincero e non userò giri di parole. Sono assolutamente convinto che il ricamo possa alleviare le vostre pene e portarvi conforto.»

Alexander rimase a guardarlo senza trovare una battuta degna della sua.

Thesiger lo prese per un segno incoraggiante, perché continuò con più entusiasmo.

«So che queste gentildonne hanno già provato a proporvelo, senza risultati apprezzabili. Io dico sempre: tentar non nuoce. È un motto che può rendere la vita deliziosamente avventurosa.»

Oliver si tirò su a sedere.

«Mi hanno tagliato il braccio, non l'uccello.»

Un sopracciglio di Thesiger scattò verso l'alto. Alexander non osò guardare le dame.

«Non lo metto in dubbio, mio caro.»

«E allora perché dovrei mettermi a ricamare?»

«Anch'io ricamo prima di uno spettacolo, per trovare la concentrazione. Come vedete, porto ancora i pantaloni e la mia voce non si è trasformata in un cinguettio.»

Cecil lo interruppe.

«Mia moglie dice che gli attori usano il belletto.»

Thesiger non batté ciglio.

«Ovviamente, durante gli spettacoli.»

«Perché?»

«Le luci di teatro sono terribili, danno un colorito verdastro. Non voglio sembrare malato. Ascoltate. Non sareste gli unici. Alcuni vostri compagni hanno già iniziato, e lo stesso accade in molti altri ospedali militari del paese – sì, signori: soldati che hanno ceduto al fascino malefico di quest'arte femminile. Ho avuto modo di visionare alcuni lavori e sono tecnicamente eccellenti. Ciò che manca è l'estro, l'immaginazione.» Fece un cenno a Lady Judith e la dama gli passò veloce alcuni drappi di tessuto ricamato. «Per questo vi ho portato esempi dei miei lavori, affinché possiate prendere ispirazione, liberare la fantasia.»

Li allargò sul letto di Andrew. Persino lui allungò il collo per guardarli. Oliver fingeva un'espressione sprezzante, però si alzò per avvicinarsi.

«Il fatto che siano ben eseguiti» continuò Thesiger, «apre nuove prospettive, che sono sicuro troverete interessanti: possono rappresentare un lavoro e sicura fonte di guadagno.»

Cecil si puntellò sui gomiti.

«Lavoro? Ci prendete per il culo?»

«Non lo farei mai. Cuscini, tappezzeria varia, arte sacra e paramenti liturgici. Non avete idea delle richieste che si ricevono per restaurare preziose sedie del diciottesimo secolo, tutte ricamate a *petit* e *gros point*. Gli artigiani che se ne occupavano sono ormai introvabili.»

Tutti lo ascoltavano con interesse, persino affascinati. Alexander ne fu turbato. Thesiger li stava seducendo con prospettive che non si sarebbero mai realizzate. Toccava a lui smontare l'illusione.

«Grazie, Mr Thesiger, ma nessuno di noi è interessato al ricamo.»

Come lo disse, l'atteggiamento degli altri cambiò. Fu un fatto fisico, di distanze anche minime ma rilevanti, di sguardi distolti.

Thesiger sembrò notarlo, capì il segnale che era stato dato. Era un uomo intelligente e raffinato, non solo nei modi, ma anche nei pensieri. Indossò il paltò, sorrise a tutti e si congedò con i migliori auguri, ma prima di andarsene si avvicinò ad Alexander.

«Questi sono i vostri uomini» gli sussurrò, occhi negli occhi, come nell'atto di una confidenza. «Si fidano di voi e cercano la vostra approvazione. Il vostro atteggiamento non li aiuta. Tenetelo presente, se per voi contano qualcosa.»

Ernest Thesiger se ne era andato, ma il suo profumo restava sospeso nella stanza, come le ultime parole dette ad Alexander. Nemmeno l'aria che entrava dalla finestra lasciata socchiusa per le sigarette fumate in clandestinità da Oliver riusciva a dissipare la sua presenza.

I panni ricamati erano rimasti aperti sul letto di Andrew, esche luccicanti di fili di seta.

Alexander guardò i compagni. Quale uomo vorrebbe mai ricamare fiori e arabeschi su una pezza di lino e a quale scopo?

« Davvero vorreste provare? »

Cecil fu il primo a reagire.

« Perché guardi me? »

Oliver imprecò.

« Sai dove glielo infilo l'ago, se ha il coraggio di tornare. Non siamo mica donnette. »

Thesiger aveva detto una cosa giusta: erano soldati e lo erano persino lì, costretti in una stanza d'ospedale, e lo sarebbero rimasti per sempre, perché avevano scelto di esserlo. Ma al fronte non sarebbero tornati, e nemmeno tra i ranghi della compagnia. Allora diventava difficile definire che cosa fossero.

Alexander sospettava di essere stato caricato di un peso che non gli competeva. Non sapeva dove guidarli. Non era capace di orientare nemmeno se stesso.

Andrew raccolse i campioni di ricami.

« Deve volerci davvero una grande abilità. I fiori sembrano veri e questo vaso d'ottone pare che brilli. »

Oliver diede due pugni al cuscino e si stese.

« Io neanche potrei farlo. È possibile cucire con una mano sola? »

« Potresti provare ed essere il primo. »

« Sì, come no, Andrew. È più probabile che riesca a essere il primo a farmelo ricrescere, il braccio. »

Qualcuno si schiarì la gola. Sulla porta c'era un uomo incanutito, accompagnato da Olga. Portava sulla testa un cilindro lucido e sembrava appartenere a un'altra epoca. Andrew scattò seduto come sotto il colpo di uno scudiscio.

« Signore! » disse.

Quando il visitatore avanzò, Alexander notò il frustino che teneva tra le mani, dietro la schiena.

Si fermò davanti al letto di Andrew, lo osservò torvo.

« Hai la giacca del pigiama slacciata e una macchia sul colletto. I capelli sono in disordine. »

Il ragazzo si coprì con le mani.

« Non sei ferito, dunque. »

« No, signore. »

« E perché mio figlio che non è ferito si nasconde in un ospedale? »

Andrew abbassò il capo. Fu Olga a rispondere.

« Per gli effetti delle esplosioni sui suoi nervi, Sir Grey. »

« La scusa dei deboli. »

Un altro uomo che non ha mai fatto la guerra che viene a insegnarci come fare la guerra, pensò Alexander. Almeno suo padre non si spingeva a tanto, si limitava a compatirlo.

Il gentiluomo si informò sulle condizioni di Andrew come se il figlio non fosse presente. Olga riferì a voce il più possibile bassa. Non traspariva preoccupazione in quel padre, solo il vago fastidio di chi deve risolvere l'ennesima seccatura. Qualcosa, però, attirò la sua attenzione.

Con la punta del frustino sollevò uno dei ricami. Lo guardò con sospetto.

«Perché queste cose sono sul letto di mio figlio?»

Olga gli spiegò dell'attività in cui le dame volevano coinvolgere i pazienti.

«Qualcuno ne sta già avendo grande beneficio, Sir. È un'attività che rilassa la mente e la chiude ai pensieri negativi. Veder crescere il lavoro tra le proprie mani è di grande soddisfazione per questi uomini.»

L'uomo frustò con violenza il letto.

«Fate portare via questa porcheria, immediatamente, o faccio internare mio figlio. Non me lo farete diventare un invertito!»

Alexander scostò le coperte, pronto a intervenire. Non sapeva che cosa avrebbe fatto, ma era sicuro che il limite stava per essere superato.

Andrew mostrava tratti tacciati come effeminati, se ne erano accorti tutti, da subito, ma nessuno aveva mai osato dire nulla. Lo avevano protetto, senza bisogno di un comando, di una discussione. Era stata una decisione tacita e condivisa, istintiva. Non c'era nulla da condannare e nessuno da assolvere, per quanto li riguardava. Il problema non era Andrew.

Olga si affrettò a chiamare una collega e fece quanto ordinato. I ricami sparirono.

Sir Grey prese in mano il libro che Andrew stava leggendo.

«Un libro scritto da una donna. *Un libro d'amore.*» Sputò quasi le parole. «Che altro devo sopportare ancora? La prossima volta ti troverò con i nastri tra i capelli, Andrew?»

Colpì il comodino con il volume. Il ragazzo trasalì e iniziò a tremare. Erano giorni che non lo faceva più.

Alexander si aggrappò al letto e si mise dritto.

«Potete stare tranquillo, Sir Grey. Qui nessuno ha intenzione di diventare un invertito.»

L'uomo sembrò confortato dall'improbabile rassicurazione. Arrivò anche Flora Murray, allertata da Olga, e prese in mano la situazione. Rabbonì Sir Grey con parole di circostanza e lo accompagnò fuori. Incrociando lo sguardo della dottoressa, Alexander vi vide una rabbia calma, potente.

Grey non rivolse al figlio nemmeno un'ultima occhiata. Andrew sprofondò tra le lenzuola, come privo di forze.

Tutto era risolto, dunque. Quell'uomo orribile se ne era andato, eppure Alexander sentiva che qualcosa si era spezzato. Era accaduto quando lui stesso aveva pronunciato quella parola, invertito.

Si affacciò alla finestra. Era già sceso il crepuscolo, l'aria era pungente e odorava di pioggia in arrivo, ma per quella sera ancora il cielo sarebbe rimasto sereno.

Inspirò la purezza del vento. Si sentiva sporco, corrotto, complice. Avrebbe dovuto dire di più, fare di più, prenderlo a pugni, ma gli imbecilli erano protetti da convenzioni che gli altri erano riluttanti a infrangere.

Guardò giù e la vide. La dottoressa Hill stava nell'ombra, e ricambiava il suo sguardo, così immobile da sembrare un dipinto.

Alexander considerò la stampella, ancora accanto al letto, dove lei l'aveva lasciata. Non la toccò. Saltò fino al corridoio, ma dopo un po' tornò indietro, imprecando, e la prese.

«Dove vai?» chiese Cecil.

«In missione.»

Scese a fatica le due rampe di scale e uscì in cortile. Nell'aria c'era sentore di legna bruciata, d'autunno, di tè caldo sul fuoco. La cercò tra le ombre, era rimasta dove l'aveva scorta dalla finestra. La raggiunse e sedette insieme a lei sulla panchina.

«Che cosa fate qui, al buio?» le chiese.

Lei tenne il viso rivolto al cielo.

«Guardo le stelle e i pianeti. Giove è splendente, stasera, ma si scorgerà ancora per poco.» Lo indicò a ovest, sopra la linea dei tetti. «E sorveglio mia figlia. Ai bambini piace giocare con l'imbrunire. Sperimentano la paura e la vincono.»

Nel giardino circolare al centro della corte, tra gli alberi e le siepi, la piccola giocava a rincorrere presenze immaginarie, o forse falene tardive.

Alexander non tergiversò.

«Avete sentito tutto, vero?»

«Anche volendo, sarebbe stato impossibile evitarlo.»

«Questo ospedale è pieno d'orecchie.»

«Deve averle, perché voi uomini dite così poco! E noi dobbiamo capire.»

«Serve dire tutto? Dirlo con parole?»

«Renderebbe ogni cosa più facile.»

«V'illudete. Perché le parole non sempre escono sincere, anche quando si vorrebbe. E altre volte proprio non ce ne sono, di parole, per dire il necessario.» La guardò, cercò i suoi occhi, ma lei fissava lontano, ostinatamente. Ci riprovò. «Certi silenzi possono fare molto di più.»

A quell'osservazione, lei si agitò.

«Lo credete perché ve ne sono stati riservati certamente pochi.»

«E a voi?»

«Fin troppi.» Tacque, poi riprese. «Anch'io ho avuto modo di interrogarmi sulla figura del padre nella mia vita. I pensieri non sempre mi sono stati di conforto. Forse è meglio lasciar scorrere l'acqua resa torbida dal fango, senza per forza immergersi fino alla testa. Prima o poi tornerà limpida.»

«Quali erano questi pensieri?»

«Molti e confusi, a dire il vero. Tentavo di ridurre a logica ciò che logica non ha.»

«Parlate con un accento esotico.»

«Mia madre era italiana.»

Dall'asciuttezza con cui lo disse, Alexander capì che non desiderava spiegare altro, ma dall'indizio lui era convinto di poter ricavare già molto.

Dopo un momento, lei sembrava aver ritrovato la calma. Il ricordo che l'aveva scossa si era dissipato come le nuvole che per un momento avevano nascosto la luna. «Ci avete fatto caso, capitano? Quando si vuole offendere una donna, le si dice che è una poco di buono. Quando si vuole svilire un uomo, che è un invertito. Ma io ho conosciuto prostitute più degne di una regina e ragazzi chiamati effeminati più coraggiosi di tutti voi soldati di mestiere. Ci vuole vero coraggio, ci vuole un cuore forte nel petto, per vivere in un mondo che ti rifiuta.»

«Perché tremate?»

«Perché mi fa rabbia!»

«Non potete cambiare il mondo.»

Lei si alzò. Si sforzava di sorridere, ma si vedeva che dentro le vorticava una tormenta.

«Da sola, no. Nessuno di noi può. Ma sapete una cosa? Un giorno, a Parigi, una donna mi disse che non siamo soli nell'affrontare il cambiamento. È vero. Ci sarà sempre qualcuno che si batte per le stesse cose che noi difendiamo, anche se non possiamo vederlo. Dobbiamo tenere a mente che c'è, non dimenticarlo mai, e andare avanti. In un modo o nell'altro, bisogna pur prendere posizione.»

Chiamò la figlia, allungò una mano per accogliere quella della piccola.

Gli disse un'ultima cosa, che lui trovò inaspettata quanto preziosa.

«Sapete che in latino padre si dice *pater*? Pa, da *pascere*, significa nutrire, proteggere. Questo dovrebbe fare un padre. Esattamente come e quanto una madre.»

Alexander pensò che gli piaceva il modo in cui lei riempiva consonanti e vocali, erano tonde, sature.

«Non sono padre, ma sentendovi parlare con un tale sentimento mi auguro di poter un giorno...» Lo sguardo cadde sul calzone del pigiama arrotolato poco sopra il ginocchio e le parole gli vennero meno.

Lei raccolse l'intimità che lui aveva lasciato affiorare, non le permise di svanire nel silenzio.

«Un giorno avrete figli vostri, non c'è alcuna ragione fisica per cui non accada, ma si può essere padre in molti modi e voi già lo siete per Andrew. Lo proteggete e non lo giudicate, lo nutrite di attenzioni che temo non abbia mai avuto.»

Invitò la bambina ad augurargli la buonanotte, lei fece altrettanto, e insieme madre e figlia rientrarono in ospedale, figure stagliate contro la luce dell'ingresso. Prima di sparire, la bambina si voltò e gli fece la linguaccia. Alexander ricambiò.

Non gli era sfuggito che fosse quella la loro casa. Dov'era il padre, dov'era il marito? Morto o al fronte? Da quelle parti non s'era mai visto.

Giove era svanito dietro a una nube. Alexander indugiò ancora qualche istante sulla panchina. Avrebbe voluto chiederle di restare, ma non sapeva più come parlare a una donna. Caroline lo avrebbe trovato sconveniente, ma cosa lo era e cosa no? Lui non lo sapeva più. I venti di guerra avevano forse bruciato un'epoca che non sarebbe più tornata, nel bene e nel male, avevano sparso morte ma anche i semi del cambiamento. E Cate Hill non era Caroline.

La stampella gli scivolò sulla gamba. Sembrava cercare conforto, o darne, o chiedere una possibilità. La guardò.

«Sei tu il mio cambiamento?»

La afferrò, si sollevò sulla gamba rimasta e lentamente tornò in stanza.

Gli altri fecero finta di nulla. Se li conosceva bene, e li conosceva bene, Oliver si era acquattato dietro la finestra e aveva aggiornato Cecil sull'esito della missione.

Alexander andò verso il suo letto, ma poi cambiò idea. Sedette in quello di Andrew. Prese in mano il libro chiuso rimasto sul comò. La copertina prometteva ventiquattro illustrazioni a colori. Al centro, in un medaglione azzurro in campo avorio, una donna e un uomo, spalle contro spalle, erano avvolti dal nastro tenuto da un Cupido, sopra le loro teste. Dritta e risoluta lei, vagamente impettito lui. Sicuramente un testardo, lo si capiva da quelle braccia chiuse sul petto.

«Parla davvero di una storia d'amore?» chiese ad Andrew.

Il ragazzo abbassò il lenzuolo che teneva tirato sopra la testa. Aveva gli occhi lucidi.

«Se lo facesse, ci sarebbe qualcosa di sbagliato nel fatto che io lo legga?»

«No. Lo fa? Parla dell'amore?»

«Sì. E di cose non dette. E di altre dette troppo, e molte ancora di più incomprese.»

Alexander pensò che bisognava pur decidere da che parte stare, e mostrarlo agli altri. Rigirò il libro tra le mani.

«*Orgoglio e pregiudizio*» lesse ad alta voce. «Sembra scritto per me. Se non ti dispiace, vorrei leggerlo questa notte.»

L'espressione di Andrew mostrava una tale sorpresa da essere buffa. Alla fine annuì. Cecil e Oliver non fiatarono, ma Alexander sentì il loro sguardo insistere a lungo su di lui.

Fai sul serio?, sembravano voler chiedere.

Altroché.

Si stese, accese la lampada, e aprì il libro sulla prima pagina.

Quella notte avrebbe faticato a prender sonno. Troppe parole sbagliate erano state dette da un genitore che non sarebbe mai stato un padre. Altre, invece, più tenere e veritiere, erano state taciute, perché non potevano essere confessate.

Prese come segnalibro la lettera che sua madre gli aveva inviato quella settimana e che, eccetto per le parole di conforto e affetto materno, sembrava un documento programmatico sul futuro di Alexander, senza considerare i desideri di Alexander.

Cambiò idea, la ripose. Prese il diario che teneva al fronte e sul quale aveva annotato pensieri quotidiani, speranze, progetti che ormai non avevano più alcun senso. Da quando Samuel era morto, aveva smesso di scriverci.

Trovò il biglietto che cercava. Un rettangolo bianco, poche parole vergate. Parole di una donna che in una notte di guerra lo avevano fatto ridere, dimostrandogli che l'anima era ancora lì, al suo posto.

Cate mise a dormire Anna con un sentimento che era tumulto nel petto. Sentiva sua figlia più che mai preziosa, il frutto caparbio della speranza. Poteva non avere un padre, ma l'amore di sua madre non sarebbe mai venuto meno. Nel tempo avrebbe assunto forme diverse, a volte apparentemente opposte, ma sincere. Protezione, spinta, conforto, silenzio, cura, voce, rimprovero, perdono. Accoglienza, che era accettazione.

La piccola chiuse gli occhi e si strinse alla madre. Cate la respirò a lungo. L'avrebbe nutrita di fiducia in se stessa, di sogni, di entusiasmi. L'avrebbe cresciuta libera. Mai umiliata, mai colpita, né ferita.

«Sarai come tu vorrai» le promise.

51

Non fu la prima notte insonne, per Alexander, ma di certo la peggiore. Non riusciva ad accantonare il pensiero del padre di Andrew, il modo in cui il ragazzo sembrava temerlo, suddito schiacciato dalla volontà di un despota. Alexander aveva visto trattare le bestie con più considerazione.

Anche lui aveva rischiato di essere inghiottito dall'ombra di una famiglia con una storia talmente antica da pesare sulla sua di individuo, ma la carriera militare lo aveva aiutato a trovare la propria via in quell'intrico, un'identità altrimenti impensabile. Andrew, invece, era in pericolo. Lo avrebbero presto ripreso, fatto di lui un uomo come la società richiedeva, o calpestato.

Lo guardava dormire e non poteva pensare di lasciare che accadesse. Avevano diviso pane e fronte, risate e paure, la paura vera, quella di scoppiare in pezzi e sentire ciascuno di essi strapparsi dalla carne – alla fine, era successo. La paura di morire soli, ma poi soli avevano scoperto di non essere. Andrew, Cecil, Oliver, Samuel e Alexander in un'altra vita non si sarebbero mai incontrati, probabilmente, né riconosciuti come pari, ma nelle difficoltà erano diventati fratelli. Forse addirittura padri ciascuno degli altri.

Scostò le coperte, nervoso. Aveva freddo e caldo, e poi di nuovo i brividi.

Quella donna. Le sue parole sull'essere padre continuavano a destarlo con tocchi insistenti proprio quando il dormiveglia sembrava finalmente giungere a portare sollievo. Co-

me un vento furioso, faceva sbattere le imposte della sua coscienza.
Si rigirò nel letto e vide che Cecil non c'era. Era sgattaiolato via senza nemmeno un fruscio, Dio solo sapeva come ci era riuscito, senza gambe e sulla carrozzella.
Alexander lo sentiva alzarsi per raggiungere il bagno alla fine del corridoio quasi ogni notte, e restarci molto tempo. Non aveva ancora trovato il modo per parlargliene, ma era preoccupato. Temeva che accusasse qualche disturbo e si vergognasse a dirlo.
Si alzò, una stilettata alla ferita lo fece ripiombare sul materasso. Massaggiò il moncone. Capitava, a volte, e non c'era nulla di cui preoccuparsi, gli avevano assicurato le dottoresse. L'osso troncato stava guarendo e per farlo aveva bisogno di ribollire, di creare un corpo calloso che avrebbe costituito la nuova propaggine di Alexander.
Ci riprovò e andò meglio. Afferrò la stampella con stizza, come se avesse potuto farle uno sgarbo, dirle «ti porto con me, va bene», e non aggrapparsi a lei per bisogno.
Andò in bagno, silenzioso come una vedetta. Spinse piano la porta e lo trovò seduto sulla tazza. Alla luce di una lampada, Cecil ricamava.
Si guardarono, senza nulla da dire, o forse troppo.
Cecil stava ricamando – tentava di ricamare – una copertina. I fiori erano gialli come soli. Piccoli uccelli azzurri prendevano il volo tra i petali che sembravano raggi.
Cecil divenne più rosso di barba e capelli, e balbettava.
«Mi rende felice fare qualcosa per il bambino in arrivo. Perché... perché non dovrei?»
Alexander non rispose. Tentò, ma non aveva voce. Cecil, invece, si riprese la sua. Parlò con desiderio di essere compreso.
«Ho rischiato un'infezione alla chiappa per nascondermi,

capitano. Ricamare mi fa stare bene. Non me ne voglio vergognare. »

Era Alexander a provare vergogna. Si appoggiò alla parete di mattonelle, vinto da una consapevolezza penosa. Non aveva aiutato i suoi compagni quando ne avevano più bisogno. Era stato il primo a giudicarli.

« Nessuno dovrà più nascondersi » promise.

Uscì dal bagno e si affrettò verso la stanza delle infermiere. Vi trovò Olga, una tazza di tè tra le mani e un libro aperto sulla scrivania. Era a metà del turno di notte. Quando lo vide, si alzò in piedi.

« Qualcuno sta male? Voi? »

« No. Vorrei scrivere una lettera, per favore. »

« A quest'ora? Non potete aspettare almeno l'alba? »

« Temo di no. »

Olga posò la tazza.

« Va bene, se proprio non volete dormire, generale. Vi porto il necessario nella vostra stanza. Ma tenete la luce della lampada bassa. »

« Se non vi dispiace, la scrivo qui, subito. »

« Deve essere ben urgente. »

Lo era. Lo strappo andava riparato. O ricamato.

Alexander vergò poche righe su un cartoncino che infilò nella busta. Vi scrisse sopra un nome e un cognome, e lo affidò a Olga con preghiera di farlo consegnare il prima possibile.

Quando tornò verso la camera, nella semioscurità del corridoio si trovò davanti una presenza che pareva attenderlo.

« Dottoressa Murray. »

Flora Murray avanzò sotto la luce della lampada da parete.

« Sembrate deluso. Aspettavate qualcun'altra? »

«Se vi incontrassi per la prima volta, penserei a dell'ironia nella vostra voce, ma il gioco non vi appartiene.»

«Il gioco è pedagogico a qualsiasi età e io lo pratico volentieri. Che cosa vi tiene sveglio, capitano Seymour? Pensieri o dolori?»

Lui percorse i pochi passi che li separavano. Non gli sfuggì come lei controllasse il suo modo di padroneggiare la stampella. Sembrava soddisfatta.

«Chiamatemi Alexander. Ormai capitano suona come la speranza stantia di un vecchio illuso.»

«Santo cielo. Sono certamente pensieri urticanti a tenervi sveglio.»

Gli strappò un sorriso.

«Non più molesti del solito. E voi?»

«Sono scesa per controllare un paziente operato di recente.»

«Sta bene?»

«Non ancora, ma si salverà.»

Lui annuì, riprendendo a camminare.

«Vi lascio al vostro lavoro, allora.»

«Capitano?»

«Sì?»

«Non datevi troppa pena per quanto accaduto durante la visita di Sir Grey.»

Si voltò a guardarla.

«Mi do pena per quanto accadrà *dopo*, quando il ragazzo dovrà tornare a casa.»

La vide accennare un sorriso, cauto come era lei, come il suo pensiero e tutto il suo essere.

«Basterà evitare che vi torni. Sono abbastanza sicura che troveremo il modo. Dormite bene, ora.»

Dunque anche lei aveva visto la violenza e la sofferenza, e aveva già deciso il da farsi.

Prima di tornare a letto, Alexander indicò con un cenno il bagno alle loro spalle e le fece una domanda che in realtà era un'affermazione.

«Lo sapevate di Cecil.»

«Lo sapevamo tutte.»

«Si è confidato con voi?»

«Non proprio. Ma Cecil trascorreva le notti chiuso in bagno. Un po' troppe e un po' troppo a lungo. Quando Olga si è presentata con il necessario per un clistere, ha confessato.»

52

Buckingham Palace, Londra, settembre 1915

Era un pomeriggio uggioso, perfetto per una conversazione davanti a una tazza di tè fragrante, con un panno da riempire a punto croce sulle ginocchia, ma Ernest si rendeva conto di essere poco incline alle chiacchiere frivole, perso com'era in altri pensieri.

La regina gli mostrò il proprio lavoro.

«Come vi sembra questo punto?»

«Assolutamente perfetto.»

«Non lo avete nemmeno osservato, Ernest. Siete distratto e frettoloso, e ora ne ho la prova. Questo punto l'ho sbagliato intenzionalmente.»

«Oh.»

«E avete guardato diverse volte l'orologio sulla consolle, come se non lo notassi.»

Ernest incrociò gli occhi sgranati del valletto.

«La mia scortesia è imperdonabile, Vostra Maestà, ma vi chiedo ugualmente perdono.»

«Che cosa vi angustia?»

«Che cosa mi angustia? Per mia fortuna nulla, Ma'am. Direi più che cosa mi solletica enormemente.»

La regina posò l'ago.

«Ora non potete tacere.»

Posò l'ago anche lui.

«Vi confesso di avere ricevuto un appello inaspettato. Chi

mi stavo preparando a combattere mi invita a un tavolo di pace. Ricordate i soldati a dir poco riluttanti al ricamo di cui vi ho parlato? Erano anche i più bisognosi di sperimentarlo.»

«Ricordo, ricordo. Sembra molto interessante. Andate avanti. Che cosa state escogitando, caro Ernest?»

Lui cercò nella tasca del panciotto il biglietto che gli era stato recapitato quella mattina stessa.

«Ho avuto notizia che i duri hanno capitolato, Ma'am. Non c'è tempo da perdere.»

Mary prese il biglietto e lesse.

«Il capitano ha ceduto le armi, a quanto vedo. E allora che cosa fate, qui? Andate, su! E tenetemi informata, naturalmente. Questa storia è appassionante.»

53

Londra, Ospedale militare di Endell Street

Ernest Thesiger tornò a Endell Street e portò con sé l'elegante vivacità che doveva essergli tipica, sospettava Alexander. Sembrava capace di ridurre questioni complesse a una singola battuta di spirito, mai banale, mai tediosa, sempre brillante.

L'umore delle persone migliorava, quando lui entrava in scena nella loro quotidianità. Era un dato di fatto che Alexander annotò con sollievo, ma anche con l'amarezza di non essere riuscito a fare altrettanto per i suoi compagni. Glieli affidò, con una fiducia che era più speranza.

Thesiger si dedicava a loro con la leggerezza necessaria per sgravarli dai giudizi che ponevano su se stessi. Ricamare li faceva stare bene, nient'altro doveva contare.

Di tanto in tanto, troppo spesso perché fosse casuale, Thesiger guardava verso di lui. Non faceva commenti, ma cercava da parte sua una qualche forma di partecipazione che tardava ad arrivare.

Alexander non aveva alcuna intenzione di ricamare. Lasciava gli altri liberi di farlo e pensava che ciò fosse sufficiente, ma all'attore non sembrava bastare e le occhiate si facevano insistenti.

Non era il solo a tenerlo d'occhio. Anche Oliver, Cecil e Andrew, tra un punto e l'altro, lo scrutavano come per indovinarne i pensieri.

Alexander voltò il viso verso la finestra, decise che avrebbe guardato il cielo e gli uccelli di passaggio fino al termine della seduta, foss'anche durata ore. Con un po' di fortuna, a un certo punto si sarebbe addormentato.

Thesiger iniziò inaspettatamente a parlare della guerra.

«Ho combattuto anch'io in Francia, sapete? Mi sono arruolato volontario. Matricola 2546 dei Fucilieri di Sua Maestà.»

Alexander dimenticò il proposito di ignorarlo e tornò a voltarsi.

L'attore si era chinato sul ricamo di Andrew e annuiva soddisfatto. «State andando molto bene, Andrew, molto bene.»

«Anche voi tra i fucilieri?» chiese Oliver.

«Sì, ma non è durata molto. Lo scorso gennaio sono stato congedato dopo essere stato ferito, e sono rientrato a Londra.» Thesiger passò a esaminare la copertina di Cecil. Disfece un punto e lo corresse, mostrandogli come fare. «Tendete di più il filo, senza timore.»

Oliver posò il lavoro che stava tentando di portare avanti con una mano sola.

«Com'è successo?»

«Riposavo con il resto della squadra in un fienile. I tedeschi ci hanno scoperti. Hanno pensato di stanarci con le granate.»

Nessuno di loro prese la parola. I ricordi delle tante esplosioni superate erano così vividi da sentirli ancora sulla pelle. Lo sarebbero stati a lungo, forse addirittura per tutta la vita.

«Molti dei miei compagni sono morti, io sono stato ferito alle mani.» Le alzò, per mostrare i mezziguanti di seta. «Il primo posto di raccolta della Croce Rossa era lontano. Per assicurarsi che non le muovessi facendo ancora più danni, me le hanno fasciate sulla testa. Mi vedete marciare in quella posizione, per ore? Adesso potrei togliere i guanti, non c'è quasi più segno della devastazione subita, ma la ferita è ancora aperta qui, nella mente.» Ticchettò la fronte, tornò a guardarsi le mani. «A volte mi fanno male, quando ricamo. Nei giorni piovosi riesco a malapena a tenere l'ago tra le dita. Ma ricominciare a vivere dopo che ci si è schiantati a terra non è mai indolore. Voi mi potete capire, e ora sapete che anch'io posso comprendere voi.»

Era Alexander che Ernest stava puntando. Come in una morsa, lo stringeva con quegli occhi così chiari da sembrare trasparenti.

Gli sorrise. Sembrava che stesse parlando a lui soltanto.

«Come vedete, non siete i primi soldati ricamatori. E non siete nemmeno gli unici. In tanti stanno rispondendo alla chiamata in diversi ospedali sparsi per l'Inghilterra. Tanto che mi è venuta l'idea di progettare un kit da cucito da distribuire a tutti i soldati.»

Alexander si chiese perché insistesse tanto per coinvolgerlo. Era stato lui a richiamarlo lì, a chiedergli di provare con Andrew, Oliver e Cecil. Non era forse abbastanza?

Con preoccupazione lo vide prendere un pezzo di stoffa tra i campioni che aveva portato, scegliere un ago e infilarvi il filo, dopo averne valutato la tinta accostandolo alla finestra. Così armato, gli si avvicinò e sussurrò quella che suonò come una sfida.

«Se pensate di aiutarli guardandoli con sufficienza, vi sbagliate di grosso, *mon capitaine*.»

Gli porse ago e stoffa.

Thesiger era riuscito ad avere l'attenzione di tutti e l'aveva puntata su Alexander, ma lui non aveva intenzione di cedere.

«No, io no.»

«Oh sì, voi sì.»

«Sono l'ufficiale più alto in grado per questi uomini.»

«Per l'appunto.»

Alexander stava per scostare quanto offerto, quando vide l'espressione degli altri. Non avrebbe mai voluto ferirli, eppure lo stava facendo. Sottraendosi, li stava giudicando.

Espirò tutta l'aria che aveva nei polmoni. Il sorriso di Thesiger si allargò.

Alexander prese il necessario. Si diede il tempo per rendersi conto che sì, lo stava per fare davvero. Diede il primo punto, affondò l'ago, tirò il filo.

Ernest gli passò un braccio attorno alle spalle.

«Siete per caso morto? Vi è preso un accidente?»

«No.»

«Ciò che avete tra le gambe è ancora lì, sano e salvo?»

«Sì.»

«E allora vedete che non c'è nulla di male?»

«Che cosa dovrei ricamare?» La mano era incerta. Alexander aveva impugnato un fucile così tante volte che non era possibile contarle, e ora si prestava alla delicatezza come avrebbe potuto farlo un orso.

Ernest sedette accanto a lui.

«Che cosa *state* ricamando. Un iris.»

Un iris. Alexander nemmeno conosceva il nome dei fiori, e a quanto sembrava non conosceva più nemmeno se stesso. Mai avrebbe pensato di ritrovarsi con un ago e un filo in mano, non per rammendare alla bell'e meglio la giubba scucita, ma per riprodurre la bellezza di una corolla su quello che forse era un centrino.

L'attore gli diede istruzioni, guidò la sua mano, persino le dita, in un'attività metodica che aveva la precisione della geometria e l'estro artistico di un artigiano ispirato.

«Che cosa vi turba, capitano? Non vi piacciono i fiori?» gli chiese dopo un po'.

«Non ho mai considerato prima d'ora i fiori.»
«Davvero?»
No, non era vero. Alexander se ne rese conto in quell'istante. Ricordò come aveva osservato i papaveri che crescevano sui campi di battaglia. Li aveva cercati con gli occhi quando il corpo doveva nascondersi dietro i parapetti delle trincee. Gli erano parsi così fragili eppure resistenti, caparbi, follemente decisi a sbocciare tra i bombardamenti. Combattevano per sopravvivere, e avevano il colore del sangue, non solo quello versato, ma anche quello che ribolliva dentro, e che il cuore spingeva e spingeva ancora, per portare vita, per tenere in vita.

«Mi piacciono i papaveri» disse.

«Ma è splendido. Finalmente mi raccontate qualcosa di voi.» Ernest non si lasciò sfuggire quell'occasione. «Ascoltatemi, Alexander. Sarà più facile, persino meraviglioso, riprodurre qualcosa a cui tenete. Descrivetemi un'immagine che vi è cara, che vi racconti. Andrew ci aiuterà a disegnarla su un tessuto vergine, e voi la ricamerete. Che ne pensate?»

Alexander non dovette riflettere a lungo. Quell'immagine lo abitava da un po' di tempo. Si era accorto di averla nel cuore.

Quella sera Cate passò a visitare i pazienti, prima di ritirarsi per la notte. Molti di loro erano ancora intenti a ricamare. Chini su tessuti che si srotolavano come mappe di territori ancora misteriosi da esplorare, mostravano espressioni concentrate, non c'era più traccia di tedio e angoscia. Erano stati rapiti da fili di seta e lini impalpabili che ne avevano avvolto ogni inquietudine, per portarli in un mondo di calma e silenzio.

Cate aveva trascorso tutto il giorno in sala operatoria, ma la notizia della nuova visita di Ernest Thesiger era rimbalzata fino a lei. Questa volta il successo dell'impresa era evidente e gli effetti duraturi. Erano cessate le intemperanze, si erano attutiti i tremori da shock, persino il reparto Johnnie Walker taceva, finalmente.

Quando Cate passò tra i letti, diversi di loro coprirono i ricami, pudichi, come sorpresi a rubare. Altri, più inclini per indole all'avventura e al cambiamento, glieli mostravano, scherzando per stemperare il dubbio ancora annidato, ma entusiasti e spesso stupiti dalle proprie abilità. Alcuni sceglievano di ricamare la guerra, ma non erano guidati dalla violenza e dall'odio. Piuttosto, era un modo per esorcizzarla. La fissavano in immagini per ricordare, e allo stesso tempo per lasciare andare. Qualcuno si era concentrato sul ritrarre le diverse divise delle forze alleate, qualcun altro aveva scelto come simbolo della Francia assediata uno scorcio di Parigi con gli aerei da difesa in volo sopra la città. Vi si potevano riconoscere perfettamente la Torre Eiffel e Notre-Dame.

Si lavorava anche nella stanza del capitano Seymour. Tutti, fuorché lui.

Gli uomini si erano rasati, avevano pettinato i capelli, cambiato i pigiami. Thesiger aveva portato altro, oltre al ricamo. La normalità di cui sembravano così ardentemente aver bisogno. Non bruti, non disperati, ma ancora e fino alla fine esseri umani.

Cate controllò a ciascuno la fasciatura, scambiando qualche parola com'era diventata consuetudine. Cecil era stato il primo a darle confidenza, aprendo la strada a Oliver, più scontroso, e al giovane Andrew, ancora così timido e insicuro.

Cecil le mostrò la copertina e le parlò del figlio in arrivo.

«La pancia è a punta, sarà un maschio» le disse.

Cate non voleva smontarne la speranza.

«È un lavoro delizioso, Cecil.»

«Ho rischiato la chiappa per farlo.»

«Stavo per portarti in sala operatoria. Una brutta infezione da ricamo, saresti stato il primo.»

«Posso sopportare tutto, ma le pezze al culo no.»

«Puoi chiamarlo didietro, Cecil. O natiche.»

«Me l'ha detto anche Doc Murray.»

Il ricamo di Oliver era una linea azzurra, serpeggiante e pasticciata. Di là e di qua c'erano punti e linee nere. Glielo mostrò titubante, perché – questo Cate lo aveva imparato dopo qualche insuccesso – burbero com'era si ritrovava però indifeso davanti a un sorriso gentile.

«È un ricamo di guerra» le spiegò. «Questa è la Marna e quelli siamo noi, e sull'altra sponda gli altri. Poveri diavoli. Mancano ancora le fiamme delle esplosioni.»

Cate lo trovò toccante. Oliver aveva sperimentato un linguaggio nuovo per esprimersi, unendo femminile e maschile. Aveva piegato l'esperienza al proprio vissuto, dato voce al dolore. Aveva unito se stesso e il nemico in un'unica immagine: poveri diavoli tra le fiamme, divisi da un fiume che come l'Acheronte tracciava il confine tra il mondo dei vivi e quello dei morti.

«Lo trovo stupendo» gli disse, sincera. «Sarà una testimonianza importante, non solo per te.»

Lui borbottò una parola, forse un grazie, forse un'imprecazione.

Andrew la chiamò accanto a sé.

«Guardate il mio, dottoressa.»

Aveva ricamato un calice liturgico adorno di rubini. Le sfumature lo facevano sembrare vero. Le gemme risplendevano.

«Andrew, è vibrante, è bello quanto i tuoi disegni. Non sfigurerebbe dentro una cattedrale.»

«Mi ha aiutato tanto Lady Judith. Sotto, il tessuto si era stracciato, ma ora non si vede, c'è qualcosa di bello sopra lo strappo.»

«Sei molto portato, Andrew. I punti sono perfetti. Ti chiamerò, quando avrò bisogno di aiuto per qualche sutura.»

Il ragazzo alzò il viso.

«Anche la sutura, come il ricamo, è un atto d'amore. È come l'amore, no? Unisce e risana.»

Lei lo strinse in un abbraccio. Appena ne aveva l'occasione, la coglieva per far sentire quella giovane anima errante al proprio posto nel mondo.

Mancava solo il capitano. Avvicinarsi a lui non era mai un atto spontaneo.

Non si era sottratto all'esperienza del ricamo. Un panno era ripiegato sul comò, vi spuntava un filo rosso cremisi, un risvolto rivelava l'ombra scura di un contorno che Cate non riuscì a definire.

La curiosità la spingeva a cercare con insistenza tra le pieghe, ed era sicura che a lui il particolare non fosse sfuggito. La studiava sempre.

Cate si concentrò sulla ferita. Stava guarendo bene, tra non molto si sarebbe potuto tentare di fargli indossare la protesi. Non sarebbe rimasto a Endell Street ancora a lungo.

«Ve ne andrete presto, capitano.»

Con lui non osava la confidenza che con gli altri era stata naturale. Nemmeno Alexander, però, dava segno di cercarla.

Non le rispose.

Chissà quale nuova vita si era immaginato, se la donna che gli scriveva lettere piene di slanci romantici sarebbe finalmente venuta a riprenderselo, se lui avrebbe trovato la forza necessaria per affrancarsi da una famiglia che voleva cucirgli addosso un abito troppo stretto che non aveva scelto o se la stanchezza gli avrebbe fatto propendere per una via più semplice.

«Ho pensato ai papaveri, oggi» le disse di punto in bianco.

Lo sguardo di Cate corse al filo rosso, i ricordi ai petali che lui le aveva donato. Alexander le sfiorò le dita intente a intrecciare bende con cui Cate avrebbe voluto coprirsi gli occhi.

«Mi avete salvato la vita. Due volte. In modi che nemmeno sospettate. Non penso di avervelo mai detto.»

«Cosa?»

«Grazie.»

Il tocco svanì e le sembrò che non fosse mai avvenuto. Le parole erano state sussurrate, potevano essere il sibilo del vento che quella sera schiaffeggiava l'Inghilterra dalla costa fino a Londra.

Cate cambiò la medicazione. Sentiva di aver fatto un passo in una zona d'ombra che non le era abituale, una regione che le sue emozioni non esploravano da tempi remoti. A volte si sentiva madre di se stessa, con una coscienza più pesante di una montagna e piedi talmente piantati nella terra da aver messo radici.

Tra loro cadde il silenzio.

Lui prese il libro poggiato sul comò, accanto al ricamo.

«Ho letto una storia interessante.»

«Davvero?»

«Su un uomo troppo orgoglioso e una donna testarda. Su parole non dette. E altre dette troppo, e molte ancora di più incomprese.»

Cate temette non stessero più parlando di una storia inventata.

«Come vi sentite? La sensibilità è tornata?» gli chiese.

Lui le porse il libro, aperto.

«La sensibilità c'è sempre stata. Potete rassicurare le vostre colleghe.»

Cate lo prese e vide che tra le pagine c'era una fotografia. La voltò. Ritraeva una giovane donna, avvolta in un velo trasparente. I seni erano offerti allo sguardo.

Erano immagini usate per testare i riflessi maschili. Qualcuno, a volte, aveva bisogno di una piccola spinta per recuperare sani appetiti e rassicurarsi sul fatto che ogni cosa funzionasse come prima. Venivano proposte con le letture, in modo discreto, e avevano salvato tanti dalla disperazione.

Cate richiuse il libro, imbarazzata.

«Mi fa piacere.»

Lo fece ridere.

«Anche a me.»

«Allora, buonanotte.»

«Buonanotte, Cate.»

55

Ai soldati ricamatori, come avevano iniziato a chiamarli le donne di Endell Street, era stata assegnata una stanza al pianterreno del padiglione principale, dove potevano darsi il turno e lavorare più comodamente. Erano state predisposte sedute adeguate e un lungo tavolo di noce sul quale Lady Judith e le altre dame avevano sistemato cestini colmi di scampoli di tessuto, fili di cotone e seta e lana di ogni sfumatura immaginabile, aghi di diverse misure, modelli ricalcabili tra i quali scegliere, gessi e matite per tracciare i contorni della fantasia.

Alexander aveva attinto dalle ceste con iniziale pudore. Lady Judith aveva guidato la sua mano, con l'entusiasmo affettuoso e impossibile da tacitare di una vecchia zia. E con lo stesso cristallino ardore spronava gli altri a fare lo stesso.

Alcuni erano davvero bravi e ne erano entusiasti. Altri stentavano, ma per un'ora o due riuscivano a dimenticare le proprie sciagure. Lady Judith suggeriva loro di cercare un soggetto che fosse significativo. Bisognava aggrapparsi a una passione per risalire la china, fosse d'amore o di disperazione, purché scatenasse un tumulto dentro e riportasse la vita in superficie.

C'era chi ricamava per il proprio figlio in arrivo, chi per ricordare un compagno caduto, chi Dio, chi il paese di nascita, o la guerra.

Alexander aveva scelto la speranza che camminava con il passo del cambiamento.

Lady Judith ne era rimasta affascinata.

«Oh, capitano.»

Non aveva detto altro, ma gli aveva messo addosso i brividi.

Thesiger li trovò lì, quando tornò a Endell Street.

«Buon pomeriggio, miei cari gentiluomini intenti a ricamare stupende meraviglie!» Il sorriso si allargò, quando vide Alexander. «*Mon capitaine*, avete scelto di stare in prima linea, dunque.»

Alexander si sentì vagamente preso in giro, ma non gli dispiacque troppo. Attorno a lui vedeva grossi, burberi soldati intenti a controllare la perfezione di un *petit point*, a confrontare tinte, accostamenti, proporzioni. Era inverosimile, e salvifico. Alcuni di loro portavano addosso ferite talmente gravi da togliere il sonno, ma quando erano lì il dolore sembrava incapace di farsi sentire.

Lady Judith si appese a un braccio di Ernest, una seconda dama all'altro.

«E a noi non dite niente?»

«Siete le mie amazzoni indomite.»

Le due donne risero, ma Lady Judith si tacque subito, quando gli fece togliere il soprabito.

«Che cosa vi è accaduto, caro Ernest?»

Sulla schiena, la stoffa era macchiata di una sostanza gelatinosa e giallognola.

«Oh, quello. Uova, Milady.»

«*Uova?*»

«Piovute dal cielo.»

«Mi prendete in giro.»

«Non sono piovute, è vero.»

«E allora?»

«Me le hanno lanciate.»

Aveva l'attenzione di tutti. Alexander posò il lavoro. Era bastato uno scambio di occhiate con Oliver e Cecil per capire che anche loro avevano fiutato l'arrivo di una tempesta.

«Chi ve le ha lanciate?»

Flora Murray era sulla porta, aveva posto la domanda con tono metallico, una dichiarazione d'allerta che parlava già di difese alzate. Un passo dietro di lei, Cate incrociò lo sguardo di Alexander e subito lo distolse.

Ernest sedette e accavallò le lunghe gambe con un sospiro. Frugò nella tasca e mostrò loro un volantino.

«Lo ha scritto un sedicente 'amico di voi gentiluomini inglesi', ovviamente anonimo. Alcuni di questi *gentiluomini*, giù in strada, hanno ritenuto di dovermelo far avere, assieme alle uova.»

La dottoressa Murray lo prese.

«Santo cielo» mormorò, dopo aver scorso le prime righe. «Chi può mai scrivere tali nefandezze?»

«Un codardo.»

Flora Murray si rivolse agli uomini.

«Non mi fa piacere, ma credo sia meglio che voi sappiate.»

Lesse ad alta voce. Si trattava di un *j'accuse* violento nei confronti delle donne di Endell Street, delle dottoresse in generale e di tutti coloro che sostenevano, direttamente o indirettamente, il loro operato definito «indecente», «inopportuno», «sovversivo», «nemico», persino «scostumato».

A quella parola, Alexander vide Cate trasalire.

«Scostumato?» chiese lei alla collega.

«Così pare.»

Murray continuò, imperterrita.

Si accostavano gli «scemi di guerra» all'attività di ricamo che stava prendendo piede in molti ospedali, introdotta dalle donne allo scopo di rendere molli, invertiti e inoffensivi i soldati tornati dal fronte. E presto chissà che cosa si sarebbero prese, a cosa avrebbero mirato, se qualcuno non avesse provveduto a fermarle. Citava un comunicato governativo che dichiarava il ricamo «un'occupazione troppo effeminata per gli uomini».

Murray strappò in quattro il foglio, unico segno della rabbia che doveva covarle dentro.

«Basta così, non intendo continuare con questo sudiciume. Dentro il confine dell'ospedale siete al sicuro dalle ingiurie, ma molti di voi tra poco lasceranno queste mura. Dovevate sapere che cosa c'è là fuori. Devo dirvi anche, però, che la stampa finora si è dimostrata favorevole ed entusiasta. Questo è solo un volantino. Sarà presto spazzato via da un altro vento.»

Ernest scattò in piedi.

«Nessuno ha mai detto che sarebbe stato facile, signori. La società in cui viviamo non ama il cambiamento, né la diversità, e queste donne possono testimoniarlo. Non è forse il vostro cammino simile al loro? Si chiama *emancipazione*. Significa affrancarsi da pregiudizi e catene, significa essere liberi. Ma tutti noi qui presenti abbiamo visto e affrontato di peggio, siete sicuramente d'accordo. Che paura abbiamo? Che cosa dobbiamo temere? Io dico *nulla*, e qui, ora, siamo chiamati a dimostrarlo. Dunque, solleviamo ago e filo e ci mettiamo al lavoro?»

Attese, non parole, ma fatti. E i fatti arrivarono, quando Cecil impugnò l'ago.

«Col cavolo che non mi faranno finire la coperta per mio figlio. Possono sputare tutto l'odio che vogliono. Vengano a dirmelo in faccia, che sono molle. Gli faccio ingoiare i pugni fino allo stomaco.»

Thesiger lo abbracciò.

«Siete sempre stato il mio preferito, Cecil.»

«Sì, ma non vi bacio.»

La tempesta sembrava solo averli sfiorati, ma Alexander ne avvertiva ancora l'elettricità nell'aria. Allungò una mano, prese i pezzi del volantino e li ricompose sul tavolo. Non faceva riferimento a un giornale specifico, ma la qualità della stampa era professionale. Dubitava fosse l'unico esemplare uscito dalla tipografia. Forse Londra ne era piena. Si chiese chi mai in tempo di guerra avesse le risorse da dedicare a una simile impresa, e per quale motivo.

L'autore proseguiva con un'allusione alla voracità delle «nuove donne». Donne che volevano ciò che era prerogativa maschile. Anzi, lo pretendevano. La paragonava alla voracità della lupa. Usava la locuzione «mal della lupa» per indicarne la fame bramosa. Fame di sapere, fame di carriera, di posti di lavoro e professioni che erano, e dovevano a ogni costo restare, appannaggio maschile.

Le donne lasciate troppo libere erano diventate lupe. Lupe per indole selvatica e indomita, ma non solo.

Si spingeva oltre. Faceva riferimento a un'italiana tra loro, e prendendo spunto dalla lingua latina tirava in ballo, con un'ultima stilettata sprezzante, una particolare accezione del termine antico: *lupanare* significava postribolo. Prostituta, questo voleva intendere. La voracità delle nuove donne, in ultima analisi, forse non si fermava a questioni meramente lavorative.

L'affondo finale spiegava il titolo scelto: *Gli uomini sbarcano donne a Calais e raccolgono lupe a Londra.*

Alexander ne era disgustato. Era vero: quando si voleva colpire una donna, la si chiamava sempre sgualdrina.

Troppo tardi si accorse di non essere l'unico ad aver letto. Alle sue spalle, Cate stava tremando.

Tentò di alzarsi, ma Flora Murray gli posò una mano sulla spalla. Un invito a lasciar fare a lei.

Forse non era un caso se la dottoressa aveva interrotto la lettura, forse stava proteggendo le compagne dal fango. Ma con quel fango lei stessa ora si dipinse il viso di pitture di guerra.

«Lupe.» Murray sembrò rimestare la parola in bocca, come un grosso bolo indigesto. Alla fine sorrise, addirittura rise, sonoramente. Quando smise, aveva l'espressione più determinata che Alexander le avesse mai visto.

«Non mi dispiace» disse. «Non mi dispiace affatto. Devono solo provarci, a mettere le mani su questo ospedale. Potrei sbranargliele.»

56

Cate raggiunse Mina e Joseph nel laboratorio dove l'amico creava protesi e stampelle. Lavorava ciocchi e assi di legno che le suffragette riuscivano a far arrivare dalle industrie del paese senza spendere un penny. Il laboratorio dava sul cortile, Anna giocava a nascondino con la sua bambola. Le corse incontro.

«Mamma!»

Cate la sollevò contro il sole d'un arancio incandescente. I capelli le si accesero di rame e oro rosa. Si era infilata tra le ciocche foglie d'acero, una fata del tramonto.

La bambina le mostrò con orgoglio il nuovo abitino che Mina aveva cucito per la bambola. Giurò di averla aiutata e le rivelò i punti che aveva dato. Tutti sembravano presi dalla smania di impugnare un ago, a Endell Street. Anna scivolò tra le braccia e tornò a giocare, prima che la sera scendesse.

Mina e Joseph stavano ancora lavorando. Lei intenta a rammendare lenzuola, lui al tornio.

«Sei sciupata» disse Mina. «Lavori troppo.»

Le mise davanti una tazza che riempì di tè. La piccola stufa di ghisa usata per riscaldare la stanza ospitava sempre un catino d'acqua bollente e la teiera non era mai vuota.

«Non ho biscotti, ma tra poco è ora di cena.»

«Non ho fame.»

«Devi mangiare.»

«Non ho mai saltato un pasto.»

«Non iniziare adesso.»

Cate sedette, aprì l'ultimo bottone della camicetta che le serrava la gola, ma non le sembrò di respirare meglio.

Non era il lavoro a sciuparla, ma i pensieri.

Anche Joseph sedette, una protesi sulle ginocchia. Era un po' più curvo, e più bianco.

«Questa è per il capitano Seymour. Hai detto che è tempo di provare con lui. Ho usato il legno più leggero, ma è resistente.»

Cate la sfiorò. Era ben levigata, ma di più non avrebbe saputo dire, non si intendeva di protesi, e nemmeno Joseph era un esperto, seguiva le istruzioni arrivate dalle fabbriche, dagli altri artigiani contattati dagli ospedali militari per costruirle.

«Credi che l'accetterà?» le chiese l'amico.

Cate cercò Anna con lo sguardo, oltre le ampie finestre. Aveva fatto di una rosa tardiva la sua bacchetta magica.

«Davvero non saprei» disse. «Sembra ancora in guerra con le stampelle. Si è arreso a usarne solamente una, e non sempre.»

«Lo scoprirai presto.»

Mina le girò attorno.

«Che cosa ti turba? Non è solo stanchezza il velo d'ombra che porti addosso.»

Cate prese dalla tasca i pezzi di volantino e li ricompose sul tavolo.

«Oggi è successo questo. Perché ciò che è diverso o che muta fa così paura, io non lo capirò mai.»

Le espressioni dei due amici passarono dalla sorpresa al fastidio, fino al dolore. Mina appallottolò i pezzi di carta e li gettò nella stufa.

«Chi l'ha scritto non è degno della tua attenzione, né di quella delle tue compagne.»

«Lo avranno letto in molti.»

«E in molti avranno pensato ciò che ti ho appena detto.»
«Non sono parole, sono schiaffi. Sono fango.»
Joseph le accarezzò una mano.
«Certi uomini mortificano, quando non hanno altri mezzi per primeggiare.»
«Vorrei urlare.»
«Fallo!»
Cate non lo fece e detestò l'educazione ingessata che le era stata impartita per gran parte della sua vita. A volte la soffocava.

Mina le si inginocchiò accanto e la mise in guardia.
«È tempo di essere forti, cara Cate. Lo saranno anche le pressioni che tutte voi riceverete. Ma questo è un buon segno: significa che ciò che state facendo ha il potere di cambiare le cose. Chi ha scritto queste accuse vergognose trema, perché sente il terreno mancargli sotto i piedi.»

Cate stava guardando la fede che le circondava l'anulare. Da qualche tempo la sentiva stringere, anche se era larga.

Il momento in cui la donna sarebbe stata libera si affacciava all'orizzonte, ma c'era ancora molta strada da percorrere. Decise di fare alcuni di quei passi proprio lì, quella sera, a Endell Street.

Si alzò.

Si alzò anche Mina.

«Dove vai?»

«A dire al mondo là fuori come la penso.»

Uscì e prese Anna in braccio. Dalla scalinata stavano arrivando le altre. Grace e Hazel la chiamarono, avevano saputo, ma Cate non rallentò. Attraversò il cortile sotto un cielo in fiamme, rosso come il sangue caldo che la incendiava, sangue di lupa. Strattonò il colletto e sentì i bottoni saltare. Ora respirava.

Uomini che non avevano nemmeno il coraggio di palesarsi credevano di umiliarla e insultarla, ma la parte italiana di Cate conosceva bene i racconti sui lupi, i lupi veri, non quelli delle fiabe, non quelli dei detti e delle locuzioni latine.

Cate conosceva i racconti sui lupi, e conosceva la forza delle lupe, conosceva la lealtà al branco, la propensione naturale all'accudimento, la fierezza e il coraggio. Doveva insegnare alla sua cucciola cos'era l'ardore per la vita.

Spalancò i cancelli, ignorando i due militari di guardia. Il marciapiede davanti all'ospedale era ricoperto di volantini. Di tanto in tanto una folata di vento li faceva frusciare, li sparigliava come carte della prossima mano a una partita ancora da giocare.

Non erano che fogli, già lacerati e unti. Sole e pioggia li avrebbero presto divorati.

«Cosa fai, mamma?»

«Mi libero, amore.»

Aggrappata alle inferriate, Cate voleva gridare al mondo là fuori che lei da lì non sarebbe arretrata.

Non gridò, ululò. Lo prese in giro, quel mondo sciocco. Follemente, con l'anima protesa, come una bambina tornata in natura. E la sua bambina la imitò.

E non fu la sola. Al loro ululato si unirono quelli delle altre, dietro di lei. Grace, Hazel, Olga, le infermiere che avevano appena concluso il turno.

Le lupe di Endell Street scoppiarono a ridere e si abbracciarono. Quando i cancelli furono chiusi, rientrarono le une strette alle altre.

57

Quella notte Alexander fece un sogno di sangue. Si trovava nella tenuta di famiglia, nel labirinto di bosso creato dal suo bisnonno. Conosceva bene il dedalo di siepi, avrebbe potuto chiamare per nome ogni angolo, ogni svolta, ogni vicolo cieco. Gli aveva insegnato il fattore come superarlo, da bambino, da quando una volta era sfuggito al controllo della balia e vi si era perso. Tenere una mano sempre attaccata alla parete, e seguire l'unica direzione che consentisse di farlo senza mai sollevarla. Si poteva arrivare a un punto morto, o tornare a quello di partenza, ma più spesso si trovava l'uscita e non si perdeva mai l'orientamento.

Nel labirinto del sogno Alexander non era solo. C'era Samuel con lui. Nella luce onirica di un'alba blu, Samuel camminava davanti a lui, nudo e sanguinante, e il terreno era fatto di carne viva.

Alexander si svegliò di soprassalto, madido di sudore, e in lacrime. Le aveva asciugate in fretta, si era ricomposto, lavato e cambiato, ma quel giorno ormai aveva un sapore corrotto. Il sole era alto e scaldava ancora, ma la luce gli appariva più che mai tagliente.

Quando Olga si affacciò dalla porta e lo chiamò, gli sembrò di avere conferma a un timore latente.

«Una visita, capitano.»

Alexander si puntellò sui gomiti e Caroline entrò nella stanza come una visione avvolta in seta azzurra e collo di volpe bianca. Ebbe il potere di togliere la parola ai presenti.

Alexander notò una leggera esitazione in lei, quando incrociò il suo sguardo, ma fu un'ombra di passaggio. Anche a lui si era chiuso lo stomaco.

Caroline lo baciò sulle guance. Il bacio sul lato della cicatrice fu meno deciso.

«Alexander.» Pronunciò il suo nome come se ancora non credesse di averlo davanti.

I capelli di lei gli solleticarono il viso. Non li ricordava così rossi, come rubino.

Caroline sedette, tenendogli la mano. La vide lanciare un'occhiata perplessa al ricamo poggiato sul comò.

«Come stai, Alexander?»

Lui si sentiva frastornato. Caroline sembrava arrivare da un passato più che mai lontano. Doveva recuperare così tanto della propria vita, del presente. A Endell Street il tempo pareva essersi fermato, concedendo ristoro a corpo e anima.

«Sto bene.»

«Grazie a Dio.»

Alexander faticava a pensare a Dio. C'erano diverse questioni in sospeso, tra lui e Dio.

«Grazie a qualcuno che mi ha raccolto e a chi mi ha curato.»

«Certamente.» Caroline si schiarì la gola, e tacque.

Alexander vide gli altri uscire dalla stanza. Cecil gli fece un cenno di apprezzamento che avrebbe sconvolto Caroline.

Alexander la guardò a lungo, prendendosi il tempo di tornare alla confidenza che era loro abituale, ma ci riusciva a fatica. Caroline iniziò a raccontargli le novità da Seymour Manor, i progetti di suo padre, gli portò i saluti e gli auguri di pronta guarigione di un'infinità di persone di cui Alexander stentava a ricordare volti e nomi. Avrebbe voluto interromperla per dirle che non c'era guarigione possibile, che la ferita cambiava corpo e anima e mente in modo irreversibile, ma non lo fece.

La contemplava. Di lei lo colpivano gli occhi. Le iridi non erano semplicemente azzurre, erano turchesi, polle esotiche di cui era difficile sondare il fondo. Non li aveva mai visti furiosi, né accendersi di commozione, di un dolore che li rendesse liquidi. Non li aveva mai avuti puntati contro con aria d'accusa, o sfida.

Non era colpa di Caroline. Era stata educata a essere trasparente, e quindi, per paradosso, completamente oscura. Ciò che lasciava intravedere era ciò che gli altri potevano aspettarsi da lei. Quanta fatica doveva esserle costato e lui non se ne era mai accorto.

Caroline aveva trovato il tempo per dipingersi le labbra e schiarire l'incarnato con la cipria. Alexander sentiva il profumo dei suoi capelli frangersi a ondate sul viso, ogni volta che lei reclinava il collo o si piegava su di lui, come per avvolgerlo in un calore di cui Alexander iniziava a dubitare. Era certo che lei avesse continuato ad acconciarli con i ferri anche nei momenti più drammatici, anche quando lui stava attraversando il calvario del viaggio per tornare e per restare vivo, anche quando Cate Hill gli stava amputando la gamba.

Non era una questione di leggerezza, ma di ferocia. Caroline era tenacemente attaccata al proprio status.

«Sono contento di vederti» le disse, interrompendo un discorso di cui non aveva ascoltato una parola.

Lei sembrò per un attimo in imbarazzo.

«Non sono venuta prima perché avevo paura, Alexander. Non è stato facile.»

«Non lo è tuttora, per nessuno dei due.»

Non aveva intenzione di accusarla. Caroline sbocciò in un sorriso.

Era straordinariamente bella, lustrata e perfetta, e distante.
«Abbagli» le disse.
Lei finse di emozionarsi, gli occhi bassi per un battito di ciglia. Doveva averlo sentito dire un'infinità di volte, così tante da attenderlo ormai come si aspetta il prossimo respiro: senza neanche pensarci. Nessuno stupore, nessuna particolare trepidazione, se non placida conferma di quanto già vedeva interrogando lo specchio.

Alexander, invece, ormai sapeva bene che nulla era scontato, nemmeno il prurito a un piede che non c'era più. Lei, ora, sembrava una bambina sperduta e senza cuore.

Caroline continuò a parlare del futuro, rivolgendogli domande di cui non attendeva la risposta. Sembrava gettare esche, sondare il terreno, preparare Alexander all'inevitabile: una vita studiata per lui da altri.

«Tuo fratello ha già predisposto il nuovo ufficio per accoglierti, e tuo padre ha contattato i migliori medici di Londra. Pagherà qualsiasi cifra.»

Alexander tornò con l'attenzione su di lei.

«Qui a Endell Street ci sono i migliori chirurghi.»

Caroline fece un'espressione meravigliata.

«Alexander, non scherzare. Mi riferisco a specialisti. Potranno ridurre considerevolmente la menomazione.»

«Mi riconsegneranno la gamba?»

«Perché mi tormenti con queste battute? E perché tormenti te stesso? La guerra è finita per te.»

«Per me. Hai detto bene.»

«I chirurghi interpellati da tuo padre sono certi di poter ridurre la zoppia. Con una protesi camminerai come una persona normale.»

«Normale.»

«Nessuno se ne accorgerà, Alexander.»

«E tu, Caroline? Te ne dimenticherai? Dimenticherai che sotto i calzoni c'è un moncone?»
«Ti prego, non posso sentire quella parola. È orribile.»
«Oh, se lo è. È deforme. È mostruosa.»
«*Ti prego.*»
Alexander l'attirò a sé.
«Dovrò fingere anche in camera da letto, quando saremo sposati? Coprirmi, anche al buio?» La vide sgranare i begli occhi. «O riuscirai a guardarmi per quello che sono?»
Non rispose.
«Prova ad alzarmi, Caroline.»
«Come?»
«Potrei avere bisogno del tuo aiuto, per certe cose.»
«Quali cose?»
«Entrare o uscire dalla vasca da bagno, per esempio. Prova ad alzarmi, per favore.»
«Oh, Alexander. Assumeremo due domestici robusti che potranno seguirti in certe faccende.»
Alexander la lasciò andare. Si mise a sua disposizione, allargò le braccia. Non gli importava se lo avrebbe fatto cadere, se gli avrebbe fatto male, purché tentasse, osasse, una vicinanza che non lo facesse sentire solo in quella sfida.
«Prova ad alzarmi, Caroline. Non perché devi, ma perché vuoi.»
Vide la confusione dipingersi sul suo viso, e il panico, la frustrazione.
«Non riuscirei mai a reggerti, Alexander. Non sono così forte.»
Di quale peso stavano parlando realmente, quello del suo corpo o quello della considerazione pietosa riservata a un invalido? Lui se lo chiese.
«Non è questione di forza, ma di leve.»

«Mi confondi.»

«Una donna ci è riuscita.»

Caroline iniziava a innervosirsi.

«Sarà stata un colosso.»

«No.»

«Allora assumeremo lei, se ti fa piacere.»

Gli venne da ridere, per disperazione.

«Non credo sia in vendita, sai? A prescindere da qualunque prezzo mio padre sia disposto a pagare.»

«A volte non capisco se mi prendi in giro o se parli seriamente.»

«Sono spaventosamente serio. Sono così serio che ti sto spaventando. Perdonami, Caroline, se ho rovinato i tuoi piani. Sono così serio che ormai non riesco a tacere: non so se potrò mai tornare a essere l'uomo che conoscevi.»

«Non essere sciocco. Certo che puoi. Tornerai a casa, avrai un lavoro. Sarai un marito affettuoso e un padre esemplare. A proposito, la stanza dei bambini è già pronta. Tua madre e io l'abbiamo riempita con i giochi tuoi e di tuo fratello, oltre a quelli nuovi, naturalmente. Saranno bambini sani e forti, nessuno avrà nulla da malignare.»

Anche Caroline era caduta nel vortice della finzione che aveva inghiottito la sua famiglia. Progettavano senza sosta per creare un'illusione di normalità, ma a quella normalità fittizia, una menzogna, Alexander non voleva essere costretto.

«Perché pensi che qualcuno potrebbe malignare sui nostri bambini?»

Lei alzò le spalle, guardò fuori dalla finestra.

«Sai le cose che si dicono su chi è ridotto nelle tue condizioni. Cattiverie. Non trasmetterai debolezza alla tua discendenza. Tuo padre ha chiesto un parere medico, i bambini non nasceranno storpi, né gracili.»

«Che cosa ha fatto?»
Caroline accennò un sorriso.
«Era suo diritto assicurarsene, non credi? Anch'io ora mi sento più serena.»
Alexander avrebbe voluto saper ridere di tanta ottusità, ma ancora non ne era capace.
Davvero voleva condividere la sua vita con persone così meschine? Davvero voleva condannarsi a tanta infelicità? Se anche i suoi figli fossero stati di cristallo, talmente fragili da incrinarsi per nulla, lui li avrebbe amati.
Parlò sottovoce.
«In me non tutto è tornato a funzionare.»
Le labbra di Caroline ebbero un fremito.
«Che intendi... che cosa intendi dire?»
Lui abbassò lo sguardo sui calzoni.
«Ho perso la mia virilità. Non so se sia stata l'esplosione, la morte di Samuel – il nostro amico è morto, sai? –, o il ricamo. Non ho idea se sia un problema transitorio o permanente. In ogni modo, la domanda a cui rispondere è solo una: sei disposta a restare al mio fianco?»
Lei rimase impietrita. Furono attimi di imbarazzo, ma Caroline si riprese presto. Lentamente, sfilò l'anello di fidanzamento e lo posò sul lenzuolo. Lo zaffiro e i diamanti mandarono bagliori così freddi da essere perfetti per quel momento. Lui pensò che era davvero una ragazza eccezionale. Eccezionalmente feroce, pavida, scaltra. Sarebbe sopravvissuta senza troppe perdite all'orgoglio. Ci aveva pensato lui a salvarglielo. Nessuno l'avrebbe biasimata per non essergli rimasta accanto e la buona società avrebbe avuto di che sparlare, sazia, per le prossime settimane.
«Addio, Alexander.»

Cate non fece in tempo ad andarsene. La donna uscì dalla stanza passandole accanto in un frusciare d'abito, senza quasi vederla. Era così bella da sembrare completamente fuori posto lì. Così perfetta da far sentire Cate in disordine.

Restò in piedi, la protesi tra le braccia, con le ultime parole dette da lui e la battuta conclusiva di lei che si rincorrevano in testa. Doveva essere l'ultimo atto di una commedia degli equivoci, perché altrimenti non si spiegava un finale così drammatico. Né capiva il riferimento del capitano a un malessere fisico che le aveva assicurato non esserci. Quella donna lo amava. Cate aveva letto le parole appassionate che gli dedicava. Dov'era finito l'amore? A volte la paura poteva impedire di sentirlo.

Si rese conto di essere nel posto sbagliato, nel momento meno appropriato, per proporre a chi era appena stato rifiutato a causa della propria menomazione un palliativo che non avrebbe riportato il suo corpo a ciò che era prima.

Fece un passo indietro, ma la voce di Alexander la chiamò.

«Dove andate con quella gamba di legno? Entrate.»

Lei entrò. Il capitano si era alzato e stava alla finestra, in piedi su una gamba.

Cate decise di far finta di nulla.

«Che vogliate o no, adesso proverete questa protesi.»

La appoggiò a terra, si inginocchiò armeggiando con cinghie e tiranti. Quando gli sfiorò il moncone, temette una reazione violenta, ma lui invece la lasciò fare. Le permetteva di arrivare con le mani dove con i pensieri e le parole probabilmente non le avrebbe mai concesso, al centro della propria vulnerabilità. Sembrava osservare il cielo, ma in quello spicchio di cielo non c'era nulla, solo un azzurro molto simile all'abito della donna che aveva lasciato nella stanza il suo profumo. Si chiese se lui avesse aperto la finestra per farlo uscire e liberarsene.

Cate chiacchierava per ingannare la tensione.

«Potrebbe essere scomoda, all'inizio. Il vostro corpo avrà bisogno di tempo per adattarsi, cambierà forma e il fastidio si attenuerà a poco a poco. L'osso è ancora in via di guarigione, ma è importante iniziare a prepararlo. Joseph ha lavorato a questa protesi fino a tardi ieri sera, perché fosse pronta per voi. È quella del capitano, mi ha detto. Ricordate il calco che vi ho preso? Serviva a questo.»

Lui tornò presente. «Parlate molto, oggi.»

«Siete gentile. Intendevate 'troppo', ma non lo avete detto.»

«E ascoltate molto, nascosta dietro le porte. Ve lo insegnano all'università?»

«Non ero nascosta...»

Lui valutò la protesi, accigliato. Vi spostò il peso, tentò di fare due passi.

«Come potete pensare che un uomo possa tornare alla propria vita con un affare del genere?»

«Ci vuole tempo.»

«Fa male, è scomoda e pesante.»

Cate si alzò in piedi.

«Tutti ci riescono. Ci riuscirete anche voi.»

Alexander aprì le cinghie, si tolse la protesi e la lanciò dalla finestra, strappando a Cate un grido.

«Siete impazzito?» Guardò giù. La protesi si era spezzata.

«Forse avete riportato qualche grave danno alla testa di cui non ci siamo accorte.»

Lui stava rigirando tra le dita un anello sontuoso, e prima che lei potesse sospettarne le intenzioni lo gettò tra gli alberi del giardino.

«Siete folle.»

«Folle di rabbia, forse.»

Cate sentiva quella rabbia scorrere tra loro, ma non era rivolta a lei. Poteva anche comprenderla, in parte. Ma non poteva accettarla.

«Dovete reagire, Alexander, se volete riprendere in mano le redini della vostra vita.»

Lui rise, sarcastico.

«Mi pare di averlo appena fatto.»

«Sfasciare, inveire e mandare in pezzi il lavoro di altri non sono il tipo di reazione a cui mi riferivo.»

«Non potete capire. Avete un marito e una figlia. Una famiglia che...»

Era quello a spaventarlo, lo spettro della solitudine?

«Sbagliate. Ho una figlia, ma non un marito.»

Lui non sembrò sorpreso. Era più una conferma, quella che aveva cercato.

«Mi dispiace.»

«Non dispiacetevi. Non è morto. Non c'è mai stato.»

Cate sentiva il cuore battere in modo disordinato, anche lui impazzito. Non era pentita di averlo detto. Se quell'uomo aveva bisogno di una cosa, era sincerità. Non conforto, ma comprensione. «Non sono una donna sposata. Non lo sono mai stata. Come ora potete capire, conosco bene l'umiliazione e il rifiuto. E persino la delusione e il dolore. Si può andare avanti anche senza la protezione di un uomo, anche con una gamba sola.»

Cate si avviò alla porta, ma sentì il dovere di chiarire un punto. «Ora vado a raccogliere ciò che avete distrutto, ma voglio dirvi un'ultima cosa. Uscito da qui sarete considerato comunque un eroe. Non stento a credere che potrete persino riprendervi quella donna, se vorrete. E di certo non vivrete per strada. Eppure continuate a lamentarvi, a pensare all'affronto che la vita vi ha fatto. Vorrei veniste a Harrow Road, a vedere le cose che ho visto io. Bambini nati menomati che dovranno vivere di carità per tutta la vita. Bambini di strada amputati dal passaggio di una carrozza che nemmeno si è fermata, che hanno imparato a giocare a pallone con un piede solo, o a mangiare con un piede, perché le mani le hanno perse in fabbrica. Ho visto donne tentare di allattare con ciò che restava dei seni, dopo la furia di un marito violento. Voi soldati non state affrontando nulla che quelle donne e quei bambini non abbiano già affrontato e superato, e non da ora, ma da sempre, senza che nessuno volesse vedere. Ricordatevelo, la prossima volta che il peso dell'ingiustizia vi sembrerà troppo gravoso.»

Cate se ne andò, controllando i passi per non correre, una mano sul petto per cingere l'impeto.

Impetuosa, così si sentiva. E finalmente libera.

Ogni castello edificato con cura nella sua mente si era sgretolato, ogni illusione si era dissolta in cenere, ma inspiegabilmente Alexander non si sentiva sconfitto. La confusione aveva lasciato il posto alla chiarezza, la delusione a un moto di coraggio.

Le parole di Cate erano state una sferzata. Un tempo il suo orgoglio lo avrebbe spinto ad accantonare subito il dubbio di stare prendendo la direzione sbagliata. Ora, invece, Alexander sentiva il bisogno di fare, di non restare con le mani in mano, e di mani ne aveva ancora due.

«Va tutto bene?»

Oliver aveva parlato dopo qualche boccata di sigaretta, il gomito poggiato sul davanzale. La finestra della camera era il loro punto di osservazione sul futuro, anche se vedevano solo tetti. Da lì lo contemplavano, cercavano di dargli una forma per poter capire quale sarebbe stato il loro posto.

Alexander rifiutò un tiro.

«Va tutto bene.» E se così ancora non era, lo sarebbe stato presto, in qualche modo.

Non aveva raccontato molto dell'incontro con Caroline, non c'era granché da dire, solo da riflettere, e i pensieri gli venivano meglio quando la bocca restava silenziosa.

I compagni avevano intuito, lasciando le domande inespresse.

«Vieni con noi nel reparto dei canadesi? Hanno messo su un torneo di poker.»

«Più tardi, forse.»
«Come vuoi. Ma non rimuginare troppo. Il rimpianto non porta da nessuna parte, che riguardi una donna, i soldi per vivere o persino un pezzo del corpo. Sono belli che andati.»
Gettò il mozzicone e per poco non lo fece cadere in testa a un tenente. Una squadra di militari stava spingendo tre carri sulla ghiaia del cortile. Erano coperti da teli verde scuro, ma le sagome lasciavano immaginare il contenuto.
Oliver richiamò l'attenzione di due soldati con un fischio.
«Dove portate quei cannoni?»
«Sul tetto, un pezzo alla volta. Per la batteria antiaerea.»
I dirigibili tedeschi continuavano a colpire, ma non erano più riusciti ad andare oltre i villaggi di pescatori sulla costa. I due tolsero un telo e si diedero da fare per scaricare i pezzi d'artiglieria.
Oliver sputò a terra.
«È un cannone da campagna, quello!»
Uno dei due alzò la testa per guardarlo, trafelato. Erano tutti smilzi come lui, gli altri. Li avevano scelti con cura per portare per cinque piani tutto quel metallo.
«Io non lo so che cosa pensano di farci con questo» disse loro. «Basta che spari.»
Alexander si sporse per dare un'occhiata. Non c'era basamento, nessuna pedana.
«Ha un angolo di tiro di quattordici gradi, è un campale. L'alzo deve essere corretto, o spareranno dritto invece che in alto» li avvertì, ma quelli risposero che avrebbero fatto quel che gli ordinavano, né più, né meno.
«Questi la guerra non l'hanno mai vista da vicino» disse Oliver.
Alexander non se la sentì di smentire.
«È una fortuna, no?»

«Sì, se non devi contare su di loro in caso di bombardamento.» Gli assestò una pacca sulla spalla, ma data con la sinistra era molto lontana dall'essere la proverbiale sberla con cui aveva ribaltato più di un compagno. «Vado a giocarmi qualche penny. Ti aspetto.»

Alexander non pensò di raggiungerlo, seguì il lavoro dei soldati, fino a quando sparirono alla vista e di loro si sentirono solo il faticare e i richiami lungo le scale, e poi il vocio sul tetto.

Allora scese in cortile. Al di là degli alberi, oltre il giardinetto, c'era il laboratorio di falegnameria. L'aveva osservato a lungo.

Oliver aveva ragione, il rimorso non portava nulla di buono, era tempo infecondo, ma ciò non significava che i torti non dovessero essere riparati.

Attraversò il cortile ed entrò. Il vecchio falegname non si accorse di lui. Joseph, lo aveva chiamato Cate. Era intento a creare una nuova protesi. Le mani nodose passavano con cura affettuosa la pialla sul legno, liberando la forma dall'eccesso che cadeva a terra in riccioli biondi. A una delle pareti era appesa una barella smontabile, come quella che Cate aveva usato per salvarlo, a Ypres.

Alexander fece un passo in più per annunciarsi. Joseph trasalì e lo guardò con occhi cisposi. Quanta polvere e segatura dovevano aver sopportato.

«Posso aiutarti?»

Alexander indicò la protesi spezzata, in un angolo.

«Credo che quella sia mia.»

«Quella, adesso, è buona solo per il camino. Forse pensavi di avere una granata in mano.»

«L'avevo davvero, per come mi sentivo, ed era sul punto di esplodere. Chiedo scusa.»

«È solo un pezzo di legno, non ha poi un gran valore. E a te, evidentemente, non faceva un bell'effetto.»
Alexander sedette su un ceppo. La ferita cominciava a dolere per il troppo tempo trascorso alzato.
«Ne ha di valore, per tutto il lavoro che ha richiesto, ma credo che potrebbe averne molto di più, con qualche accorgimento.» Ne prese in mano una grezza da un cesto. Non faceva più paura. «Ora che l'ho provata, posso dire che cosa può essere migliorato.»
L'anziano ridacchiò.
«Sei venuto a spiegarmi come fare il mio lavoro?»
«Sono venuto a chiedere di farlo insieme. Metto a disposizione il mio osso troncato. Ha molto da dire.»
Joseph lo scrutò con attenzione.
«Che cosa direbbe, per esempio?»
Alexander alzò le spalle.
«La sagomatura, per iniziare. Deve adattarsi al moncone, non comprimerlo. E l'attacco delle cinghie: in questa posizione sfrega la carne, è insopportabile, provoca vesciche. E poi altri dettagli, come il punto d'appoggio che ora non dà stabilità, forse un pezzo di cuoio aiuterebbe, ma queste sono le modifiche più importanti.»
Joseph si grattò la testa, sotto il berretto.
«Sembra uno strumento di tortura.»
«Lo è, perché è stato progettato da chi non ne ha bisogno.» Alexander si rese conto che aspettava la reazione dell'altro con imprevista urgenza. Aveva un piano di vita, finalmente, anche se per ora consisteva in un unico mattone da posare.
«Allora, posso restare?»
Joseph gli lanciò un grembiule.
«Non ci metterai solo quanto ha da dire la tua gamba. Ho bisogno di una mano.»

60

Alexander insistette con Joseph affinché lo lasciasse lavorare fino a tardi e si appisolò solo ore dopo tra pialle e scalpelli, troppo esausto per reggersi su una gamba sola e tornare in camera. Al risveglio, steso sul pavimento del laboratorio, si ritrovò abbracciato a un cuscino che profumava di lavanda, con una coperta addosso. Il sole entrava dalla finestra e scaldava le assi.

Nelle ore buie, gli era parso di sentire Samuel accanto, ed era finalmente una presenza calma. Chissà che cosa avrebbe pensato l'amico vedendolo lavorare il legno che tanto amava.

Tornò in reparto trovandovi il daffare vigoroso del primo mattino e fu accolto dall'aroma di caffè, tè zuccherato e cioccolata calda che le ausiliarie stavano distribuendo ai pazienti. Si rese conto di essere affamato, di cibo e di vita.

Passò davanti alla guardiola delle infermiere. Cate stava smontando dal turno e lasciava le consegne. Si fermò a guardarla. Si chiese quando fosse passato dal pensare a lei come «la dottoressa Hill», a «Cate». Quando si accorse di lui, lei congedò l'infermiera.

«Avete dei trucioli tra i capelli, capitano.»

Lui li spazzolò via.

«Ho lavorato con il vostro amico Joseph.»

Le sfuggì un mezzo sorriso. La stanchezza le rendeva gli occhi lucidi e appuntiva il viso.

«Vi ho visti. Ho trovato il letto vuoto durante l'ultimo giro di visite e ho pensato foste scappato con il favore delle tenebre.»

«Senza salutarvi?» Alexander si appoggiò alla parete. «Mi avete cercato, allora. Mi avete rimboccato voi le coperte?» Cate teneva lo sguardo sul registro che stava finendo di compilare.

«Chi scappa di rado saluta, non lo sapete? Preferite la falegnameria al ricamo, immagino.»

«Finirò anche il ricamo e ve lo regalerò, così smetterete di sbirciare.»

Lei lo guardò.

«Quando mai...?»

«Ogni volta che potete.»

Come risposta gli indicò il corridoio alle sue spalle.

«I vostri amici vi aspettano nella sala comune del ricamo.»

«Credo andrò a buttarmi sul letto.»

Cate si alzò.

«Aspettate. L'infermiera mi ha appena informata che il padre di Andrew è venuto in visita. È con lui, ora. Ha chiesto qualche minuto di intimità con il figlio.»

Il buonumore di Alexander si sgretolò sotto i brividi che gli incresparono la pelle.

«E voi lo avete permesso?»

La vide adombrarsi.

«Non abbiamo alcun potere di impedirglielo. Se anche solo sospettasse che lo pensiamo, quell'uomo si porterebbe via Andrew.»

«E noi invece dobbiamo tenerlo al sicuro.»

«Con noi, sì.»

Alexander guardò la stanza chiusa, tre porte più in là. Fosse stato per lui... Gli venne da ridere.

«Che avete?»

«Pensavo che non posso nemmeno prenderlo a calci.»

In quel momento la porta si aprì e Sir Grey si affrettò verso l'uscita, torvo come non mai. Sfilò davanti a Cate senza degnarla di un saluto, ma riconobbe Alexander e tornò indietro di un passo.

«Vi avverto, Seymour. Se non lo posso raddrizzare, lo spezzerò. E rimetterò tutti voi al vostro posto. Il volantino non sarà nulla a confronto di ciò che posso farvi.»

Se ne andò senza aggiungere altro.

«Gli ha fatto qualcosa» disse.

Si aggrappò a Cate per affrettarsi verso la stanza. Quando spalancarono la porta, videro Andrew rannicchiato. Cate lo lasciò per andare da lui. Gli mise una mano sulla spalla, lo accarezzò piano e lo fece voltare.

«Andrew, va tutto bene?»

Il ragazzo gemette.

Alexander gli fu accanto. Sul pavimento c'era un vaso in frantumi. I fiori che Elizabeth Robins aveva portato ad Andrew erano schiacciati.

«Che cosa è successo?»

Non rispose. Pallido, aveva le pupille dilatate, il mento tremava. Era sotto shock.

Cate gli spostò con dolcezza le mani che tenevano forte la coperta. La sollevò.

La casacca del pigiama era macchiata di sangue.

Sollevò anche quella e guardò Alexander. Lui si sentì lacerare da emozioni contrastanti, l'urgenza di prendere Andrew tra le braccia e la spinta a uscire, trovare quell'uomo e ucciderlo.

Lo aveva frustato. Il padre lo aveva colpito con il frustino, al ventre e alle parti intime, fino a togliere la pelle, fino a martoriare la carne, fino a spingervi dentro tutto il proprio odio con la violenza dello scudiscio.

Lo sguardo cadde sulle corolle schiacciate.

Il fiore non si rende conto di essere già morto quando viene colto, pensò. Sarebbe capitato anche ad Andrew, se Alexander non avesse fatto qualcosa. Come certi fiori che sbocciavano da recisi, sarebbe marcito mentre ancora respirava.

Non c'era fine al dolore al quale un essere umano poteva essere condannato, Cate ne restava sempre sconvolta, quando era chiamata a esserne testimone. Non c'era un fondo da raggiungere e in cui bagnarsi infine di misericordia, una profondità solida e definitiva da toccare con mano per darsi la spinta e risalire. Si continuava a sprofondare, e le macerie della speranza cadevano addosso fino a seppellire ciò che restava.

Andrew dormiva un sonno chimico, compassionevole, che Flora gli aveva indotto con la pena di una madre. Non aveva mai smesso di tenergli la mano, mentre Cate lo medicava. Era arrivata anche Louisa, gli occhi velati di lacrime. Lo avevano spostato in una stanza dove suo padre non lo avrebbe trovato.

Le piaghe sarebbero guarite, a poco a poco, ma l'anima? E il cuore? Quel giovane cuore spaventato non aveva ancora smesso di correre, di fuggire lontano. Batteva nel petto con la forza del tuono.

Piccolo, disperato Andrew, pensava Cate, suturando le crepe aperte nella pelle. Non c'era poi molta differenza tra cucire un corpo e ricamare per salvare ciò che di umano era sopravvissuto dentro. L'intento era fissare la vita quando sembrava sottrarsi.

«Le mani di una donna non sono capaci di ridurre un essere umano in brandelli» mormorò Louisa. Aveva preso tra le sue i piedi di Andrew e li accarezzava per scaldarli.

Flora scostò una ciocca di capelli dalla fronte del ragazzo.

«Forse è questa apparente debolezza, che invece è la forza

di scegliere sempre e a ogni costo la vita, a renderci schiave di chi invece non lesina l'oppressione.»

Cate aveva terminato. Ancora una volta, per la millesima volta, tagliò il filo riparatore di uno scempio che era soltanto una goccia in un mare di violenza.

«A volte vorrei esserne capace» disse. «Vorrei trovare dentro di me la forza bruta e colpire chi ha colpito per primo.»

Flora alzò un poco le spalle, come per scrollare il senso di colpa insito nella confessione.

«Lo abbiamo desiderato tutte, almeno una volta. A dire il vero, lo abbiamo anche fatto. Ricordi, Louisa? Quante pietre scagliate contro le vetrine. Poveri negozianti.»

«E povere noi, dopo.»

Flora guardò Cate.

«Tutto ha un prezzo, e a volte il prezzo si esprime nella concessione di un territorio, quello della propria coscienza. Non è la forza bruta a mancarci, ma il desiderio di usarla, perché sappiamo che poi non saremmo più le stesse, e a noi stesse non vogliamo rinunciare, non del tutto.»

Cate rispose guardando Andrew.

«Però così la mano del violento continua a colpire. E allora che cosa si deve fare? Io non lo so.»

Si alzò e uscì, e appena fuori non poté più trattenersi. Singhiozzò contro la porta, per smorzare il pianto, quando si accorse di non essere sola. Il corridoio era pieno di uomini. Erano lì per Andrew. Si ricompose come poteva, asciugò il viso e si incamminò. Si fecero da parte per lasciarla passare, fu uno sfilare dolente. Nessuno fiatò e nel silenzio Cate poteva sentire l'urlo della loro rabbia.

Alla fine del corridoio, si trovò davanti Alexander.

«Ho bisogno del vostro aiuto, Cate. Dovete trovare un mezzo di trasporto per questa notte. Per me e altri tre di noi.»

Cate rimase sorpresa.

«Che cosa intendete fare?»

«Scappare no di certo. Torneremo prima dell'alba.»

Le sembrò di vedere il piano che aveva in mente prendere forma nella durezza del suo volto.

«No, no... è una follia!»

«Lo faremo in ogni caso, troveremo il modo. A voi chiedo aiuto, ma se non volete darmelo, promettetemi almeno il silenzio.»

«Non risolverete nulla. Non cambierà idea.»

«Non è quello lo scopo.»

«Restituirgli la violenza? È questo lo scopo?»

Alexander le asciugò una lacrima sulla guancia con una carezza, parlò sottovoce.

«Sono responsabile di questi uomini in un modo che grazie a Dio vi è risparmiato sapere. Ci siamo salvati la vita a vicenda così tante volte da non poterle contare, e abbiamo diviso la consapevolezza di non sapere se saremmo tornati. Il nostro senso di giustizia, probabilmente, non è il vostro, e non è di certo quello dei santi e dei martiri. Siamo uomini disgraziati, ma restiamo uomini fedeli gli uni agli altri.»

Cate faceva fatica a respirare. Soltanto pochi attimi prima era lei a invocare vendetta, e ora già le sembrava di nuovo orribile. Si chiese se fosse solamente la paura a fermarla, invece della coscienza. Lui sembrò intuirne i pensieri combattuti.

«Lasciate a noi lo sporco, Cate. Non ci turba.»

«Promettetemi solo che nessuno verrà ferito.»

«Avete equivocato. Intendo solamente parlargli.»

«Promettete!»

Alexander promise, eppure i suoi occhi assicuravano il contrario.

62

Quella notte, nell'ora più buia, Cate fece passare gli uomini dal cancello sul retro, usato per gli approvvigionamenti. Erano in quattro: Alexander, Oliver, un australiano che si portava dietro una sacca voluminosa e aveva perso di recente un occhio; li seguiva Cecil sulla sedia a rotelle. Non ne aveva voluto sapere di restare fuori dall'impresa.

«Che penserebbe, Andrew, se proprio io mi tirassi indietro? Vengo anch'io, a costo di dover spingere questa carrozzina per tutta Londra.»

Il mezzo scelto per la sortita attendeva fuori dalle mura dell'ospedale. Quando lo vide, Alexander cercò Cate.

«Il furgone del lattaio? Nulla di meno appariscente?»

Cate non aveva potuto fare di meglio con così poco preavviso. Il lattaio era desideroso di farle un favore da quando lei aveva aiutato a nascere i suoi quattro figli, tutti attraverso infiniti travagli e parti complicati.

«Potete sempre provare ad andare in bicicletta, capitano. Quelle non mancano. Io comunque vengo con voi.»

«Non se ne parla.»

Cate non sapeva come dirglielo, quindi non perse tempo a scegliere parole che probabilmente sarebbero state comunque le meno appropriate.

«Perdonate, ma come pensate di guidarlo?»

Erano un cieco da un occhio, il capitano non aveva una gamba, uno non le aveva entrambe e all'altro mancava un braccio.

Vide Alexander guardare i suoi. Sembrava davvero non averci pensato, ed era una cosa buona, era finalmente accaduto. In altre circostanze avrebbero superato le limitazioni fisiche collaborando, ma quella notte non c'era tempo.

«Guido io» propose Cate.

«Sapete farlo?»

«Ho avuto la migliore insegnante. Se volete, lascio a voi maschi l'accensione.»

Se ne occupò Cecil, che vantava i bicipiti più voluminosi di Endell Street. Bastarono pochi giri di manovella per avviare il vecchio motore.

Sapevano dov'era la residenza di Sir Grey a Londra, non era stato troppo complicato scoprirlo senza doverlo chiedere ad Andrew. Grazie ai racconti del figlio, invece, sapevano anche che il gentiluomo soffriva d'insonnia e trascorreva gran parte della notte a bere whisky e fumare sigari nello studio che si affacciava sul giardino della villa.

Erano determinati a trovarlo e poco importava se non fosse stato dove pensavano, lo avrebbero stanato a costo di imbavagliare la servitù e cercarlo stanza per stanza.

Più ci pensava, più Cate era in preda all'ansia.

«È un piano folle» disse.

Nel buio sentì sollevarsi la risata bassa di Alexander.

«Di racconti veri su piani improvvisati, improbabili e persino folli è piena la guerra. E sapete? In genere hanno successo.»

«In genere? Dovrei sentirmi rassicurata?»

«Se è per la vostra buona reputazione che temete, non dovete preoccuparvi.»

Aggrappata al volante, questa volta fu Cate a ridere, nervosa.

«Buona reputazione? Allora ieri non mi avete ascoltata.»

«Vi ascolto sempre, anche quando non dite nulla.»

Lei tacque, lui anche. Cecil imprecò, quando Cate prese una buca e il furgone ebbe uno scossone. Jamie, l'australiano, raccontò di quando un topo scappò via con il suo occhio, dopo l'esplosione della granata che lo aveva colpito, a Gallipoli. Era rimasto a terra un giorno e mezzo, prima che arrivassero i barellieri a raccoglierlo. Cecil gli chiese come sapesse che era proprio il suo occhio che il topo aveva tra le fauci. Jamie rispose che quello superstite lo riconobbe e si mise a lacrimare senza che lui sentisse di voler piangere.

«Il fumo delle granate fa questo effetto» gli disse Cecil.

«Ti dico di no. Frignava per suo fratello.»

Arrivati, Cate fermò il furgone poco distante dalla proprietà dei Grey, dall'altra parte della strada. Scesero e scaricarono due casse di latte, nel caso un vigilante fosse passato a curiosare.

La carrozzella restò nel cassone, Oliver e Jamie portarono a braccia Cecil fin sotto il muro di cinta. Il primo a scavalcarlo fu l'australiano. In cima, si sporse per afferrare Cecil e caricarlo su. Sparirono dall'altra parte per qualche minuto, poi Jamie riapparve e aiutò Oliver a salire. I due fecero dei cenni verso di loro.

Cate e Alexander erano rimasti a sorvegliare la strada. Quando fu tempo anche per lui di andare, sfiorò il braccio di Cate.

«Se sentite urla e spari, andatevene. Soprattutto gli spari.»

«Non scherzate. E ricordate la promessa. L'odio fa male a chi lo prova.»

«Non è questione di odio, ma di giustizia.»

«Spero sia vero.»

«Non vi ho mai mentito.»

«Tranne una volta.»

Lui sembrò confuso.

«Mi avevate assicurato di stare bene, e invece alla vostra fidanzata avete confessato il contrario.»

Alexander sorrise. Si chinò sul suo orecchio.

«Caroline non è più la mia fidanzata e quello che le ho detto, l'altro giorno, non è vero. Sto bene. In questo momento più che mai.»

Era così vicino a lei da sembrare abbracciarla. Quasi volesse farle sentire il vigore del corpo. Gli altri lo chiamarono con un fischio e lui li raggiunse.

Cate rimase a guardarlo avanzare con la stampella. Si aiutavano l'un l'altro, ciascuno dove poteva spingersi, e forse anche un po' oltre. Non c'era nulla in loro che la facesse pensare alla menomazione pesantissima che avevano subito. Compensavano con una forza di volontà che si faceva carisma. Si strinse nelle braccia, ma i brividi non se ne andarono.

63

Alexander lasciò cadere la stampella sul prato e si calò con cautela, aiutato da Oliver. Sotto il portico brillava una luce, ma le finestre della villa erano buie. Non fu difficile trovare lo studio a pianoterra.
Oliver si avvicinò per dare un'occhiata e tornò a riferire. «Non c'è nessuno. E adesso che si fa?»
Alexander rifletté. Restava un'unica possibilità, anche se il rischio aumentava.
«O torniamo indietro, o entriamo.»
Cecil gattonò sull'erba fino a loro.
«Tornare a mani vuote? Neanche per sogno. Io dico di sfondare la finestra dello studio. Una camicia sul braccio, un colpo secco, e con un po' di fortuna nessuno si sveglierà.»
Gli altri erano d'accordo. In quel momento il rumore di un'automobile li mise in allarme. Il veicolo si fermò davanti all'ingresso della villa. Il cancello si aprì sferragliando e una figura in cilindro e mantello si infilò a fatica nell'apertura, richiudendola dietro di sé con un colpo di tacco. L'automobile ripartì.
«Porca miseria, è lui» bisbigliò Oliver. Diede di gomito a Jamie. «Prendiamolo prima che svegli i domestici. Quello ha l'aria di uno che sta per appendersi al campanello.»
Era senza dubbio Grey, Alexander ne riconobbe l'incedere, anche se barcollante. L'uomo avanzava frustando le rose e le statue del viale, incespicava e imprecava contro presenze immaginarie. Si reggeva a malapena in piedi, ubriaco. A

quanto sembrava, non sdegnava di violare il coprifuoco per frequentare i club dei gentiluomini.

Oliver e Jamie avanzarono chini tra i cespugli delle aiuole e quando gli arrivarono vicini lo affiancarono, prendendolo sottobraccio e facendo dietrofront.

«Buonasera, Milord.»

Lui nemmeno urlò. Li guardava a bocca aperta, forse per via delle uniformi che indossavano.

«Chi siete?»

«La guardia reale. Vi conduciamo al sicuro. I tedeschi sono alle porte.»

«Di Londra?»

«Della vostra proprietà, Milord.»

Lo sollevarono di peso e lo portarono dagli altri, nel giardino d'inverno in stile Art Nouveau che si affacciava su uno stagno. Lo mollarono al centro, disorientato. Cadde a terra e pur tentando non riuscì a rimettersi in piedi.

Cecil chiese di essere portato sulla panchina.

«Voglio essere io a farlo. Sai che spasso, poi, quando lo racconterò ad Andrew.»

Alexander non credeva si trattasse solo di divertimento. Cecil voleva dare all'amico un segno tangibile della propria amicizia.

Quando li riconobbe, l'espressione di Grey divenne infastidita.

«Voi! I menomati dell'ospedale di quelle donne. Siete anche ladri?»

Oliver lo fece alzare, prendendolo per un orecchio.

«Siamo venuti a porgervi i nostri ossequi, vossignoria.»

Lo portò, malfermo, davanti ad Alexander.

Jamie tirò fuori dalla sacca una macchina fotografica e iniziò a montarla. Era un fotografo di guerra, appartenente a una generazione di fotografi. Quella macchina aveva fatto il giro del mondo, dall'Australia, alla Cina, alle Americhe, fino ai campi di battaglia, ma quella notte avrebbe immortalato tutt'altre immagini sulle lastre d'argento.

Alexander si accomodò in una delle sedie che abbellivano la serra. Adagiò la stampella sulle ginocchia, come avrebbe fatto con il fucile. Squadrò l'uomo dalla testa ai piedi.

«Ora spogliatevi, Sir Grey.»

Il gentiluomo strabuzzò gli occhi.

«Che cosa avete detto?»

«Spogliatevi. Completamente.»

«Siete matti.»

«Può essere. Ragione in più per fare come vi dico.»

«Potrei urlare.»

Oliver gli assestò una pacca sulla schiena che rischiò di spezzarlo, a giudicare dallo schiocco delle vertebre.

«Riuscite a stento a biascicare. Lasciate fare a me, su. Sarò il vostro valletto.»

L'uomo strizzò gli occhi.

«Ma vi manca un braccio.»

Invece di slacciare a uno a uno i bottoni, Oliver strappò la camicia, facendoli saltare.

«Vedete? Quelli nelle mie condizioni si arrangiano.»

Grey fissò lo scempio fatto nella seta, tentò di toccare con un dito i fili che spuntavano come baffi, senza riuscirci.

Oliver intanto gli stava abbassando i pantaloni, scoprendo le gambe pallide e secche di un anziano, attraversate da un groviglio di vene blu.

«Difficoltà a mettere a fuoco, Milord? Non preoccupatevi. Basta che ne sia capace il nostro fotografo. Gli è rimasto un solo occhio e non so se è buono.»

Chiamato in causa, l'australiano assicurò che avrebbe fatto un lavoro a regola d'arte.

Grey era rimasto in mutande, la camicia aperta sul ventre flaccido. Gli avevano lasciato le calze e le scarpe. Oliver gli mise in mano una bottiglia di whisky e lo fece bere.

Cecil batté i cuscini con la mano.

«Vieni, tesoro. Non posso più aspettare.»

«Chiamo la polizia?» biascicò Grey.

«È una domanda? Siamo noi la polizia.»

Oliver lo prese per le spalle e lo fece sedere. Cecil gli salì in braccio. L'uomo lo guardò con orrore vacuo. Attraverso i fumi dell'alcol aveva visto una creatura che lo disgustava.

«Non avete le gambe.»

«Sei un osservatore sottile, tesoro, ma là sotto funziona tutto, ed è tuo. Stringimi, ora.»

Oliver lo fece bere ancora. Grey chiuse gli occhi e sembrò sul punto di non riaprirli più. Cecil lo prese a schiaffi per rianimarlo e gli stese sulle labbra il rossetto che Grace gli aveva prestato non senza mostrare stupore alla richiesta.

Jamie annunciò di essere pronto.

«Mettetevi in posa, signori.»

Il flash li illuminò mentre Cecil appoggiava la bocca su quella di Grey, che non sembrò disdegnare l'ardore del ragazzotto a cui si ritrovava avvinghiato. Dio solo sapeva se credeva di stare sognando, se completamente ubriaco l'aveva scambiato per una donna, se pensava di essere tra le braccia corpulente della balia che lo aveva accudito da bambino, o se invece, semplicemente, quelle labbra maschili non erano così ripugnanti come credeva.

Alexander si ritrovò a sorridere, ma poi lo sguardo cadde sul frustino che Grey aveva abbandonato a terra. Pensò che il male avesse molti volti, anche quello apparentemente innocuo e bislacco di un anziano sbronzo in balia di quattro buontemponi. Fu tentato di raccoglierlo e fare al padre ciò che il padre aveva inferto al figlio, ma, per quanto allettante come pensiero, avrebbe vanificato la loro missione.

Il flash scattò ancora, imprimendo sulla lastra d'argento l'assicurazione per il futuro di Andrew.

Non era uno scherzo goliardico.

Con quelle fotografie Alexander si stava prendendo la vita di quell'uomo.

64

Al ritorno, Cate guidò fino a Endell Street con il cuore in gola. Gli uomini le avevano assicurato che era andato tutto bene e che nessuno era stato ferito, se non nel proprio ego, ma nessuno di loro aveva raccontato che cosa fosse accaduto veramente oltre il muro di cinta della villa. Sembravano determinati a conservare il segreto, a portare da soli il peso di un eventuale fallimento.

C'era ancora un ostacolo da superare.

Cate varcò da sola l'ingresso principale dell'ospedale. Attraversò a passo veloce la hall e il corridoio, fino al reparto che a quell'ora di notte era presidiato da Grace.

Ma Grace non c'era, quando Cate arrivò in guardiola.

Flora alzò gli occhi dal libro che stava leggendo.

«Buonasera, Cate. O dovrei dire buongiorno? Sembri sorpresa.»

Cate sentì crollare di colpo la speranza di poter concludere l'impresa in modo indolore.

«Pensavo di trovare Grace.»

Flora chiuse il libro.

«Le ho detto che poteva andare a riposare e che ti avrei aspettata io.»

«Posso spiegare...»

«Ieri sera avevo bisogno di parlarti e sono venuta a cercarti in camera, ma non c'eri. Così ho chiesto a Mina, e mi è sembrata particolarmente a disagio nel dirmi che forse eri nei locali della lavanderia. Chissà perché ha pensato alla lavanderia. La stessa cosa è accaduta con Hazel, Olga e Grace. Mi hanno fatto girare tutto l'ospedale, prima che capissi che evidentemente non c'eri.»

Cate si sentiva in imbarazzo come poche volte era accaduto.

«Sono mortificata, dottoressa Murray. Ho dovuto...» Si corresse. «Ho sentito di dover...»

Flora si alzò e girò attorno alla scrivania.

«Volevo dirti che l'Ufficio della Guerra ha annunciato una nuova ispezione e temo sarà particolarmente severa.»

Cate rimase stupita.

«Una nuova ispezione? Con quale motivazione?»

«Hanno forse bisogno di una motivazione? Quella reale non la confesserebbero mai. Sospetto che il turbine che il nostro anonimo nemico ha messo in moto con la pubblicazione del volantino continui a prendere forza. La tempesta è cresciuta a poco a poco e io non me ne sono accorta, ho sottovalutato il problema.»

«Non è più anonimo. È stata un'iniziativa di Sir Grey. Tutto questo per il ricamo.»

«No. Per *noi*. Gli ispettori valuteranno tutte le attività che si svolgono in questo ospedale, e non sarà piacevole. Ogni aspetto del nostro operato sarà messo in discussione. Ci hanno chiamato 'nuove donne'. Ora vogliono capire che tipo di 'nuovi uomini' tentiamo di forgiare qua dentro.»

Cate considerò le alternative a disposizione. Scarse, in verità.

«Abbiamo bisogno di aiuto ai più alti livelli» disse.

«A chi stai pensando?»

«Ernest Thesiger ha amici altolocati. Spenderà il proprio nome in ogni modo possibile per aiutarci.»

Flora raccolse il libro, lo mise sotto il braccio.

«Temo che non basterà, Cate. Mi ero ripromessa di non chiedertelo, in modo da non compromettermi, né compromettere nessun'altra di noi, ma non credo sia più possibile. Che cosa è successo stanotte?»

Cate sentì lo stomaco chiudersi.

«A volte la giustizia passa attraverso forme inusuali, dottoressa Murray.»

«Devo preoccuparmi?»

«Ho motivo di credere che nessuno, d'ora in avanti, avrà alcunché da temere.»

«Tutto qui?»

«Spero di sì.»

Flora fece qualche passo, sembrava riflettere. Le lanciò un'occhiata indagatrice.

«Tieni così tanto al capitano Seymour?»

«Non so di che cosa parlate.»

«Sei l'unica, allora, a non saperlo. Spero tu sia consapevole del rischio che corri. Giocarsi tutto il sacrificio fatto per un uomo, un uomo così insondabile.»

«Questo rischio non esiste. C'è una donna nella sua vita.»

Le parve di vederla sorridere. Era il sorriso stanco di chi sapeva di non poter fermare il corso degli eventi.

«C'è davvero una donna nel suo cuore. Hai visto il suo ricamo? Dovresti.» Si incamminò verso le scale, ma poi ci ripensò e tornò a voltarsi. «Fai entrare lui e gli altri che attendono nascosti in giardino. L'umidità non aiuta le ferite a rimarginarsi.»

Cate rimase ferma a guardarla fino a quando Flora sparì alla vista, poi liberò un lungo sospiro.

Ormai avrebbe potuto farli entrare dall'ingresso principale, ma non li chiamò. Andò nella loro stanza. Il segnale concordato per il via libera era la luce di una lampada. Raccontò a se stessa di sceglierne una a caso, ma era una bugia. Scelse quella di Alexander.

La accese.

Sul comò, il ricamo attendeva ripiegato le mani del suo creatore.

Cate fu tentata di fuggire, ma doveva sapere, doveva. Lo sfiorò con un dito, ne scostò un lembo, e trattenne il respiro. La perfezione dei punti faceva pensare alla dedizione più pura. Si stringevano al tessuto in un abbraccio saldo che non diventava mai troppo stretto, né mai si allentava a suggerire un'esitazione negli intenti. Il capitano doveva avere trascorso giorni e notti a fare e disfare.

Alexander aveva ricamato la sagoma di una donna che avanzava tenendo per le briglie un cavallo, tra colonne di fumo nero e rosse corolle di papaveri.

La sfiorò con un dito.

Era memoria fisica, era emozione potente. Era lei. Cate.

65

Buckingham Palace, Londra

Ernest attese che la porta della sala delle udienze venisse spalancata dai valletti. Non era a palazzo per dilettarsi con futili chiacchiere e ricamo, ma per farsi portatore di una richiesta d'aiuto.

La regina Mary non aveva esitato ad accordargli udienza, ma il successo dell'impresa non era per nulla assicurato. Ernest meditava sugli argomenti da presentare da quella mattina presto, quando aveva ricevuto una chiamata da Endell Street.

Finalmente lo fecero entrare. Inspirò a fondo, si presentò alla regina con un inchino. Lei gli porse la mano. Lui la sfiorò con le labbra.

«Quale problema vi tormenta oggi, mio caro Ernest? Non serviva certo un'udienza per incontrarmi. Domani abbiamo il nostro appuntamento fisso.»

Sedette, invitandolo a fare lo stesso. Lui indietreggiò fino alla poltrona, attento a non mostrarle le spalle.

«Si tratta di un'urgenza, Vostra Maestà, che non può attendere oltre. L'ospedale di Endell Street sarà presto sottoposto a una nuova ispezione.»

«Ah, le vostre amiche.»

«Sono molto più di questo, Ma'am. Sono donne inglesi d'un coraggio mai visto prima e portano lustro all'intero paese. L'ospedale di Endell Street si è affermato come strut-

tura di specchiata eccellenza. Il successo delle terapie è incontrovertibile e il numero dei decessi è tra i più bassi del paese.»
«Allora supereranno brillantemente qualsiasi esame.»
«Mi permetto di dire che non è questo il punto. Non ci dovrebbe essere alcuna ispezione!»
Mary rise.
«Come vi infervorate! Del tè?»
«No, grazie. Vi supplico, Ma'am. Supplico per il vostro aiuto. Questa è con tutta evidenza un'azione intimidatoria.»
«Come siete melodrammatico, caro Ernest.»
«Le circostanze lo richiedono. Quelle donne sono state oggetto di una campagna denigratoria che ha preso spunto dalle attività di ricamo alle quali vengono indirizzati i pazienti.»
«Oh, davvero?»
«Un anonimo millantatore ritiene che tale attività sia volta a indebolire l'indole maschile, a plagiarla, a renderla effeminata.»
«Che sciocchezze.»
«Se solo voleste vedere con i vostri occhi quei ricami, quegli uomini intenti a fissare sul tessuto immagini capaci di salvarli in un modo che io ancora, pur amando follemente il ricamo, non riesco a comprendere, e che ha del miracoloso. Non hanno nulla di fragile o di guastato. La vostra presenza metterebbe a tacere le calunnie.»
L'espressione di Mary mutò, divenne dura.
«Siete qui per questo, dunque. La casa reale non interviene mai in questioni prosaiche, dovreste saperlo ormai. Frequentate Buckingham Palace abbastanza assiduamente, mi stupisce che non abbiate scorto le sbarre di cui è circondato. Le prerogative reali non sono così ampie come si crede.»

«Ma, Ma'am...»

«Le persone comuni cadono spesso in errore, credono che a un re e a una regina sia concesso di fare tutto ciò che desiderano. Ah, quale abbaglio. Immischiarsi con l'opinione pubblica di così bassa lega è impensabile per una sovrana. Dovrei chiedervi di andarvene solo per averlo pensato. Non devo e non voglio intervenire personalmente.»

Ernest chinò il capo. Non c'era altro che potesse tentare.

«Vi chiedo perdono.»

Mary ordinò al valletto di portarle il cestino con i fili e i ricami.

«Suvvia, Ernest, non crucciatevi troppo. Se quelle donne sono così brave, non sarà un'ispezione ad abbatterle.»

Ernest non riuscì più a fingere.

«Posso parlarvi con sincerità?»

«Dovete. Ma fate attenzione: il confine tra sincerità e arroganza è spesso fin troppo labile. Prima di pronunciare le prossime parole, chiedetevi da quale parte stiano.»

Ernest non aveva bisogno di riflettere. Quelle stesse parole lo tormentavano. Erano parole semplici, come il concetto che esprimevano. Talmente semplice da non lasciare aperte vie di scampo.

«Non è una questione di tenuta, Vostra Maestà. Quelle donne sono capaci di sopportare questo e ben altro, o non sarebbero lì, dove sono ora. La domanda che dobbiamo farci e alla quale dobbiamo rispondere è una soltanto: crediamo o no che quelle donne valgano tanto quanto i loro colleghi uomini? Perché se la risposta è sì, e i dati lo confermano, dobbiamo tenere conto di un fatto. Sapete quante ispezioni hanno subito gli altri ospedali gestiti da medici maschi? Nessuna.»

Mary lo guardò e nei suoi occhi lui scorse con certezza il

fastidio di una donna – non una regina, una donna – nei confronti di chi tentava di metterne in dubbio il valore.

«Il mondo sta cambiando, Ma'am, e lo farà con o senza il beneplacito di chicchessia, ma la storia, la grande storia, ricorderà per sempre i nomi di chi ha scelto di stare dalla parte giusta.»

Londra, Ospedale militare di Endell Street, 13 ottobre 1915

Cate scese le scale di corsa, già affannata di primo mattino. Era arrivato il giorno dell'ispezione e le donne di Endell Street dovevano controllare e ricontrollare ogni dettaglio.

Sul pianerottolo quasi si scontrò con Louisa.

«Ti cercavo, Cate. Devi andare nell'ufficio di Flora, subito.»

Non le diede tempo di chiedere spiegazioni, si voltò in una girandola di gonna e camice e tornò da basso, gli stivaletti che picchiavano sui gradini come su tamburi di guerra.

Cate diede a un'infermiera le consegne per il reparto che le era stato assegnato per l'ultimo controllo, le disse di procedere, lei sarebbe arrivata di lì a poco.

Non aveva idea di che cosa Flora volesse parlarle. Avevano già deciso ogni particolare, l'atteggiamento da tenere davanti agli ispettori, valutato il peso delle parole da opporre in caso di contestazioni. Bisognava usare diplomazia, ma anche fermezza. Bilanciare l'avanzamento ed essere capaci di renderlo invisibile allo sguardo indispettito degli uomini, se proprio fosse necessario.

Bussò due tocchi ed entrò nell'ufficio.

Non vi trovò Flora.

Durante gli ultimi cinque anni e mezzo aveva cercato di immaginarselo. Doveva pur essere cambiato anche lui, fattosi uomo, ma quale tipo di uomo? Un uomo come suo padre, probabilmente, dalle mani incapaci e bellissime, come gli occhi, che erano incapaci di piangere e bellissimi.

Ora che Philip le stava davanti, candido di perfezione, come una pagina non scritta dal tempo, Cate capì di aver avuto ragione. Era come suo padre, e il padre di suo padre prima di lui. Una stirpe di gentiluomini. Ma su una cosa si era sbagliata: Philip non sarebbe mai stato un uomo. Non nel senso che Cate aveva compreso in quell'ultimo anno.

In piedi, le mani infilate in tasca, Philip la guardò a lungo, ma non negli occhi.

«Sei diversa.»

Lei non seppe come interpretarne il significato, pareva una recriminazione. Forse si aspettava, di diritto, la ragazza esile che quel giorno aveva abbandonato, ma le difficoltà l'avevano temprata, avevano indurito la carne dove prima c'erano tratti delicati, ispessito la pelle che era rimasta diafana solo dove non veniva mai esposta.

Certo che sono diversa, avrebbe voluto rispondergli. Ho spinto tua figlia fuori da questi fianchi per darle il respiro, l'ho nutrita con i miei seni. Crescere una vita significa prosciugarsi un poco della propria, ma tu non lo sai, perché non c'eri.

Cate tremò al pensiero che Philip fosse lì per Anna. All'improvviso le parvero concepite nella follia le lettere che gli aveva scritto, supplicandolo di essere un padre per sua figlia.

Le tornarono in mente le parole di Flora: certi uomini toglievano i figli alle madri, quando se ne andavano. Era sufficiente dire di volerlo, o chiamare la donna «isterica». A volte, si rifacevano vivi dopo anni per riprendersi l'erede.

«Perché sei qui, Philip?»

«Ho letto di quello che fate in questo ospedale, di un'italiana tra le fronde delle suffragette che fanno i dottori.»

«Ci chiamiamo dottoresse.»
«Adesso i giornali fanno parlare anche le donne.»
Cate si chiese come avesse fatto ad amarlo.
«È questo il problema? I giornali che riportano le parole delle donne?»
Lui sembrava a disagio, persino inquieto.
«Le uniche parole che mi preoccupano sono le tue, Caterina.»
«Cate.»
Philip aggrottò le sopracciglia, l'espressione di chi ha tastato l'amaro con la lingua.
«Tuo padre detesta i nomignoli.»
«Il problema non esiste, perché mio padre mi ha disconosciuta, ma sono convinta che lui ancora saluti te e tuo padre, quando vi incontra nei circoli, e vi chieda di offrire i suoi omaggi a tua madre. Sono io a essere stata cancellata. Non tu.»
Philip ebbe uno scatto, si passò nervoso la mano tra i capelli biondi.
«E che cosa ti aspettavi? Che ti perdonasse?»
«Perdonarmi? Santo Dio.»
«Hai sconvolto la vita di tutti.»
«Guarda che i figli si fanno in due e l'altro eri tu.»
Philip alzò la voce.
«Io non lo volevo! Il mio pensiero non conta? Mi hai obbligato a essere padre. Hai disonorato te stessa e la tua famiglia, messo in grave imbarazzo la mia. E tutto per cosa?»
Anna, pensò Cate. Tutto per te, Anna. Mia piccola, meravigliosa Anna.
Il dono più prezioso che la vita le avesse fatto. Che torto, farla nascere da quell'uomo, che padre non sarebbe mai stato, nemmeno dopo altri dieci figli.

Quale errore, scrivergli chiedendogli di vederla, almeno una volta. Non se ne sarebbe mai innamorato, perché Philip non aveva un cuore che potesse cadere in ginocchio davanti a una bambina di cinque anni.

Cate si sentiva sull'orlo delle lacrime. Non per se stessa, per il rifiuto che stava rivivendo, ma per sua figlia.

«Che cosa vuoi, Philip?»

«Il tuo impegno a non parlare mai di me, a nessuno, in particolare a chi potrebbe riferirlo a qualche giornalista. L'attenzione su di voi è più che mai alta. Voglio evitare uno scandalo e per farlo sono disposto a un accordo.»

Sfilò una busta dalla tasca della giacca. L'anello con il rubino di famiglia brillò, ma restò comunque cupo. Gliela porse.

«Prendila.»

«No.»

«È più di quanto potrai mai guadagnare in una vita.»

«Ne sono sicura, Philip. Ringrazia tuo padre per la magnanimità, ma non è necessaria. Non intendo fare il tuo nome, in nessuna circostanza.»

Lui sembrò sollevato, ma aveva ancora un dubbio da chiarirle, prima di andarsene per sempre.

«Non c'è spazio per quella bambina nella mia vita.»

Cate dovette aggrapparsi alla scrivania.

«Ne sono abbastanza sicura.»

«Allora c'è l'accordo? Posso contare sul tuo silenzio?»

Cate annuì, la nausea a un passo dall'essere incontenibile.

Lui le passò accanto, esitò.

«Avrebbe potuto essere tutto perfetto tra noi, Caterina, se solo tu non ti fossi intestardita a farla nascere.»

Cate si raddrizzò, pronta a colpirlo con uno schiaffo, ma si fermò in tempo. Le era sembrato di sentire Anna ridere, fuori dalla finestra. Aveva pensato per anni di averla condannata a una disgrazia, aveva tentato in ogni modo possibile di rimediare e convincere Philip a incontrarla, perché lui le facesse da padre. Ma la vera disgrazia, invece, le stava davanti. Philip le appariva insignificante, e persino deleterio.

Lo affrontò, senza rancore, senza alcun sentimento d'amore.

«Per Anna e per me *è* stato perfetto. Non sei degno di lei e io ora provo solo pena per te.»

Lui infilò la busta nella giacca. Se ne andò senza esitazione, come se non avesse atteso altro per tutto il tempo.

Cate restò a fissare la porta nuovamente chiusa. Non aveva più voglia di attendere che qualcuno la aprisse, non aveva più voglia di bussarvi, disperata.

Si tolse la fede. Posata sul palmo nudo rivelava tutto l'inganno, non era che un cerchietto d'ottone che si fingeva d'oro, come lei aveva finto d'esser altro per conformarsi a leggi spacciate per divine, quando invece erano solo miserevolmente umane. La gettò nel cestino dei rifiuti e crollò sulla sedia, la testa appoggiata sulla scrivania.

Aveva fantasticato su quell'incontro tanto da averlo vissuto in almeno altre mille vite, e ora si sentiva svuotata. Sfiorare la crudeltà di chi hai creduto d'amare ti ruba la forza di restare in piedi.

Sentì la porta aprirsi e richiudersi alle sue spalle.

«Non ti dirò che non hai perso nulla, perché lo sai da sola.»

Flora non sedette dall'altra parte della scrivania, ma accanto a lei.

«Avete sentito?»

«Solo quello che lui ha urlato.»

Il petto di Cate fu sollevato da un sospiro.

«Vi starete chiedendo come abbia potuto essere così sciocca da innamorarmene.»

«In effetti, sì, ma credo sia accaduto a molte di noi di amare un'illusione.»

Cate ripensò al passato, gli permise di sfiorarla con ricordi che aveva a lungo tenuto lontano.

«Philip si dimostrava interessato ai miei studi, persino orgoglioso di ciò che desideravo diventare. Frequentava la mia famiglia, accadeva che assistesse a discussioni durante le quali mio padre mi diceva che mi ero spinta troppo oltre, che studiare medicina andava bene, lui era un medico e lo capiva, ma ambire alla professione era sconveniente, e folle. Philip mi difendeva, con la forza calma di un cavaliere. Avevo incontrato un uomo che capiva e accettava i miei desideri. Suppongo sia accaduto così che lo idealizzassi.»

«Ora non permettergli di renderti triste, Cate.»

Cate premette gli occhi contro il braccio.

«Non sono triste, sono arrabbiata.»

«Dillo, allora.»

Cate alzò la testa.

«Sono arrabbiata! Sono così arrabbiata che avrei voluto ficcargli le unghie negli occhi! Non serve a nulla, ma mi fa stare meglio.»

Flora la afferrò per le spalle, gliele raddrizzò. Poteva essere un abbraccio, a modo suo.

«Certo che serve, la rabbia. Ne abbiamo avuta tanta qui, e in Francia, e in Belgio. Ci ha sostenuto, ci ha fatto gridare, a volte piangere, ma guarda dove siamo arrivate anche grazie alla rabbia. Abbiamo saputo trasformarla, è stata il fuoco che ha acceso la passione. Buttala fuori, butta fuori la delusione, ma ricorda sempre: un uomo come quello nella vita di Anna avrebbe portato sfacelo, catene e mortificazione.»

Cate si asciugò il viso.

«Sì, ora lo so.»

«Va meglio?»

«Va meglio, grazie. Sono arrivati gli ispettori?»

«Sì, li accompagna Lord Esher, il nostro nemico-amico dai tempi del Claridge. Ha promesso di fare il possibile per aiutarci. Puoi prenderti qualche minuto, o anche l'intera giornata, se ne hai bisogno.»

Cate si alzò.

«Neanche per sogno. Ora vado di là. Che provino a dirmi che qualcosa non è come avrebbe potuto farlo un uomo.»

«Con calma, Cate.»

«Con calma e rabbia.»

«Potrebbe essere il nostro nuovo motto.»

«Di certo è diventato il mio.»

La gonna le restò impigliata in un chiodo della seduta. La tirò per liberarsi, strappandola. «Come prossima battaglia per i diritti delle donne, voglio quella per poter indossare i pantaloni quando ci pare.»

Flora inclinò la testa, soppesandola.

«Perché non ti vai a cambiare, allora?»

Cate non poteva credere lo avesse detto.

«Oggi? Una provocazione del genere... Siete disposta a rischiare tutto perché io possa dire la mia?»

«Cara, se avessimo aspettato il momento ritenuto più opportuno per rivendicare ciò che ci spetta, adesso saremmo tutte da qualche altra parte, con una tazza di tè in una mano e nell'altra... il nulla.»

67

C'era fermento a Endell Street, come al fronte prima di una battaglia. Dottoresse, infermiere e ausiliarie affrettavano il passo da una stanza all'altra, controllavano, istruivano, riordinavano l'ordine e pulivano dove non c'era più nulla da pulire.

Alexander osservava i preparativi dalla sala comune, attraverso il rettangolo della porta. Chi degli uomini poteva aveva indossato la divisa. Nessuna glielo aveva chiesto, era un modo, forse l'unico oltre alle parole, per dimostrare agli osservatori che la mascolinità non era stata snaturata, che chi aveva combattuto lasciando qualcosa di sé sul campo di battaglia non era stato trasformato in un essere spurio e bizzarro solo perché a un certo punto aveva infilato un filo nella cruna di un ago; solo perché doveva qualcosa, spesso la vita, a un essere umano che portava la gonna. Era anche un modo per affermare che quella battaglia non apparteneva unicamente alle donne, che non erano sole.

Olga passò quasi correndo, lo sfiorò con un'occhiata e tornò indietro rischiando di scivolare per aggiustargli il nodo alla cravatta.

«Siete pronte?» chiese lui.

«Noi sempre, ma anche loro. Se si sono scomodati a farci visita è perché hanno un intento. Ora il nodo è perfetto.»

Alexander lo controllò passandoci sopra le dita. Lo era. Teso, saldo come le mani che lo avevano annodato. La vide sparire nell'atrio. Tutte si stavano radunando nell'ingresso, mancava poco all'arrivo degli ispettori.

Infilò una mano in tasca, l'altra aggrappata alla stampella. La lettera che aveva ricevuto da casa era ripiegata con cura e attendeva di essere rispedita al mittente appena possibile. Seymour padre era venuto a conoscenza della rottura del fidanzamento da parte di Caroline e comunicava al figlio di non poterla biasimare. Il che corrispondeva con l'assegnare a lui la colpa. Qualcuno, agli occhi famelici e morbosi della società, doveva pur farsene carico. Alexander pensava spesso all'ultimo incontro avuto con Caroline, all'anello gettato nella notte. Forse c'era un modo per fare della promessa spezzata un nuovo inizio.

Suo padre gli aveva chiesto che cosa credeva di fare unendosi ai ricamatori. Gli dava un ultimatum «per tornare nei ranghi» – Alexander aveva trovato di pessimo gusto quella battuta di stampo militare –, «o ti negherò qualsiasi tipo di aiuto economico, le porte della casa avita e dell'azienda di famiglia si chiuderanno per sempre, e tu resterai solo, con la tua menomazione e nessun patrimonio. Se non è il rispetto e il senso di gratitudine nei miei confronti a convincerti, che almeno possa esserlo il denaro. Senza denaro, sarai una nullità per questo mondo. È questo ciò che desideri, chiedere l'elemosina agli angoli delle strade?»

Alexander aveva scritto la risposta in calce alla missiva, sotto la firma di suo padre, affidandosi alle parole di Eraclito, tanto care a quell'uomo che affermava di avere a cuore suo figlio, ma che non aveva esitato a metterlo con le spalle al muro, convinto di esserci riuscito.

Nessun uomo entra mai due volte nello stesso fiume, perché il fiume non è mai lo stesso, e perché egli non è più lo stesso uomo.

Alexander si era bagnato nel sangue dei compagni e in

quello del nemico. Si era lavato da quel sangue sorretto da mani di donne, in una vasca che aveva rappresentato il suo battesimo. Era riaffiorato tra le braccia di Cate, da lei sostenuto nei primi passi che seguivano la rinascita. Non era lo stesso uomo che in quella vasca era entrato.

Aveva eseguito abbastanza ordini per capire che non tutti erano ispirati dalla giustizia e non intendeva conformarsi alle regole di una vita che per lui non avrebbe avuto più alcun sapore. Sentiva una spinta farsi largo dentro di sé, ed era potente, era tangibile, aveva un volto e un nome.

Vide l'artefice di quello slancio avanzare in corridoio al fianco di Flora Murray. Dio gli era testimone, Cate indossava un paio di pantaloni maschili sotto la giacca con le mostrine. Larghi, grigi, li aveva infilati dentro gli stivaletti. Alexander sentì la gola chiudersi. Infilò un dito nel nodo della cravatta e lo allentò, prima che lei lo vedesse.

E lo vide, poco dopo. Incrociarono lo sguardo e quello di lei scese sul petto di lui. Non si erano più parlati da due notti prima, quando in una strada deserta avevano finto di scaricare casse di latte nel mezzo del coprifuoco, prima che lui scavalcasse il muro di cinta di una dimora aristocratica per sequestrarne il padrone. Gli venne da sorridere. Se la vita richiedeva follia e coraggio, loro due potevano dire di averli entrambi.

Cate si fermò a parlargli.

«Avete il nodo allentato, capitano. Dovete dare il buon esempio.»

«Ho bisogno di aiuto.»

Glielo sistemò lei in un gesto che fino a poco tempo prima non avrebbe mai osato, ma di guardare Alexander negli occhi non se ne parlava.

Lui le afferrò svelto la mano. Tempo prima era convinto

che avrebbe provato orrore a toccare le mani che lo avevano amputato. Non era così. Non disse nulla, ma la sua espressione doveva parlare, doveva gridare, di fronte all'anulare finalmente nudo.

Lei si schiarì la gola.

«Sembrate stupito, eppure sapevate che era solo un inganno.»

«Sono felice, non stupito.» Le lasciò la mano. «Io ricamo e voi mettete i pantaloni, Cate. Che cosa penseranno i gentiluomini che tra poco verranno qui?»

«Non avete idea di quanti incidenti anche mortali provochino strati e strati di tessuto e crinoline. Le donne restan impigliate nelle ruote delle carrozze, o bruciano vive urtando una candela. Senza contare la fatica. Francamente, non mi curo di quello che penseranno quegli uomini. E voi?»

Alexander aveva smesso da un pezzo di preoccuparsi di quello che pensavano gli altri. Ma era un uomo, gli era concesso. Lei, invece, strappava a morsi ogni conquista. Aveva sentito di donne che ci avevano già provato, ed erano state insultate per strada, colpite dai passanti con ciò che capitava.

Provò la tentazione di prenderla tra le braccia.

«Se vi diranno qualcosa di spiacevole, venite da me.»

Vide quegli occhi finalmente sollevarsi.

«E che farete, capitano? Guiderete nuovamente una spedizione punitiva?»

«Non mi dispiacerebbe affatto.»

Il nodo era stretto, anche dentro di lui.

Era arrivato Ernest Thesiger, accompagnato da Elizabeth Robins, Lady Judith e diverse esponenti dei movimenti per l'emancipazione femminile. Chi poteva era venuto a far fronte comune.

Alexander notò che Cate scivolò un po' più in là, quando l'attore andò loro incontro. Le si avvicinò.
«Ernest, portate novità?» chiese lei.
«Non buone, purtroppo.» Ernest abbassò il tono della voce. «La regina non interverrà sulla questione. È fuori dubbio. Dovremo cavarcela da soli.»
«E ce la caveremo?»
Ernest tolse il cappello, lo spolverò con un guanto.
«Cara dottoressa, tutti qui abbiamo fatto qualcosa che prima era impensabile. Che sarà mai mettere a tacere un gruppetto di omini arroccati su posizioni antiprogressiste?» Si rivolse ad Alexander. «Se voi soldati poteste dire qualche parola a favore...»
«La diranno tutti.»
«Allora il fronte è coeso.»
Li raggiunsero anche Flora e Louisa. La prima aveva l'aria infastidita, quando lanciò un'occhiata all'orologio affisso all'ingresso.
«Mi chiedo se si rendano conto che per rispondere alle loro sciocche obiezioni abbiamo dovuto sospendere gli interventi programmati per tutta la giornata.»
Ernest offrì il braccio a Cate.
«Se non lo sanno, troveremo il modo per farglielo presente. Tutto, pur di guadagnare terreno. Portate i pantaloni? Ma che magnifica idea.»
Cate si guardò.
«Lo ritenete inadeguato?»
«Cara, lo state chiedendo a chi per lavoro usa trucco e parrucche. Comunque la risposta è no. Lo trovo più che mai opportuno.»
Si incamminarono e Flora si rivolse ad Alexander.
«Venite con noi, capitano?»

Alexander aveva pensato di restare lontano dalla questione, ma non era una via praticabile, quando il mondo all'esterno minacciava di distruggere la sola cosa buona che la guerra aveva fatto nascere.

Li seguì, restando in disparte.

Flora e Louisa accolsero i visitatori con sorrisi e strette di mano, ma Alexander poteva immaginare come si sentissero. Doveva essere umiliante spiegare continuamente il proprio operato, vederlo sottoposto a giudizi da parte di chi non avrebbe saputo compiere nemmeno metà dell'impresa, tenendo ben presente il rischio di poter perdere tutto per una parola fuori posto, o uno sguardo sbagliato. Si rese conto con amarezza che le donne vi erano abituate. Ogni loro gesto, ogni pensiero, afflato, sospiro veniva da sempre vagliato da chi era nella posizione di permetterlo o negarlo – un padre, un marito, un fratello, un uomo di Chiesa, persino un figlio.

Le donne di Endell Street iniziarono il loro peregrinare attraverso i meandri dell'ottusità maschile. Non era la prima volta, non sarebbe stata l'ultima. La pazienza non veniva mai meno, anche se dentro di loro dovevano urlare.

Uno degli ispettori, Lord Esher, sembrava essere in confidenza con le dottoresse e a ogni uscita infelice di un proprio collega tentava di porre rimedio con un commento di pari forza ma segno contrario. Da quello che Alexander aveva carpito, Esher era stato uno strenuo oppositore di Murray e Anderson ai tempi dell'impresa in terra francese, ma si era presto ricreduto, riportando al re giudizi più che positivi sul loro operato.

Quando giunsero nella sala comune, davanti ai raffinati ricami creati dalle mani di uomini che dovevano per forza incarnare le fattezze dell'eroe, i funzionari inorridirono.

«Siamo in guerra, santo cielo! Abbiamo bisogno di uomini rudi e duri. Che direbbe il nemico se venisse a saperlo? Se solo fosse rimasta un'attività segreta, ma così...»

Sir Rattle, il gentiluomo che aveva sollevato l'obiezione aveva toccato con il bastone da passeggio un delicato drappo di lino, sul quale Andrew aveva ricamato il calice del sacrificio liturgico. Si rifiutò di prenderlo in mano, come se potesse contagiarlo.

Alexander si vergognò per lui.

Ernest non si lasciò vincere dal disprezzo apertamente dimostrato. Con convinzione, spiegò che l'attività del ricamo si era dimostrata eccellente nel calmare le menti ferite dei soldati e che non poche eccellenze erano emerse in diversi di loro.

«Producono lavori talmente accurati da poter avere un mercato. A tal proposito, ho trovato un luogo adatto per l'avvio di una piccola impresa, che tuttavia promette di essere da subito redditizia: un laboratorio di ricamo nel quale impiegare esclusivamente soldati disabili, al numero quarantadue di Ebury Street.»

Sir Rattle fu l'unico a mostrarsi ostile alla proposta, almeno apertamente.

«Fantasticate sul serio di poterli aiutare in questo modo?»

«Ne sono convinto, come Segretario onorario di Punto Croce e come uomo, e vi dico di più: lo sarete anche voi, al termine di questa visita.»

«Che diamine è il segretariato di Punto Croce?» Si voltò verso gli altri gentiluomini. «Forse non tutti siete al corrente delle voci che circolano sul conto di Mr Thesiger. Riguardano le sue frequentazioni.»

Ernest continuava a sorridere, ma il sorriso si era spento, era diventato una finzione.

«Voci, Milord? Sono sempre un buon indizio di successo. Un attore che non le sollevi non può dirsi soddisfatto.»

«Be', credo dipenda dalle voci. Nel vostro caso, riguardano gusti piuttosto ambigui. Si può finire in prigione, sapete, per certi vizi. Non è l'idolo di voi attori a esserci finito per reato di omosessualità, quel tale Oscar Wilde? Vi scrisse una lettera disperata all'amante, se non erro. Dovreste tenere presente quella disperazione, e starne lontano.»

Al nome dell'amico, invocato con tanto disprezzo, Elizabeth Robins trasalì. L'espressione di Ernest mutò nuovamente. Vi erano rappresentate una sofferenza feroce, e un'altrettanta feroce determinazione.

«Oh, quel dolore l'ho ben presente, non temete, Sir Rattle. È quello di tutte le anime libere che si scontrano con chi vorrebbe rendere la loro vita una parodia. *Per noi non c'è che una stagione: quella del dolore.* Lo scrisse quel tale, Oscar Wilde, nel *De profundis* che avete citato. Vi scrisse anche: *È veramente tragico che così poche persone riescano a possedere la propria anima prima di morire.* Ci vuole coraggio per fare dell'esistenza un'esperienza piena, bisogna essere disposti a pagarne il prezzo. Grazie a Dio, qualcuno di noi ne è capace.»

Calò il silenzio. Fu Lord Esher a risolvere l'impasse.

«Mr Thesiger, vorrei saperne di più sul vostro progetto di riabilitazione.»

Ernest si scrollò di dosso l'attacco appena subito con un gesto elegante del capo e aprì un campionario di ricami, offrendolo alla vista dei presenti.

«Certamente. Le sedute di tipo Regina Anna o Chippendale sono grandemente diffuse. Voi stessi ne avrete almeno una coppia nelle vostre dimore. Sebbene abbiano almeno duecento anni, si dimostrano assai resistenti. Non si può dire lo stesso del tessuto che le riveste e che dopo un uso così prolungato è quantomeno logoro e va sostituito. Ma con che cosa?»

«Un tessuto nuovo, suppongo.»

«Tessuti nuovi che però non sono finemente ricamati come gli originali, non hanno lo stesso valore. Noi possiamo fornirne di ricamati. Rivestimenti moderni ricamati su disegni originali. Ho visitato diversi rivenditori e tutti mi hanno assicurato che la domanda supererebbe di gran lunga l'offerta. Praticamente, ci siamo assicurati le commesse ancor prima di cominciare.»

Lord Esher fece un passo avanti.

«Secondo voi il mercato sarebbe sufficientemente ampio?»

«Ne sono più che convinto. Questo tipo di sedie e poltrone è molto ricercato, e anche copiato.»

Sir Rattle si fece sentire di nuovo, anche se più pacatamente.

«Resta un lavoro femminile.»

Ernest incrociò le braccia sul petto.

«Perché, di grazia, il ricamo dovrebbe essere esclusivamente femminile e la tessitura, invece, è da secoli appannaggio delle corporazioni delle arti e dei mestieri a conduzione maschile? Non presenta forse anche quella deliziosi motivi floreali?»

«Chi lo afferma?»

«Ma lo afferma la storia!»

Alexander aveva sentito abbastanza. Si rifugiò a fumare sulla scalinata dell'ingresso. Appoggiò la stampella alla balaustra, puntò i gomiti sul parapetto. Sempre nuovi equilibri da cercare, piani inclinati da bilanciare. Pescò sigaretta e fiammiferi dal taschino della giacca, e si chiese perché la indossasse ancora. Prese un tiro profondo.

Si accorse di non essere solo, ma non guardò il nuovo arrivato. Come lui, probabilmente, si era stancato di una retorica non più tollerabile.

Sentì lo sfregarsi di un fiammifero, l'odore dello zolfo. Il fumo azzurrognolo gli passò in una spirale davanti agli occhi. Sentì persino il risucchio della gola, il crepitio del tabacco. E in seguito un sospiro.

«Conosco vostro padre.»

Alexander diede un'occhiata di sbieco. Lord Esher. Batté con l'indice la sigaretta per far cadere la cenere.

«Vi ha mandato lui?»

«No. Ma sono qui per voi. Anche per voi. La vostra reputazione non passa inosservata. Siete un uomo prezioso in tempi infausti.»

Alexander non rispose.

«Ditemi, capitano Seymour, che cosa rappresenta per voi il ricamo?»

Alexander rise, una risata rivolta a se stesso. Non lo avrebbe mai creduto possibile, ma aveva ricamato. Aveva preso tra le dita un ago, vi aveva infilato il filo, e aveva dato il primo punto alla corolla di un fiore. Se questo faceva di lui un pazzo, un abominio, una bizzarria della natura da condannare e deridere, allora che cosa era la guerra, lo straziare corpi di giovani appena affacciati alla vita?

Guardò Lord Esher.

«Mi state chiedendo se mi sento ancora uomo. Ebbene, sì. Incredibile, vero?»

«Nulla è cambiato?»

«Tutto è cambiato. In meglio.»

«Allora confermate le teorie di Mr Thesiger?»

«Chiunque di noi potrebbe dirvi che vi ha tratto giovamento. Abbiamo ingannato il tempo e i pensieri più cupi.

Abbiamo creato qualcosa che prima non c'era, con queste mani abituate a distruggere.» Si guardò i palmi. «E abbiamo fissato sulla stoffa la nostra memoria. Se condannerete queste donne per averci indotto in una tentazione di fili e punto croce, allora dovrete condannare anche voi stessi, per non aver voluto vedere quello che vi è oltre.»

Lord Esher annuì, come per confermare pensieri a lungo meditati.

«Vorrei avervi nella mia équipe, all'Ufficio della Guerra.»

Alexander fece un altro tiro e gli mostrò il moncone rimasto al posto della gamba.

«Sono fuori combattimento, Milord.»

Lord Esher sorrise, per nulla impressionato.

«Per le tattiche di guerra non vi servono due gambe, ma un cervello pensante, e quello c'è, assieme all'esperienza che potete vantare. Allora, che cosa mi rispondete?»

Alexander notò una fila di automobili lussuose varcare i cancelli dell'ospedale. Erano lucenti come appena uscite dalla fabbrica.

«Grazie per la proposta. Ci penserò.»

«Non fatelo troppo a lungo. La guerra non attende.»

«Lo dite a me?»

Le automobili tracciarono un semicerchio, gli pneumatici scricchiolarono sul pietrisco del cortile, e si fermarono. Un'altra macchina, meno appariscente, parcheggiò dietro le altre e ne scesero un uomo con un blocco per gli appunti in mano e un fotografo. Il fotografo iniziò a scattare, quando dall'ammiraglia scese una donna vestita di bianco. Era accompagnata da altre due donne, meno giovani.

Lord Esher gettò la sigaretta, improvvisamente agitato.

«Non sono stato informato di questa visita. Sapete chi è?»

Anche Alexander gettò la sua.

«Qualcuno di importante, mi sembra di capire.»

«È Sua Altezza Reale la principessa Victoria Alexandra Alice Mary, figlia della regina.» Lord Esher si inchinò al cospetto della giovane donna che stava avanzando scortata dalle dame di compagnia.

La dottoressa Louisa Garrett Anderson era uscita per accoglierla con alcune colleghe. Alexander non vide tra loro Cate, né Flora Murray. Sperava non si trovassero in difficoltà.

«Venite con me» gli sussurrò Lord Esher. «Prevedo novità di non poco conto.»

Quando Cate aveva indossato i pantaloni non si era aspettata che fossero così pesanti da portare. La responsabilità del gesto non sarebbe ricaduta solamente su di lei, ma come una valanga avrebbe potuto investire tutte le donne di Endell Street. Lo sapeva fin da quando aveva stretto la cinta per tenerseli addosso, ma camminare per i corridoi lo rese un azzardo tangibile. Gli occhi che la scrutavano la stavano sottoponendo a un esame, nel bene e nel male, e lei quel giudizio lo sentiva sulla pelle. A volte era una carezza, altre scorticava.

Perché Flora Murray le avesse permesso di farlo, addirittura suggerito, le era sembrato un mistero, ma ora credeva di capirlo.

Ciascuna di loro era chiamata a stare in piedi davanti alle proprie rivendicazioni, e non solo metaforicamente. Era la storia a chiamarle, era il sacrificio delle compagne rinchiuse in cella e torturate, e ancora di più di quelle percosse dentro le pareti delle case.

E Cate stava in piedi, ora, anche per loro, ma soprattutto per Anna e le donne non ancora nate. Avrebbero potuto avere una speranza in più di libertà anche grazie ai pantaloni di un vecchio falegname e a una madre abbastanza folle da indossarli.

Si era chiesta se fosse stata la rabbia provocata dall'incontro con Philip ad armarla di un coraggio che fino a quel momento non aveva sentito di possedere. Era probabile, perché il ritrarsi di quell'uomo tracciava un solco più duro e profondo da percorrere nel cammino di sua figlia, e non era giusto.

Vide che Sir Rattle, l'ispettore che aveva scambiato battute tese con Ernest, l'aveva notata. Parlottava con i colleghi, indicandola senza alcuna cortesia. Non aveva mai perso occasione per portare all'attenzione degli altri una presunta inferiorità femminile e nemmeno le argomentazioni di Hazel su quanto fatto da donne come Marie Curie erano riuscite a tacitarlo. Non lo impressionò il suo curriculum e non lo impressionò sapere che Madame Curie aveva inviato a proprie spese al fronte una macchina a raggi X trasportabile su mezzo a motore. Per lui era un'impresa da nulla.

Quando lo vide avvicinarsi, si preparò al peggio. Flora le sfiorò un braccio.

«Nervi saldi, Cate.»

La sua presenza era preziosa. E pensare che all'inizio Cate l'aveva persino temuta.

Il gentiluomo la squadrò con fastidio.

«Da quando in questo ospedale è permessa una tale sconcezza? Una donna che veste abiti maschili quale esempio può dare, se non dimostrare apertamente l'intento sovversivo di questa congrega? Perché di questo si tratta. Una congrega di streghe.»

Nessuno replicò, perché nella stanza era entrata una giovane donna riccamente abbigliata e con un sol passo aveva rapito sguardi e volontà dei presenti.

Rivolse le prime parole a Flora.

«Dottoressa Murray, sono felice di essere qui.»

Flora fece un inchino.

«Vostra Altezza, ci onorate.»

Cate la riconobbe dai ritratti che aveva visto. La principessa si guardò attorno. Era molto bella e dallo sguardo sereno, i capelli castani raccolti sulla nuca in onde lucenti, gli occhi chiari tipici della sua casata. Quando si posarono sull'uomo che aveva appena parlato furono illuminati da un lampo freddo, ma tornarono presto quieti.

«Mi duole avervi avvisata con così poco preavviso, dottoressa Murray» disse. «Sua Maestà la regina desiderava da tempo che io visitassi il vostro ospedale, avendone sentito raccontare meraviglie. Ora che vi si ricama, la spinta a farvi visita è stata impellente.»

Cate incrociò lo sguardo di Ernest. Era più che sorpreso. Nemmeno lui ne sapeva niente. Flora, a quanto sembrava, doveva aver ricevuto la notizia quella mattina stessa e aveva mantenuto il segreto. Pensò che tutto in lei apparisse misurato, e allo stesso tempo di una forza prorompente.

«Ne sono molto felice» stava dicendo. «Anche voi ricamate?»

«Oh, sì, quasi quotidianamente. E anche la regina e le nostre dame qui presenti. Non vediamo l'ora di osservare i lavori dei soldati. Mr Thesiger li ha dipinti come estremamente validi.»

Flora annuì, decisa.

«Ho ragione di credere che lo siano. Se permettete, la dottoressa Hill e io vi faremo strada.»

«Volentieri.»

La principessa sorrise a Cate e il suo sguardo non calò mai sugli abiti che indossava. Eppure doveva aver sentito quanto detto dall'ispettore. Lo aveva sentito, e quella era la risposta.

Un membro della famiglia reale che si accompagnava a una donna in pantaloni, un attore segretario di Punto Croce, qualunque cosa volesse dire, e una dottoressa che per prima aveva fondato un ospedale gestito esclusivamente da donne – in mezzo alla guerra, in suolo straniero – che era una suffragetta e aveva visto la galera.

Victoria Alexandra Alice Mary, chiamata semplicemente Mary, come la madre, non era lì per mera cortesia e non era lì unicamente per ammirare i ricami. Non era difficile capire di chi fosse portavoce. La regina aveva risposto all'appello accorato di Ernest, non aveva lasciato solo il suo amico.

Cate sollevò lo sguardo e incontrò il sorriso di Alexander. Si sentiva inquieta e commossa, ancora errante, forse, ma pienamente consapevole del proprio ruolo nel mondo.

Il fotografo scattava mentre le dame di compagnia offrivano i ricami alla valutazione della principessa. Ne sembrava entusiasta e lodò l'operato delle donne e degli uomini di Endell Street.

Ciò che disse poco dopo, a favore di giornalisti e ispettori, fu di una portata insperata.

«Sono lieta di riferire la volontà di Sua Maestà la regina di commissionare ai soldati un paliotto destinato all'uso sacro presso la cappella privata di Buckingham Palace.»

13 ottobre 1915

Era scesa la sera su Endell Street e di nuovo i lampioni erano rimasti spenti.

A volte ci si scordava di essere in guerra, le giornate trascorrevano placide e lo spirito smetteva di tremare. Ma poi calava il buio, un'oscurità arcaica che l'uomo aveva dimenticato da secoli, e ricordava alle ossa ciò che era la paura. Non c'era fiaccola della ragione che potesse allontanare il senso di precarietà.

Alexander era sceso in cortile. Aveva atteso di sentire il respiro regolare dei suoi compagni immersi nel sonno per restare solo. L'aria aveva uno strano odore, sapeva di oceano, di schiuma salata, di alghe aggrappate a scogli battuti da mareggiate. Era umida come il fondo di una trincea.

Si puntellò sulla stampella, accese una sigaretta e alzò il viso alla volta celeste. La proposta di Lord Esher brillava come una stella polare nella sua mente. Indicava la via per la salvezza. Gli avrebbe consentito di fare ancora la sua parte nel respingere il nemico.

Qualcuno gli tolse la sigaretta dalle labbra, facendolo quasi cadere per la sorpresa.

«Non vi rimettiamo insieme per permettervi di farvi del male da solo.» Flora Murray spezzò in due la cicca e la gettò in un bidone di latta.

Alexander cercò l'equilibrio saltellando.

«Così però il male me lo fate voi.»
Lei lo afferrò per un gomito. Aveva una presa di ferro e gentile allo stesso tempo. Mani di medico, gli venne da pensare. Dovevano essere pronte a troncare, allargare, scavarsi una via nel corpo di un essere umano, e allo stesso tempo a preservarlo.
«Ho visto abbastanza polmoni di fumatori da vicino per dirvi che il vostro vizio li tinge del colore nero del carbone, capitano.»
«Mmm, perché volete rovinarmi l'unico piacere che mi rimane?»
«Che cosa fate qui, ancora in divisa?»
Alexander si guardò. Non ci aveva nemmeno pensato. I fatti di quella giornata erano stati soverchianti.
«Rifletto. E voi?»
«Devo parlarvi.»
La guardò con interesse. La temibile e sempre indaffarata Doc Murray lo cercava nel mezzo della notte.
«Non credo di aver combinato nulla di grave, ultimamente. Qualsiasi sia il motivo di questa conversazione, non sono stato io.»
Lei alzò un sopracciglio. Le venivano così bene le espressioni che la raffiguravano indolente davanti a un misero tentativo di schivarla.
«Ho motivo di credere che invece abbiate molto a che fare con quanto sto per riferirvi, Alexander.»
Quando lo chiamava per nome, lui si sentiva ancora uno scolaro davanti alla lavagna.
«Ditemi, allora, in modo che io possa pentirmi.»
«Ah, non ci conto. Ho ricevuto una telefonata questa mattina, poco prima dell'arrivo degli ispettori. Dopo tutto quello che è seguito, non ho avuto il tempo di dirvelo.»

Lui pensò a una telefonata da casa.

«La mia famiglia?»

«No. Da parte di Sir Grey in persona.»

Alexander concentrò lo sguardo sulla ghiaia del cortile. Si schiarì la gola.

«Capisco. Novità?»

«Altroché. Il padre di Andrew mi ha chiesto di riferirvi che penserà a coprire qualsiasi spesa necessaria per sistemare adeguatamente il figlio dopo la dimissione e che vi sarebbe grato se poteste occuparvene personalmente. Guardatemi, Alexander. Che cosa gli avete fatto per convincerlo?»

Lui mascherò un sorriso.

«Solo qualche fotografia, ve lo giuro.»

«Il plico che avete fatto spedire ieri...»

Alexander si raddrizzò. Non aveva più voglia di scherzare.

«Ci sono atti che possono sembrare sconvenienti, ma che nel cuore sono giusti e necessari.»

Lei alzò una mano.

«Non voglio saperne nulla.»

«È meglio.»

Flora si strinse nella giacca.

«Presto potrete lasciare l'ospedale. E allora che farete?»

Alexander guardò ancora le stelle. Cercò quella polare.

«Mi è stata fatta una proposta che sistemerebbe molte cose, oggi, da parte di Lord Esher.»

«Intendete accettarla?»

«No.»

«Perché mai?»

«Perché aiuterebbe solo me, e non gli uomini che mi aspettano in quella stanza. Ho un progetto migliore.»

«Devo preoccuparmi?»

Alexander si incamminò verso il giardinetto.
«Aiutatemi a cercare un anello.»
«Qui?»
«In preda alla rabbia l'ho gettato via. Secondo i miei calcoli, dovrebbe essere atterrato più o meno tra quei cespugli.»
La guardò, malizioso. «È un anello di fidanzamento importante.»
Flora lo aiutò a scavalcare il basso recinto. Lo oltrepassò anche lei.
«Chiederete alla vostra fidanzata di ripensarci? Direte a vostro padre che tutto andrà come desidera?»
Alexander scoppiò a ridere.
«Non c'è intimità, in questo ospedale.»
«Non avete risposto.»
Lui indicò le costellazioni sopra le loro teste.
«Non è forse l'amore ciò che muove il mondo?»
«Sì, con qualsiasi nome lo si chiami. Sempre che ciò che vi lega a quella donna sia amore. Lo è?»
«Chi può dirlo? A volte bisogna rischiare.»
«È buio. Come potete pensare di trovarlo?»
Alexander si chinò tra ciuffi di gladioli. Fece scattare l'accendino.
«Brillerà.»
Anche Flora si inginocchiò.
«Una metafora calzante. E se lo ha preso qualcuno?»
«Allora vuol dire che doveva andare così.»
«Piuttosto fatalista, per un uomo che cerca un nuovo inizio.»
«Non voglio pensare che un nuovo inizio possa richiedere nulla di meno di una benedizione dall'alto. E voi?»
Alexander le mostrò trionfante l'anello appena raccolto.

Ma un'ombra calò su di loro e rese la notte ancora più scura. Le stelle erano scomparse, coperte da una sagoma nera. Si rimisero in piedi reggendosi a vicenda. Qualcosa si stava muovendo in cielo nella loro direzione.

69

Cate spalancò gli occhi su una notte trafitta. Fasci di luce bianca attraversavano l'oscurità da parte a parte, come a voler rincorrere ogni ombra fino a stanarla. Si alzò con un grido in gola e cercò d'istinto il corpo caldo di sua figlia. Le campane di Londra stavano urlando l'arrivo di un attacco.

«Mammina?»

«Dormi, amore.»

Le mani tremavano, il cuore anche. Cate indossò l'uniforme sopra la camicia da notte. Prese qualche indumento per Anna e la avvolse in una coperta. Al di là della finestra i riflettori posizionati sui tetti degli edifici più alti davano la caccia alla sagoma nera che avanzava sopra la città.

Con il fagotto tra le braccia, Cate corse in corridoio. Le porte delle stanze si spalancavano via via, rivelando volti impauriti e corpi sui quali erano stati gettati a caso i primi indumenti trovati. Mina e Joseph le andarono incontro. Già sapevano che cosa fare. Cate affidò loro la bambina, stringendola a sé un'ultima volta come se non dovesse più rivederla. Si fece promettere da Anna che non avrebbe avuto paura, perché non c'era nulla da temere. Prima di raggiungerli nei sotterranei, Cate doveva aiutare le compagne a mettere al sicuro tutti i pazienti.

Quando si staccò da sua figlia, avvertì uno strappo all'altezza del ventre. Si precipitò giù dalle scale, per lasciarsi alle spalle la tentazione di risalire i gradini a due a due, riprendersi Anna e fuggire lontano da un'umanità sempre più assetata di sangue.

Tutte le luci erano spente, ci si muoveva con le lanterne cieche.

Nei reparti, le colleghe di turno avevano già dato inizio al piano di evacuazione. I letti di chi non poteva alzarsi furono spinti fino all'ascensore, usato unicamente per i casi più gravi. Per gli altri si usavano le barelle. Cate si caricò la schiena di quei pesi e ringraziò l'esperienza per averla trasformata in una donna molto diversa dalla ragazza che era stata. Gli uomini che potevano reggersi in piedi aiutavano gli altri a scendere. Erano accorsi a dare una mano anche i soldati di guardia ai cancelli. In poco tempo, le stanze si erano svuotate. Lo Zeppelin poteva già essere sopra di loro, o lontano, chi poteva saperlo? Si procedeva a tentoni nel buio del panico. Flora e Louisa stavano portando Andrew a braccia, quando la prima richiamò l'attenzione di Cate.

«Controlla che il reparto sia sgombro, poi scendi anche tu, immediatamente.»

Cate passò di stanza in stanza e richiuse dietro di sé ogni porta, in modo da indicare che lì dentro non c'era più nessuno.

Quando arrivò alla camerata di Alexander, vide Cecil e Oliver seduti sul letto. Stavano indossando le divise. I movimenti controllati con cui abbottonavano le giubbe e stringevano le cinte erano irreali.

«Che cosa ci fate ancora qui? Forza, dobbiamo scendere nei sotterranei.»

Passò un braccio attorno al petto di Cecil, ma lui lo allontanò con fermezza.

«Noi non scendiamo.»
«Che cosa vuol dire che non scendete?»
Insistette, ma Cecil di nuovo si ritrasse.
«Andiamo sul tetto, doc.»
«C'è la batteria antiaerea, sul tetto. Ci sono i soldati. Noi dobbiamo cercare un riparo e restarvi fino a pericolo cessato.»
Oliver si alzò e caricò Cecil sulla schiena.
«Abbiamo visto quei cannoni. L'alzo non è sufficiente e deve essere corretto, o spareranno a tutto tranne che a quell'affare che tra pochi minuti potrebbe essere sopra le nostre teste. I soldati di cui parlate non hanno alcuna esperienza di guerra.»
Cate avrebbe voluto urlare, dire loro che se volevano morire erano liberi di farlo, ma non lì, non in quel momento, non quando lei aveva la responsabilità di metterli al sicuro. Invece diede voce a un pensiero improvviso.
«Dov'è Alexander?»
Le sembrò che il suono delle campane si fosse trasformato in un canto funebre, nel pianto di tutte le donne che dall'inizio del conflitto avevano sotterrato il proprio amato nella terra fredda di un cuore in pezzi.
Oliver le rispose dalla porta, deciso a salire quattro piani con Cecil aggrappato al collo.
«Alexander è andato a cercare una gamba. Viene anche lui.»
Le gambe dell'uno erano diventate anche quelle dell'altro e, qualsiasi cosa fossero intenzionati a fare, Cate era certa che le braccia forti di Cecil avrebbero sostituito l'arto mancante dell'amico.
Restò sola, in balia di forze contrarie. Scendere, tornare da

Anna, al sicuro. Salire, in cerca di Alexander, sotto una pioggia di bombe.

Si precipitò all'ingresso. Non avrebbe mai potuto chiudersi nei sotterranei sapendo che lui era là sopra. Per un attimo l'atrio le parve spettrale. Di tanto in tanto i razzi di illuminazione sparati in qualche parte di Londra rischiaravano il vuoto creato dall'arrivo del nemico e ogni oggetto, prima innocuo, si deformava in un'ombra crescente.

Non c'era più nessuno, tranne una figura che saliva a fatica le scale. Cate gli corse incontro, si aggrappò alla giubba di Alexander e lo fece quasi cadere, le mani risalirono fino al bavero, agguantandolo. Voleva trattenerlo, metterlo al sicuro, ma era disperata, perché sapeva che lui non glielo avrebbe permesso.

«È una follia. Non siete obbligato al sacrificio.»

Lui sollevò una mano, come per prendere il viso di Cate nel palmo, ma la lasciò ricadere. Lo scoppio di una bomba non molto lontano li fece sussultare, le mani allora si cercarono per sostenersi.

«Non è una follia, sappiamo come fare» disse lui. «Andate nei sotterranei, ora. Verrò a chiamarvi quando sarà tutto finito.»

La sua voce era calma mentre il loro mondo andava in fiamme. Cate capì che ciascuno di loro in quegli attimi concitati sentiva di avere un destino da compiere, e non poteva sottrarsi senza in seguito doverne rendere conto a se stesso.

Cate si lasciò cadere sulle ginocchia, gli occhi che bruciavano.

«L'avete montata in modo sbagliato.»

Si affrettò a sistemargli la protesi. Lui si era sempre rifiutato di usarla, eppure in quel momento l'aveva accettata. Era rimasta nel laboratorio di Joseph ed era diventata un giocattolo per Anna. La bambina ci aveva disegnato sopra un papavero. Quando lo vide, Cate rimase senza parole. Quel fiore li rincorreva.

Si alzò, le gambe malferme.

«Restate vivo» pregò in un soffio, non sapeva se l'uomo o Dio. «Tornate da me.» E con quelle parole le sembrò d'aver messo a nudo se stessa, senza appello.

Lui la sollevò. Il bacio non fu d'addio, o di perdono. Non v'era disperazione, né rabbia per un destino avverso. Era tornare a casa quando prima di allora non c'era mai stata casa al mondo.

Una seconda esplosione, questa volta più vicina, fece tremare le pietre di Endell Street.

Alexander la rimise giù.

«Torno, ma tu aspettami.»

Cate rimase a guardarlo sparire nella spirale delle scale, l'anima in subbuglio.

Qualcuno le toccò una spalla, spaventandola. Era Andrew.

«Non da questa parte» gli disse. «Devi scendere, devi andare giù.»

Lo sospinse dolcemente, ma lui le prese la mano.

«Devo andare da loro, dottoressa.»

Tremava. Tornare sotto un bombardamento doveva costargli l'anima, eppure non voleva lasciare gli altri soli.

Cate rispose alla stretta.

«Andiamo insieme, Andrew.»

Salirono fino a uscire sul tetto, sotto un cielo nero. I fari continuavano ad attraversarlo da una parte all'altra. Cate si aggrappò alla balaustra di cemento, in preda a vertigini provocate dal panico. Il dirigibile era un riflesso argenteo che baluginava e si spegneva poco dopo. Sembrava muoversi lentamente, ma forse era solo una distorsione della prospettiva. Aveva sganciato un'altra bomba sulla zona di Covent Garden. Le fiamme ardevano furiose come nel braciere di un gigante.

Cate non riusciva a distogliere lo sguardo.

«Viene verso di noi!» urlò Oliver. Alexander e Cecil stavano distruggendo uno dei camini con una mazza.

Quando Alexander si accorse di lei e Andrew, sembrò sul punto di volerli rispedire di sotto, invece indicò loro un riflettore e disse di puntarlo addosso al nemico. I soldati della contraerea stavano già muovendo gli altri, ma sembravano più confusi di Cate.

Lei spinse con tutta la forza che aveva per smuovere il faro e orientarlo. Immaginava il pilota guardare Londra dall'alto e decidere in quale punto liberare il prossimo carico di morte. Si chiese come fosse possibile per un essere umano affrancarsi dalla propria coscienza e dalla compassione nel tempo necessario per azionare un comando.

Alexander disse ad Andrew di tenere il dirigibile illuminato e la chiamò accanto a sé.

«Dobbiamo alzare questa bestia di metallo, o non lo colpirà mai lassù.»

Stavano modificando la batteria antiaerea con gli attrezzi che avevano a disposizione e i mattoni recuperati.

«Quanti gradi vuoi aggiungere?» chiese Cecil.

Alexander aveva dispiegato una mappa e misurava a spanne le distanze.

«Dieci.»

«Con dieci finirà su Vauxhall. Io direi cinque. Se non lo prendiamo, almeno il colpo cadrà nel Tamigi.»

«E cinque sia, allora.»

Cate afferrò Alexander per un braccio.

«Calcolate a spanne. C'è Westminster, da quella parte.»

Lui strinse le labbra e guardò su. C'era un dirigibile carico di esplosivo, sopra le loro teste.

«Le distanze in aria non si possono valutare a occhio. Non c'è altro da poter tentare, spanne o non spanne.»

Cecil e Oliver alzarono uno dei cannoni aiutandosi con le barre di acciaio usate per trasportarli. Uno con le braccia possenti, l'altro con la schiena.

Alexander sorrise a Cate.

«Un sistema di leve, dottoressa.»

Insieme sistemarono i mattoni sotto il cannone.

Lo Zeppelin sembrava enorme, ora. Riempiva gli occhi, il cielo, e l'anima di terrore.

Alexander fece spostare Cate dietro di sé. Si tenne la sua mano sul cuore.

«Giù!»

Fecero fuoco. L'esplosione fu così potente che Cate provò dolore alle orecchie. Il rinculo fece scattare il cannone all'indietro. Rovinò sui resti del camino e si fermò contro il parapetto.

Il dirigibile era ancora al suo posto e li puntava.

«Colpo a vuoto» disse Cecil.

Ricominciarono e questa volta lo alzarono di dieci gradi.

«Giù!»

Una nuova deflagrazione squarciò l'aria. Il secondo rinculo fece precipitare il cannone di sotto.

Cate urlò, aspettava una pioggia di fuoco. Alzò lo sguardo con il timore di vedere che nulla era mutato, invece il dirigibile era stato colpito di striscio a un fianco e virò, inclinandosi.

Rimasero a guardarlo. Lo Zeppelin si stava allontanando in direzione della costa, fumante di nero.

Cate era ancora incredula, sentiva appena le grida di vittoria di Oliver. Cercò Alexander con lo sguardo. Lo vide sedersi, esausto, la schiena contro ciò che era rimasto del camino.

Endell Street tornò a rianimarsi. In cortile, la voce di Olga stava urlando a Oliver affacciato dalla balaustra che diavolo ci facesse un cannone tra le siepi del giardino.

Si sollevò la risata di Cecil. Lui e Andrew lo stavano guardando, abbracciati. Andrew era cambiato, Cate lo vide per la prima volta uomo, artefice del proprio destino. Non c'era più traccia del timore che lo aveva schiacciato. Quel timore era solo un contagio del padre, nulla più. Non gli apparteneva, non lo definiva.

«Capitano, quante ore di lavoro ci affibbierà Doc Murray per questo sfacelo al suo ospedale?» chiese Cecil.

Alexander sorrise, ma non rispose. Guardava Cate.

«Vieni qui» le disse.

70

Cate si lasciò cadere accanto ad Alexander, sfinita dalla paura. All'orizzonte, il dirigibile prese fuoco, una fiammata che illuminò le tenebre. Navigava tra le nuvole come un inferno in cerca di terra su cui approdare.

«Tornerà?» gli chiese.

«Non quello. Di sicuro non oggi.»

Era già tanto sapere di arrivare a sera senza dover respingere un nuovo attacco. La guerra era perdere tutto nel tempo di un battito di ciglia.

Alexander frugò nel taschino della divisa, aprì il palmo e le mostrò un anello. Lo zaffiro era blu come la notte agli sgoccioli, i diamanti che lo cingevano brillavano come stelle. Era l'anello che aveva gettato dalla finestra.

Cate lo ammirava e lo detestava, perché era stato di un'altra.

«Lo hai recuperato.»

«È troppo prezioso per non dargli una seconda possibilità.»

Cate sentì il cuore perdere un colpo.

Alexander lo rigirò tra le dita. «Intendo venderlo e con il ricavato aprire una piccola fabbrica di protesi, e magari un laboratorio di ricamo e restauro in cui far lavorare gli altri reduci. Sembri sorpresa.»

«Lo sono.»

«Pensi sia un'idea folle?»

«No, tutt'altro. È audace. Ma folle, no.»

«E allora perché quell'espressione?»

Davanti al pericolo scampato, che cosa poteva mai essere una confessione?

«Per un momento ho pensato che volessi propormi un fidanzamento.»

Lui se la tirò più vicino.

«Non ti farei mai il torto di regalarti l'anello restituito da un'altra.»

Il vento allontanava l'odore della guerra. Cate pensò che avesse dissipato con la forza di un tornado anche ogni indugio.

Alexander la osservava, pensoso.

«Sei ancora la stessa visione che mi apparve nel fango del campo di battaglia di Ypres. Tra la cenere della distruzione, avevi appena iniziato a salvarmi.»

Cate si morse le labbra. Aveva tanto da dirgli, ma non sapeva come.

«Ho visto il ricamo, capitano.»

«Allora di me hai visto tutto ciò che conta.»

Alexander pescò un rocchetto di filo dal taschino. Era seta, brillava al chiarore del dirigibile in fiamme.

Le prese la mano. Iniziò ad avvolgerlo attorno all'anulare che lui stesso aveva liberato dai lacci del passato, fino a ottenere un cerchietto d'oro. Cate si sentì rimescolare.

«Che cosa fai?»

Alexander spezzò il filo, lo fissò con un nodo.

«Prendo un impegno, con te e con Anna. Se vorrete. Tu lo vuoi?»

Lei non rispose.

Alexander tracciò il profilo del suo viso con le labbra, cercò la sua bocca.

«Non te lo sto chiedendo perché penso tu abbia bisogno di un marito.»

«E io non sto accettando perché voglio avere per forza un marito.»

La prese a sedere in braccio, la guardò come nel tentativo di afferrare un ricordo sfocato.

«Quale avete detto essere la vostra specializzazione, dottoressa?»

Cate si sforzò di restare seria.

«Ginecologia, capitano, e di recente chirurgia di guerra. La vostra?»

«Contraerea. E, più di recente, il ricamo.»

Lo baciò. Il sole irruppe all'orizzonte. Lo Zeppelin era ormai lontano.

Di lì a pochi minuti i cancelli dell'ospedale si sarebbero aperti per ricevere i feriti. La guerra non era finita, alcuni si dicevano convinti che sarebbe durata ancora a lungo, ma Cate, per quel momento, la percepiva finalmente lontana.

Il filo d'oro attorno all'anulare riluceva, tremolante, al vento della vita. Un vento di donna cucito alla terra di un uomo.

Epilogo

Londra, Cattedrale di Saint Paul, luglio 1919

Non v'era luogo più sacro a Londra della cattedrale di Saint Paul per celebrare la fine della guerra. Le sue pietre, le sue travi antiche erano andate in cenere secoli prima, e con la cenere i nuovi pilastri che la innalzavano al cielo erano stati impastati. La sua storia raccontava la rinascita, la caparbietà umana, il patto dell'uomo e della donna con un Dio compassionevole che piangeva un'umanità trafitta.

Quel giorno, Saint Paul era il cuore sanguinante della Gran Bretagna. In una mattina anch'essa di cenere, la cattedrale accoglieva il *Te Deum* e un popolo sfinito da anni di perdite indicibili.

Cate sentiva quel dolore compenetrarla, ma non faceva nulla per sottrarsi. Era il momento di cantarlo, di farsene carico anche per chi non era più in grado di portarne il peso.

Nell'abbraccio dell'abside, l'altare maggiore splendeva. Il paramento liturgico ricamato da centocinquanta soldati disabili riluceva dei fili di seta cuciti da mani maschili. Quelle mani avevano dato vita, accostando punti e colori, a sacre palme incrociate, a un intrico di fiori – la rosa mistica, simbolo dell'Inghilterra.

Al centro del drappo di satin, il calice raffigurante il sacrificio compiuto si diceva essere stato ricamato da un soldato giovanissimo.

In molti vi si erano abbeverati, tanto da non fare più ritorno. Riposavano al di là del mare, in una terra straniera finalmente in pace. Cate pregò affinché fossero nella pace anche le loro anime e proteggessero le generazioni sopravvissute da nuovi errori, nuovi orrori.

Davanti a lei, diverse donne e uomini che avevano condiviso l'impresa a Endell Street stavano le une accanto agli altri. Oliver, Andrew, Cecil, con i suoi bambini, Olga, Grace... I rapporti intrecciati così saldamente nel bisogno e nella speranza non sarebbero mai più stati sciolti. Pensò a Flora e Louisa, sicuramente indaffarate per arrivare in tempo, dopo aver concluso l'ennesimo intervento.

La guerra era finita, restava il lutto, ma al lutto sarebbe seguita la rinascita. Era la storia dell'umanità.

Provò il bisogno di ascoltare il respiro di Anna, come faceva da quando era nata. La bambina si teneva stretta al collo di suo padre, la testa abbandonata con fiducia contro di lui. Cate le posò una mano sulla schiena. Il suo calore era vita che pulsava, luce che faceva breccia nelle tenebre.

Ma le tenebre non sempre erano un luogo pericoloso e malvagio. Era nell'ombra di un ventre di donna che la vita si rivelava con il suo primo battito.

Alexander si accorse del gesto. Sorrise, quando si slacciò dal collo una mano di Anna e la posò con la propria sul ventre rotondo di Cate. Lì, dove batteva il cuore di una nuova vita che stava per venire al mondo.

Nota dell'autrice

Come spesso mi capita, trovo le ispirazioni che si rivelano poi come le più viscerali cercando tutt'altro. È accaduto anche con questo romanzo. Mi stavo documentando per una storia completamente diversa, quando mi sono imbattuta per caso nella vita di Ernest Thesiger e in particolare nella sua attività di ricamo svolta presso gli ospedali militari durante la Prima guerra mondiale. Ne rimasi folgorata, iniziai a parlare in famiglia e agli amici dei soldati ricamatori. Il mio entusiasmo trovava riscontro nel loro.

La storia che avevo pensato di scrivere inizialmente piano piano si stava ritirando in un angolo della mia mente, lasciando spazio a una trama di fili colorati e mani maschili che impugnavano aghi da cucito invece di armi.

A quel punto, avevo bisogno di un'ambientazione ed è stato naturale cercare notizie su un ospedale – qualsiasi, purché realmente esistito – che potesse fare da sfondo alle vicende. Proseguendo nelle ricerche, sono approdata all'Ospedale Militare di Endell Street. Leggendo la sua storia, la storia delle donne che lo hanno voluto e gestito con caparbietà e dedizione, non riuscivo a credere a tanta bellezza. Non avevo una storia, ne avevo due, e immense, quella dei soldati ricamatori e delle prime *lady doctors*. Filo di ordito e filo di trama, per creare un tessuto che da subito mi ha avvolta con un calore particolare.

La ricerca è stata un viaggio emozionante. Ho un debito di riconoscenza verso libri come *No Man's Land* (Basic

Books), di Wendy Moore, che così accuratamente e con tanta passione ricostruisce l'impresa temeraria ed eccezionale portata a termine dalle dottoresse Flora Murray e Louisa Garrett Anderson, insieme alle colleghe del WHC; *Women as Army Surgeons. Being the History of the Women's Hospital Corps in Paris, Wimereux and Endell Street, September 1914 – October 1919* (Cambridge Library Collection), scritto dalla stessa Flora Murray «in memory of Endell Street» e dedicato alla compagna Anderson; *From the Hands of Heroes. The St Paul's Cathedral First World War Altar Frontal and Memorial Book* (Memory Lane Media Ltd); ma anche contributi video, fondamentali per ricostruire la vita nelle trincee sul fronte occidentale, come *Vita nelle trincee. Prima Guerra Mondiale*, di Studio Del Bianco (video contenuto nella collana «Le grandi battaglie della storia», distribuzione Folio).

Sono diversi i personaggi e i fatti reali raccontati in questo romanzo e mi auguro di averli restituiti con la gratitudine e la pienezza che meritano. Ho riempito le pieghe della storia con la mia fantasia, ma guidandola sempre con il rispetto e il sentimento necessari per rendere omaggio alla forza e al coraggio di queste persone. Flora, Louisa, Ernest, Elizabeth, Olga, Hazel e Grace, Mary di Teck, Lord Esher, Madame Pérouse, il concierge del Claridge (erano due persone, in realtà, ma io mi sono ispirata a Monsieur Casanova) sono realmente esistiti, hanno incrociato le loro esistenze, contribuendo ciascuno a modo proprio a cambiare il corso della storia. Ho voluto farli incontrare anche con Madame Decourcelle, a sua volta una precorritrice dei tempi.

E chissà quante Cate e quanti Alexander hanno amato, combattuto e resistito nei tempi più bui, anche per noi, per farci vivere una vita che oggi consideriamo normale.

A volte la realtà ci offre storie realmente vissute che sembrano sceneggiature, tanto sono avventurose e appassionanti, e ardite. Storie che hanno ancora molto da dire, e da dare.

Ringraziamenti

Scrivere una storia è pura passione, riuscire a pubblicarla è un privilegio. Ringrazio di cuore tutte le persone che hanno reso possibile questo nuovo viaggio. È un'avventura all'inizio solitaria, un po' spaventosa, che comincia con me davanti a un foglio da riempire con idee, suggestioni, sguardi e scorci di un mondo che ha iniziato a battermi in testa chiedendomi di venire alla luce.

Passo dopo passo, però, l'avventura diventa condivisione di sforzi e sogni, di progetti e slanci. Sono tanti i professionisti e gli amici che desidero ringraziare, ciascuno di loro riveste un ruolo fondamentale per la riuscita dell'impresa. Grazie per il sostegno, l'entusiasmo, la dedizione, la cura.

Ringrazio di cuore le libraie e i librai che amano le mie storie tanto quanto me e che non mi fanno mai mancare il proprio appoggio affettuoso; le lettrici e i lettori le storie le vivono insieme a me: siete voi a completarle con la vostra immaginazione e con sentimento. In fondo, scrittura e lettura sono un passo a due.

Grazie alla mia famiglia, che condivide fatiche e gioie, sempre presente e sempre nel mio cuore.

Questo libro è stampato col sole

Azienda carbon-free

Fotocomposizione Editype S.r.l.
Agrate Brianza (MB)

Finito di stampare
nel mese di gennaio 2023
per conto della Longanesi & C.
da Grafica Veneta S.p.A. di Trebaseleghe (PD)
Printed in Italy